Manuel Vázquez Montalbán

Die Einsamkeit des Managers

SERIE PIPER

Zu diesem Buch

1975 kehrt Privatdetektiv Pepe Carvalho, Ex-Kommunist und Ex-CIA-Agent, aus dem Exil nach Spanien zurück. General Franco liegt im Sarg, die Demokratie steckt noch in den Kinderschuhen. Da wird ein alter Bekannter von Carvalho ermordet: Jaumá, Manager eines internationalen Konzerns, dessen Leiche man mit einem Damenslip in der Hosentasche gefunden hat. Mord im Milieu, wie die Polizei glaubt? Oder wußte Jaumá einfach zuviel über die geheimen Pläne seines Arbeitgebers? Als Pepe Carvalho eingeschaltet wird und Nachforschungen anstellt, beißt er nicht nur auf Granit, sondern der Konzern tritt ihm auch kräftig auf die Füße. Doch Pepe Carvalho ist hartnäckig. Unterhaltung vom Allerfeinsten von Spaniens vielbewundertem Romancier.

Manuel Vázquez Montalbán wurde 1939 in Barcelona geboren. Nach dem Studium der Geisteswissenschaften und Journalistik war er bei verschiedenen Zeitschriften als Redakteur tätig. Er gilt als einer der profiliertesten spanischen Autoren der Gegenwart, und er hat mit der Figur des Meisterdetektivs Pepe Carvalho einen Klassiker geschaffen. Zuletzt erschien auf deutsch sein historischer Roman »Kaiser oder nichts« (1999).

Manuel Vázquez Montalbán
Die Einsamkeit des Managers

Ein Pepe-Carvalho-Roman

Aus dem Spanischen von
Bernhard Straub und Günter Albrecht

Durchgesehen von
Anne Halfmann

Piper München Zürich

Von Manuel Vázquez Montalbán liegen in der Serie Piper außerdem vor:
Wenn Tote baden (3146)
Die Küche der läßlichen Sünden (3147)
Die Meere des Südens (3149)

Überarbeitete Taschenbuchausgabe
1. Auflage Februar 2001
2. Auflage Mai 2001

Titel der spanischen Originalausgabe:
»La soledad del manager«, Editorial Planeta, Barcelona 1977

Deutsche Erstausgabe im Rowohlt Verlag,
Reinbek bei Hamburg 1993,
unter dem Titel: »Carvalho und der tote Manager«

Umschlag: Büro Hamburg
Stefanie Oberbeck, Katrin Hoffmann
Foto Umschlagvorderseite: Susi Cushner/GraphiStock
Foto Umschlagrückseite: Isolde Ohlbaum
Gesamtherstellung: Clausen & Bosse, Leck
Printed in Germany ISBN 3-492-23148-9

Die Hauptpersonen

José »Pepe« Carvalho	von Beruf Privatdetektiv und aus Passion Feinschmecker, bekommt durch Zufall einen Auftrag, den er nicht so leicht verdauen kann.
Biscuter	Carvalhos Mädchen für alles, sorgt sich vor allem um das leibliche Wohl seines Chefs.
Charo	verdient Geld mit ihrem reizvollen Körper, aber das hält Carvalho nicht davon ab, sie zu lieben.
Antonio Jaumá	ist ein ebenso sexbesessener wie konservativer Manager. Beides wird ihm zum Verhängnis.
Concha Hijar Jaumá	beauftragt als frischgebackene Witwe Carvalho mit der Aufklärung des Mordes, ohne zu ahnen, was sie auslöst.
Dieter Rhomberg	ist wichtiger Zeuge und einflußreicher Manager in Personalunion.
Núñez Fontanillas Biedma Argemí	haben nur eines gemeinsam: sie alle sind Studienfreunde von Antonio Jaumá.
Petnay	ist als internationaler Konzern die Ursache allen Übels …

Der Abgeordnete Solé Barberá sagte bei einer passenden Gelegenheit zu mir:

»Ich bin gespannt, wann du deinen nächsten Räuber- und Gendarmenroman schreibst.«

Ich nahm dies als Auftrag und möchte ihm diesen Roman widmen.

Er hatte kurz angebunden auf einem Fensterplatz bestanden, und die Angestellte der Western Airlines starrte leicht verwundert auf seinen Ausweis.

Warum in aller Welt wollte ein CIA-Agent in der Linienmaschine Las Vegas-San Francisco unbedingt am Fenster sitzen? Das Mädchen kannte natürlich die Gerüchte über Trainingscamps, die der CIA angeblich irgendwo in der Mohave-Wüste eingerichtet hatte, aber besaß der Geheimdienst etwa nicht genug eigene Aufklärungsflugzeuge? Carvalho konnte sich lebhaft vorstellen, was hinter der künstlich gebräunten Stirn der Stewardeß vorging, während sie seine Bordkarte ausfüllte.

Als die beiden Polizisten auf ihn zukamen, um den Sicherheitscheck durchzuführen, zückte er noch einmal seinen Ausweis. Sie winkten ihn mit einer Geste durch, die ebensogut absolute Hochachtung wie totale Verachtung bedeuten konnte.

Carvalho nahm seinen Fensterplatz ein. Er freute sich wie ein Kind auf Weihnachten, mit jener wohligen Freude, bei der der Körper zwar Herr der Situation bleibt, die Beine aber schon dem freudigen Ereignis entgegeneilen. Er konzentrierte sich auf das Abheben des Flugzeugs, sah Las Vegas unter sich wegtauchen und zu einer Pappkulisse werden, die verloren in der Wüste steht, und endlich zog die Boeing über Zabrisky Point weg. Weit unten erschien das Tal des Todes.

Carvalho war schon mehrmals in diese Gegend vorgedrungen, fasziniert von der Ästhetik der blendendweißen Stümpfe der Borax-Hügel, die sich im Lichte der untergehenden Sonne von purpurrot bis schwarzblau färbten, und er war wie gebannt von dem tief eingeschnittenen Tal des Todes mit seinen schwefelhaltigen Tümpeln und den glitzernden Salzkrusten. Vom Flugzeug, aus der Vogelperspektive, konnte er die absurde Großartigkeit dieser Landschaft genießen, die ihn, eigentlich aus Überresten vergangener Erdzeitalter bestehend, in ihren Bann schlug wie eine aufreizende Femme Fatale. Am liebsten hätte er sich mit dem Fallschirm mitten hineingestürzt, allerdings ausgestattet mit einem Tornister voll der wunderbaren Dinge, die Hemingway seinen Helden mitzugeben pflegt: Konservendosen mit Bohnen und vor allem geräucherten Speck.

Irgend etwas hinderte Carvalho jedoch daran, seinem einsamen und geheimen Laster zu frönen. Etwas, ein störendes Hintergrundgeräusch wie das Gemurmel eines leise eingestellten Radios. Und zwar in seiner unmittelbaren Nähe. Jemand hatte etwas gesagt oder auch nur eine bestimmte Intonation gewählt. Seine beiden Sitznachbarn redeten über Spanien, und der eine der beiden sprach Englisch mit eindeutig katalanischem Akzent – Barcelona, dachte Carvalho.

»Komisch, daß Sie in den acht Jahren in Rota nicht Spanisch gelernt haben.«

»Ach, wissen Sie, diese Militärbasen sind ja ziemlich autonom. Da bleibt man unter sich. Ein paar Spanierinnen in der Putzkolonne und ein paar zum ...«

Der Amerikaner lachte und machte eine anzügliche Geste, die er wahrscheinlich in einer Hafenkneipe in Cádiz gelernt hatte. Der Katalane überging die Bemerkung und steuerte das Gespräch wieder zurück zu allgemeinen, geschäftlichen Themen.

Es stellte sich heraus, daß der Amerikaner eine kleine Sportartikelfirma besaß und gerade unterwegs war, seine wichtigsten Lizenzinhaber zu besuchen. Die Welt zerfiel für ihn in Kunden und Nichtkunden. Selbst die Rotchinesen fand er ausgesprochen sympathisch, weil sie ihm – via Hongkong – Bergsteigerausrüstungen abkauften. Kubaner, Brasilianer und Franzosen dagegen konnte er nicht ausstehen. Sie hatten ihm noch nicht einmal eine Feldflasche abgekauft. Während er die Länder und ihre unterschiedlichen Qualitäten als Sportartikelkunden aufzählte, unterstrich er seine Urteile ab und zu mit einem Händeklatschen und einem lautstarken »Olé«, einer sprachlichen Verbeugung vor der Heimat seines Gesprächspartners. Der war, wie sich bald herausstellte, Manager eines der größten multinationalen Konzerne der Welt, Petnay, und zuständig für Spanien und einige Gebiete Lateinamerikas. Aber seine Geschäfte führten ihn auch regelmäßig in die USA – zu Konferenzen in der Konzernzentrale und Symposien über moderne Marketingtechniken.

»Tja, vom Verkaufen verstehen wir was, wir Amerikaner!«

»Das würde ich etwas anders sehen. Ihr Amerikaner seid ganz einfach politisch in der glücklichen Lage, die halbe Welt zum Kaufen zwingen zu können.«

»Aber so ähnlich war das doch schon immer, mein Freund. Ihr Spanier hattet schließlich auch mal euer Imperium – und was ist davon geblieben? Oder vom Römischen Reich! Und die Apachen zum Beispiel, sie hatten halb Amerika unter der Fuchtel ... Vorbei. Genauso wird eines Tages die amerikanische Zivilisation untergehen. Dann sieht es vielleicht auf dem ganzen Kontinent so aus.«

Der Amerikaner deutete mit dem Kinn auf das knochentrokkene, unfruchtbare Tal des Todes.

Carvalho mischte sich ein, auf spanisch.

»Stellen Sie sich vor, wie viele Feldflaschen unser Freund dann hier verkaufen könnte.«

Der Katalane drehte sich erstaunt in die Richtung, aus der die Stimme gekommen war, und brach in schallendes Gelächter aus.

»Wie klein die Welt doch ist. Da habe ich tatsächlich einen waschechten Spanier neben mir sitzen. Herzlich willkommen. Darf ich mich vorstellen? Antonio Jaumá, Manager.«

»Pepe Carvalho, Vertreter.«

Der Katalane stellte auch seinen bisherigen Gesprächspartner vor, der sein knappes Inventar an patriotischen Lobeshymnen herunterleierte, während er Carvalhos Hand schüttelte.

»España! Bonita! Olé. Manzanilla. Puerto de Santa María.«

Jaumá unterbrach ihn, an Carvalho gewandt.

»Welche Produkte vertreten Sie?«

Jaumá war schlank, nicht besonders groß, seine Gesichtsfarbe glich der eines spanischen Juden, und die Nase erinnerte stark an einen Istanbuler Antiquitätenhändler. Die glänzenden, dunklen Augen hatten etwas Unerbittliches, und das schwarze Kraushaar war in der Mitte deutlich gelichtet.

»Wir verkaufen Spielautomaten. Darum habe ich ständig in Las Vegas zu tun.«

»Und Sie wohnen in San Francisco?«

»In Berkeley. Ich habe an der Uni einen Kurs in Urbanistik belegt.«

»Und in Spanien? Woher kommen Sie da?«

»Aus Galicien. Aber die meiste Zeit habe ich in Barcelona gelebt.«

»Mann, dann sind wir ja Landsleute! Wir sind Landsleute! Der Herr hier kommt aus derselben Stadt wie ich!« erklärte er dem Nordamerikaner, der die Nachricht mit komischem Ernst aufnahm. Jaumá schilderte Carvalho in aller Kürze seinen Werdegang. Jurastudium. Seine erste Reise in die Vereinigten Staaten, wo er sich als Straßenarbeiter verdingt und sein Geld außerdem als Hot-dog-Verkäufer in der Bronx verdient hatte. Dann Heirat mit einer ehemaligen Studienkollegin. Angespannte finanzielle Situation. »Wie oft mußten wir uns abends ein kleines Omelette und einen Fingerhut voll Whisky teilen, mehr gab es nicht.« Dann plötzlich – durch die Vermittlung eines Verwandten seiner Frau, eines Militärs in der spanischen Botschaft in Washington – ein Job bei Petnay. Wenige Monate später war er zuständig für ganz Spanien.

»Wie Groucho Marx sagen würde: Vom absoluten Elend direkt in den Abgrund.«

»In den Abgrund?«

»In den Abgrund! Ein Manager verdient nie soviel, daß er eines Tages sagen könnte: Jetzt ist Schluß, jetzt schmeiße ich den ganzen Krempel hin und hau ab. Also muß er immer weiterschuften. Ärger, Streß, Monatsabrechnungen, Bilanzen, Statistiken. Mir steht's bis hier! Und dann das ganze Drumherum. Gestern gab's ein feierliches Abendessen für das Top-Management aus der ganzen Welt. Die Juwelen der Damen hätten Ali Baba vor Neid erblassen lassen. Das ist die eine Seite. Die andere, das sind die Arbeiter. Sie haben ja keine Ahnung, was es heute heißt, in Spanien oder Lateinamerika Chef zu sein. Bei den Arbeitskonflikten brauchen Sie einen eisernen Magen.«

»Und den haben Sie?«

»Im Moment läuft es ganz gut. Unsere Firma zahlt etwas höhere Löhne als üblich und bekommt Zuschüsse aus den USA. Das erleichtert die Sache. Aber mir graut heute schon vor dem Tag, an dem es einmal zu wirklich großen Streiks oder so was kommt und ich den harten Mann spielen muß. Verstehen Sie?«

»Sie sind ja ein verkappter Linker.«

»Stört Sie das?«

»Nicht im geringsten. Ich hatte auch mal meine Utopien im Kopf, aber durchgesetzt hat sich der Bauch, und der wird gut beansprucht.«

»Astrein, Carvalho! Sie sind ein klasse Typ!«

Die schauspielerische Ader dieser Figur war unverkennbar. Er ruderte begeistert mit den Armen, schob den scharfgeschnittenen Kopf vor und rief: »Dieses Treffen muß gefeiert werden! Sie sind heute abend mein Gast. Im *Aliotto*, am Fisherman's Wharf. Kennen Sie das?«

»Mhm.«

»Ich wohne im *Holiday Inn*, in der Market Street. Lassen Sie uns doch sagen, um neun, direkt im Restaurant? Ah, Carvalho! Ich freue mich wirklich. Vielleicht haben wir gemeinsame Bekannte? Obwohl, Sie scheinen etwas jünger zu sein als ich. Haben Sie in Barcelona studiert?«

»Ja, Philosophie.«

»Und da reisen Sie jetzt in Sachen Spielautomaten. Sie sind ein moderner Heiliger! Ein Prophet!«

Der Amerikaner nickte zustimmend und beugte sich leicht vor, um Carvalho genauer zu betrachten und nach äußeren Anzeichen seiner okkulten Kräfte zu forschen.

»Es könnte sein, daß wir eine ganze Menge Gemeinsamkeiten haben. Jeder von uns sollte eine Liste der Frauen aufstellen, mit denen er geschlafen hat! Die vergleichen wir dann. Vielleicht haben wir parallele sexuelle Erfahrungen?«

»Oder konvergente.«

»Oder konvergente, genau! Gestern abend brachte die Petnay die tollsten Callgirls von ganz Las Vegas auf die Beine. Die Feier endete schließlich draußen im *Sands*, in Sinatras Hotel, mit einer Riesenvögelei. Ich verschwand mit zwei schwarzen Frauen, die mir wieder einmal die Überlegenheit der schwarzen Rasse bewiesen. Was für Weiber, Carvalho! Ich würde es nicht aushalten, ohne ab und zu mal so richtig einen draufzumachen. Und das kann man bei Petnay. Die Amis verstehen es wirklich, ihre Leute bis zur Erschöpfung auszubeuten und sie dann kurz vor dem Zusammenbrechen wieder hochzukitzeln. Das ist das psychologische Prinzip des Taylorismus und des Fordismus. Für mich persönlich das ideale Rezept. Anders würde ich den alltäglichen Schiffbruch in der Einsamkeit nicht verkraften. In der Einsamkeit des Managers.«

Als wären die uralten Vulkankegel wieder zum Leben erwacht und ihr Rauch hätte sich in kalten, feuchten Nebel verwandelt, so steigen an jedem Wintermorgen graue Wolken aus der Erde, die die alten Konturen der Wohnblocks von Vic verwischen. Durch den warmen Hauch der ersten offenen Hauseingänge aus der Stadt vertrieben, hält sich der Nebel an den weißgekalkten Lehmhütten schadlos, dort, wo die alte Stadt in die graue Tuffkegellandschaft übergeht. Zu dieser Morgenstunde ist die

Szenerie der prähistorischen Katastrophe noch nicht vollständig zu erkennen, jener Katastrophe eines begrenzten Weltuntergangs, die irgendwann einmal in der heute so genannten Ebene von Vic geschehen sein muß und die das schlackebedeckte, mit spitzen Hügeln aus versteinerter Asche übersäte Gelände hinterlassen hat. Auch die Häuser aus nacktem, dunklem Stein sind noch nicht zu sehen, hingeduckt unter Dächer, die finster die Brauen runzeln – vielleicht wegen des Regens oder auch, um dem Ernst einer Stadt Nachdruck zu verleihen, die einer ihrer Schriftsteller die »Stadt der Heiligen« genannt hat. Die Priester haben ihre weitläufigen, nach Wachs und Marzipan duftenden Höhlen noch nicht verlassen. Die einzigen Andeutungen menschlichen Lebens sind Bäuerinnen auf dem Weg zum Markt und Arbeiter, die aus der Stadt hinaus zu Wurst- und Möbelfabriken oder Kunststeinwerken fahren. Wie Werkzeuge der Kälte selbst zucken die Fahrräder im Zickzack mit ihrem zittrigen Licht, nervös beobachtet von den qualmenden Augen der Autoscheinwerfer oder dem Eisberg eines Lkws, von dem nur die Spitze seines kubischen Sauriergesichts zu sehen ist.

Der Nebel ist für die Männer auf den Fahrrädern nicht das einzige Hindernis auf dem Weg zur Arbeit. Nur selten schafft man es, den Eisenbahnübergang unten im Tal ohne Aufenthalt zu passieren. Wer jeden Morgen hier durch muß, hat die Wartezeit bereits einkalkuliert und steht, Fahrrad oder Moped zwischen die Beine geklemmt, geduldig da, bis sich die Schranke öffnet. Wer Auto fährt, nutzt die Zeit, um mit Wischer oder Gebläse die Scheiben klar zu bekommen. Kaum einer verläßt das warme Auto, um die Scheibe frei zu kratzen oder die Antenne herauszuziehen. Es ist immer wieder überraschend, daß es um diese frühe Uhrzeit Radiosendungen gibt, in denen der Moderator eines Morgenmagazins sich, den Mund voll Kaffee, bemüht, zwischen zwei Liedern Fröhlichkeit zu verbreiten. Dabei meldet der Wetterbericht für La Coruña zwei Grad unter Null, Stürme über Cantabrien und vier Grad für Barcelona, bei einer Luftfeuchtigkeit von siebenundachtzig Prozent. Und hier oben in Vic? fragt sich einer. Bestimmt unter Null. Wo sie in Barcelona bloß vier Grad haben. Der Mann ertappt sich dabei, wie er sich auf die Finger haucht, als wäre er ein frierendes Kind. Er muß lachen, während ihm ein nostalgischer Anflug von schlaftrunken in Milchkaffee gestipptem Brot durch den Gaumen zieht. Ach, die Erinnerungen! Irgendwelche winzigen Details lösen manchmal eine ganze Kette bereits zerbrochener Bilder aus.

»Joan, no emprenyis més i pren-te la llet!«[1] hat sein Großvater immer zu ihm gesagt. Wie er selbst es zu seinen Kindern sagen könnte, Tag für Tag, vor allem zu dem Faulpelz Oriol.

»Oriol, un dia m'acabaràs la paciència i et fotaré un calbot.«[2]

Er lacht. Mit der stolzen Miene dessen, der sich nur dem Druck der Umstände beugt, und mit einer verächtlichen Perfektion hat der Junge dann immer seine Milch geschlürft. Die Morgenmilch trinken, die Hände um die Schale gelegt, auf der Suche nach der mysteriösen Wärme, die vom Erdmittelpunkt her in sie aufzusteigen scheint. Ich will keine von diesen Tassen, hatte er zu seiner Frau gesagt, als sie Duralex-Geschirr gekauft hatte. Nicht für die Milch! Du mit deinen Marotten. Schau, ich weiß nicht, warum, aber wenn ich die Milch nicht aus der Schale trinke, schmeckt sie mir nicht, vor allem nicht die Morgenmilch. Wer die Dinger dann abspülen muß, bin ich, außerdem bekommen sie Risse und sind dauernd schmuddelig, aber du spielst hier den feinen Herrn und …

»S'ha acabat el bròquil! La llet en taça i no en parlem més!«[3]

Ab und zu muß man ein Machtwort sprechen, sonst tanzen sie einem auf der Nase herum. Ich weiß schon, daß es eine Marotte ist, aber man hat ja schließlich nicht so viele, daß man sich diese eine nicht erlauben könnte. Die Milchschale läßt ihn die Kindheit wiederfinden, Gesichter aus der Tiefe aufsteigen, fast unmöglich, sie wieder ganz lebendig werden zu lassen. Das Tantchen: *»Joan, faràs tard a l'escola.«* Der Großvater: *»Joan, no emprenyis més …«*[4] Die schwachen Lichter der ersten Glühbirnen des Vallés mit fünfzehn oder fünfundzwanzig Watt wurden sorgfältig gelöscht, wenn sich die erste Helligkeit zeigte, als herrsche ein ständiger Kampf zwischen dem elektrischen Strom und den Bauern, die die Kosten fürchteten. Heute achtet keiner mehr darauf. Zehn eingeschaltete Lichter auf einmal, und die Rechnungen steigen und steigen. Darüber macht sie sich keine Gedanken, nein, das sind keine Marotten. Nein, man wird sogar noch kritisiert, weil man die Milch aus der Schale trinken will. Die *iaia*[5] ermahnte einen immer, die Speisekammer gut abzuschließen, »weil nachts die Sprecher aus dem Radioapparat steigen und alles aufessen, was sie finden«. Er fängt an zu lachen, bis ihm die Tränen kommen. Das Rot scheint weiter durch den Nebel, und er streckt und räkelt sich lange genug, um zu bemerken, daß sein Geschlecht angeschwollen ist. Er betastet es mit einem gewissen Stolz und bemerkt dabei, daß es ihn von innen her kitzelt. Ich muß pissen. Vom Zug ist noch nichts zu hören, und am Straßenrand gibt es genügend Büsche und Nebel, um sicher zu sein, daß man in Ruhe pinkeln kann, geschützt vor den Blicken der Kolonne von Autos, Motorrädern, Fahrrädern und Lkws, die auf den Zug warten. Die Drohung der Kälte und die Möglichkeit, daß der Zug doch plötzlich auftauchen könnte, lassen ihn eine letzte Probe machen. Er strengt sich an zu pissen und preßt dann die Schließmuskeln zusammen, um den verborgenen Fluß einzuhalten. Es gelingt ihm jedoch nicht ganz, und ein paar Tropfen hüpfen wie aufgeregte goldgelbe Funken über das Schweißtuch der Unterhose.

Also bleibt ihm nichts anderes übrig. Er springt aus dem Auto, zieht die Schultern hoch, wie um den Körper gegen das Gewicht der Kälte zu stemmen, und verschwindet mit kleinen Sprüngen, die elastisch wirken sollen, am Straßenrand im Gebüsch. Er sieht sich mehrmals um und prüft, ob ihn die auf der Straße Wartenden sehen können. Der verborgene Fluß verlangt dringend nach Befreiung, als genieße er es auf sadistische Weise, seinen Herrn und Sklaven unter Druck zu setzen. »Ist ja gut, ist ja gut«, sagt der Mann halblaut. Seine Augen haben schon den breiten Stamm einer Linde ausgemacht; die Finger ziehen den

Reißverschluß nach unten. Als suche er einen lebendigen, zarten und mit Vorsicht zu behandelnden Körper, vielleicht eine Taube, steckt er seine rechte Hand in den Schritt, dringt vor zur seitlichen Öffnung des Slips und packt das heiße, dicke Geschlecht. Ohne die Wachsamkeit zu verringern, mit der er sich nach allen Richtungen umsieht, hält der Mann sein Glied mit zwei Fingern, während die übrigen ein Dach über ihm bilden, besser gesagt, einen Baldachin, für die quasi religiöse Andacht, mit der er sein Wasser läßt. Je mehr er sich von dem drängenden Druck befreit, desto euphorischer wird er, und es ist ihm bereits egal, ob jemand herschaut oder nicht. Er versucht, den Stamm nach einem bestimmten System zu benässen, aber sein Blick bleibt an einer seltsamen, fast in der Erde versunkenen Form am Boden hängen, die der Pißstrahl immer mehr freilegt, wie die Spitze eines Elektrobohrers, und vor den immer größer werdenden Augen von Joan de can Gubern kommt eine Hand zum Vorschein. Die Augen bleiben einen Moment lang ruhig, als versuchten sie, eine vernünftige Erklärung zu finden, aber dann setzen sie sich in Bewegung und eilen von der Hand zum dreckverkrusteten Ärmel eines Jacketts, in dem der Arm eines Mannes steckt; dann zu dem Mann selbst, der mit dem Gesicht nach unten liegt und fast völlig mit Erde, Rauhreif und Gestrüpp bedeckt ist. Joan Guberns Geschlecht hängt schlaff herab, in der Kälte geschrumpft mit sozusagen unmenschlicher Geschwindigkeit. Er denkt: Ich muß schreien. Aber das Donnern des Zuges und die Erinnerung an sein Auto, das noch auf der Straße steht und nun den Verkehr behindert, läßt ihn den Schrei unterdrücken. Er stopft den Penis lieblos in seine Hülle und hastet zur Straße zurück.

»Ich wollte gerade ins Büro gehen. Es muß ja wirklich dringend sein, wenn Sie extra nach Vallvidrera raufkommen.«

Carvalho denkt nicht daran, dem anderen einen Platz anzubieten. Er fühlt sich überfallen, so früh am Morgen, und die

Augen des Detektivs wandern von einem Punkt nicht zu übersehender Unordnung zum nächsten: schmutziges Geschirr auf dem Tischchen neben dem Bett, über den Boden verstreut ein paar Plattenhüllen, ein überquellender Aschenbecher auf der Sofalehne, ein aufgeschlagenes Buch auf dem Boden, mit Ascheresten bekleckert. Er fängt mit dem Buch an, hebt es auf, schließt es und wirft es auf ein Regal. Den Aschenbecher befördert er mit einem Fußtritt unter das Sofa und beginnt fast gleichzeitig, Tassen und Teller aufeinanderzustapeln, um sie in die Küche zu tragen. Als er zurückkommt, blättert sein Besucher in dem Buch, das er wieder vom Wandschrank genommen hat, und befreit die Seiten durch ein kräftiges Pusten von den Ascheresten.

»Machen Sie sich keine Mühe! Ist doch nur ein Buch.«

Der andere signalisiert lächelnd eine Art geheimes Einverständnis. Carvalho schätzt ihn auf vierzig, trotz des junggebliebenen Gesichts. Pullover, weicher Hemdkragen. Auch einer, der nie über die Zeiten von James Dean hinausgewachsen ist, denkt sich Carvalho, während er zusieht, wie sein Besucher mit absichtlich boshaftem Blick die Bücher im Regal studiert, beide Hände in den Taschen vergraben, die Schultern hochgezogen, ein unbekümmertes Grinsen auf dem Gesicht.

»Es gibt Schlimmeres als Bücher, Señor Carvalho. Hübsch haben Sie's hier. Muß eine Menge kosten, hier oben ein Häuschen zu mieten.«

»Ich glaube, es ist gekauft.«

»Sie glauben?«

Carvalho schlendert zum großen Panoramafenster, überzeugt sich davon, daß die Aussicht auf das Vallés noch dieselbe ist wie am Abend zuvor, und sein Blick bleibt an dem Mann hängen, der lässig an einem Auto lehnt, das vor dem Gartentor geparkt ist. »Haben Sie Ihren Chauffeur mitgebracht?«

»Chauffeur? Ich habe nicht einmal ein Auto. Ich besitze so gut wie nichts. Ein paar Pullover. Ab und zu ein Mädchen. Zwei, drei Freunde – und Sprachkenntnisse. Deutsch zum Beispiel.«

»Und? Glauben Sie, hier ist eine Stellenvermittlung?«

»Aber nein. Ich bin hier, weil ich mit Ihnen über einen gemeinsamen Freund reden möchte. Antonio Jaumá.«

»Ihr Freund mag er ja sein. Meiner nicht. Ich kenne keinen Jaumá. Oder doch – ich kannte mal einen. Während des Studiums. Pädagoge, progressiver Christ, groß und schlank. Aber der hieß nicht Antonio.«

»Antonio Jaumá war weder groß noch schlank, er war auch kein Pädagoge und schon gar kein progressiver Christ. Er war Topmanager bei einem multinationalen Konzern, und wenn progressiv, dann eher im Sinne von lebenslustig als politisch orientiert. So wie's aussieht, scheint er ziemlich viel von Ihnen gehalten zu haben. Ich werde Ihnen sagen, wie und wo Sie ihn kennengelernt haben: in den Vereinigten Staaten, im Flugzeug, einem Linienflug zwischen Las Vegas und San Francisco.«

»Der Manager!«

Das erfreute Schmunzeln, das sich auf Carvalhos Gesicht breitmacht, scheint seinen Besucher kaltzulassen. Er starrt nur derart herausfordernd auf einen Sessel, daß Carvalho nicht umhinkann, ihm einen Platz anzubieten. Kaum sitzt er, zündet er sich äußerst sorgfältig und genau einstudiert eine Zigarette an und baut allein durch die Art, wie er den Rauch durch die Lippen bläst, eine Aura des Geheimnisvollen um sich auf. Er beginnt ausführlich zu erzählen, wie sich Carvalho und Jaumá hoch über der Mojave-Wüste getroffen haben.

Ein verkannter Literat, denkt Carvalho, ein verkrachter Linker, der es gewohnt ist, in Kaffeehäusern ein mehr oder weniger andächtiges Publikum mit seinen Monologen zu unterhalten. Und er ahnt, daß der eintönige Sermon seines Gegenübers mit einem Paukenschlag enden wird, mit einer sorgfältigen kalkulierten Pointe.

»... was Sie nicht wissen können ...«, eine graue Rauchwolke, flach wie ein Handtuch, entströmt dem Mund des Besuchers, »Antonio Jaumá wurde ermordet.«

Er hat noch nicht alles gesagt, denn seine Augen suchen irgend etwas, wahrscheinlich einen Halt, um fortzufahren.

»Er ist jedenfalls tot.«

»Ehrlich gesagt, mich interessiert vor allem der Umstand, daß er ermordet wurde. Daß er tot ist, ist nur die logische Konsequenz daraus. Wie? Wann? Wo?«

»Ein Schuß in den Rücken, genau in Höhe des Herzens. Volltreffer! Man fand die Leiche in einem Gestrüpp in der Nähe von Vic. Nach Auskunft des Polizeiarztes lag sie dort nicht länger als ein paar Stunden, genauer gesagt, einen Morgen lang.«

»Und ... was sagt die Polizei sonst noch?«

»Weibergeschichten, heißt es. Ein Streit mit einem Zuhälter. Sie wissen ja wahrscheinlich, daß Antonio hinter jedem Rock her war. Für die Polizei ist die Sache sonnenklar. Auf einem seiner nächtlichen Streifzüge hat man entweder versucht, ihn auszunehmen – und er hat sich gewehrt –, oder er ist ganz einfach an einen Zuhälter geraten, der Zoff suchte und es ihm besorgt hat. Die Leiche stank geradezu nach Damenparfum, und zwar nach einem besonders intimen: *Eau lustrale pour l'hygiène intime*. Außerdem war die Leiche völlig bekleidet, mit einer Ausnahme: die Unterhose fehlte. Dafür hatte er ein Damenhöschen in der Hosentasche.«

»Sieht nach einer Orgie aus. Scheint ja wirklich ein klarer Fall zu sein.«

»Für mich nicht. Und für die Witwe auch nicht.«

»Kann ich mir vorstellen. Sie wäre nicht die erste Witwe, die sich weigert, das Doppelleben ihres Mannes zu akzeptieren.«

»Stimmt. Concha könnte so reagieren. Sie ist ein Mädchen aus Valladolid und hat Antonios Erotomanie nie so recht ernstgenommen. Aber ich kannte ihn, und trotzdem glaube ich nicht, daß die Sache so einfach ist.«

»Warum?«

»Wir haben doch alle schon eine Menge Filme gesehen und kennen es zu Genüge, daß der Regisseur versucht, die Zuschauer auf eine falsche Fährte zu locken. Was ist da die gängigste Methode?«

»Man kippt dem Ermordeten eine halbe Flasche Whisky

oder Cognac in den Hals, damit es so aussieht, als wäre er völlig betrunken gewesen.«

»Ganz genau, Señor Carvalho. Und sehen Sie, ich bin sicher, mit unserem Jaumá ist was Ähnliches passiert.«

»Hat er nach Fusel gerochen?«

»Nein, aber nach Damenparfum, nach Intimspray! Als ob man ein ganzes Faß drübergeschüttet hätte.«

»Haben Sie das auch der Polizei erzählt?«

»Ich habe mit der Polizei nichts am Hut. Ich war ein paar Jahre im Exil in Osteuropa und weiß bis heute nicht so genau, ob ich legal oder illegal im Lande bin. Aber ich habe Concha dazu gebracht, der Sache nachzugehen und einen Anwalt zu engagieren. Keine Chance. Weder die Polizei noch der Anwalt sind darauf angesprungen. Aber sie ist entschlossen, den Mord aufzuklären. Und da fiel mir ein, daß Jaumá manchmal von Ihnen erzählt hat, er war sogar ein paarmal drauf und dran, Sie anzurufen. Es ging damals um Industriespionage. Jaumá hatte es bis ganz oben geschafft, an die Spitze. Petnays Mann in Südeuropa. Manchmal schickten sie ihn zur Inspektion nach Südamerika. Wer Petnay ist, brauche ich wohl ... nein, wohl nicht.«

»Ich verstehe nur nicht, daß sich ein Mann wie Jaumá an mich erinnert, eine Zufallsbekanntschaft über dem Tal des Todes, ein Essen am Fisherman's Wharf in San Francisco, genauer im Lokal von Bürgermeister Aliotto, einem waschechten Mafioso. Und schließlich war da noch ein gemeinsamer Ausflug, bei dem ich mich schließlich sozusagen auf französisch verabschiedet habe. Für mich ist der Tod Jaumás nicht halb so rätselhaft wie die Tatsache, daß Sie mich hier aufgespürt haben! Als ich Jaumá kennenlernte, lebte ich ja noch in den USA.«

»Jaumá hat es uns leichtgemacht. In seinem Kalender fanden wir Ihren Namen, drei Adressen und die Order an sein Sekretariat, sofort mit Ihnen Kontakt aufzunehmen.«

»Drei Adressen?«

»Diese hier, die Ihres Büros an den Ramblas und die Ihrer Freundin: Rosario García López alias Charo.«

»Und warum hat er mich gesucht?«

»Auch das wissen wir nicht. Vielleicht hat es was mit dem Konzern zu tun.«

»War er eifersüchtig? Könnte er einem Liebhaber seiner Frau auf der Spur gewesen sein?«

»Concha?«

Zum erstenmal zeigte der alternde Junge im Pullover so etwas wie Überraschung.

An dem Abendessen in Aliottos Lokal nahm noch eine dritte Person teil: Rhomberg, Generalinspektor der Petnay für das Gebiet der USA. Carvalho fuhr mit der Spielzeugstraßenbahn von der Power Street zum Fisherman's Wharf; ihm blieb genügend Zeit, um ein wenig über die Gehwege zu schlendern, vorbei an Ausrufern von Undergroundzeitschriften, Folksängern und langmähnigen Technikern der billigsten und überflüssigsten Künste: Halskettenmacher mit Sonnenblumenpfeifen, Messingjuweliere, Vervielfältigungspoeten und Maler, die den Halbmond malten, wie er hinter der Golden-Gate-Brücke am Himmel schwamm, als sei er zum freiwilligen Untergang bereit. Carvalho widerstand der Versuchung, eine Tüte gekochter Krebse als Vorspeise zu nehmen, weil er fühlte, daß sein Magen schon für das Abenteuer eines richtigen Essens bereit war. Fliegende Händler boten den Passanten Tütchen mit diesen Meeresfrüchten an – eine Art Trostpflaster dafür, daß sie nicht in die großen Restaurants gehen konnten, oder eine Art Reklame, damit der Passant zu Größerem überging. Carvalho hatte keine Zeit, es sich anders zu überlegen.

Aus einem Taxi stieg Jaumá, begleitet von einem Mann, dem man auf den ersten Blick den Deutschen ansah. Kaum hatte er einen Fuß auf die Erde gesetzt, überraschte Jaumá auch die hartgesottensten Hippies mit wildem Gestikulieren und dem Ausruf: »Carvalho! Langusten schlemmen und Gott erkennen!« Auch die Vorstellung des Deutschen erledigte er auf ganz eigene Art und Weise. »Dieter Rhomberg. Der dritte Mann der Petnay – was meinen Produktbereich angeht. Das heißt wichtiger als Franco. Und dieser Halbgott will uns heute abend einladen.«

»Ich?«

Der Deutsche schien eher überrascht als unangenehm berührt zu sein.

»Du hast schließlich den Sieg deiner Partei zu feiern! Obwohl Rhomberg ein verfluchter Kapitalistenknecht ist, steht er nämlich auf der Seite der Sozialisten. Er unterstützt die Jusos in der SPD.«

»Ich nehme an, das interessiert deinen Freund ganz außerordentlich«, erwiderte der Deutsche mit höflicher Entrüstung.

»Aber sicher doch. Er ist schließlich vom CIA.«

Carvalho hatte ein Gefühl, als hätte ihm jemand eine Faust in den Magen gerammt. Die Augen Jaumás funkelten vor Übermut, aber das Wort war heraus.

»Ja, ja, beim CIA. Was für einen Grund gäbe es sonst für einen Galicier, regelmäßig zwischen Las Vegas und San Francisco hin- und herzufliegen?«

»Na, er könnte zum Beispiel Croupier sein.«

»Genau, das ist er. Croupier, ein CIA-Croupier!«

»Aber warum unbedingt vom CIA?«

»Weil der CIA in Spanien nur Leute aus Galicien anwirbt. Nachzulesen im *Reader's Digest*.«

Jaumá lachte herzlich über seinen eigenen Scherz und schob seine Begleiter in Richtung Restaurant.

»Durch die Languste zu Gott! Languste, Vaterland und Gerechtigkeit, Amen!«

Eine halbe Stunde später warteten sie noch immer auf die Austernsuppe und die Languste »Thermidor«, die Jaumá ohne lange zu fragen bestellt hatte. Inzwischen leerten sie zwei Flaschen gut gekühlten Rieslings, und Jaumá diskutierte mit Rhomberg eingehend die Lage auf dem amerikanischen Markt und die Notwendigkeit, die Verpackung einiger Petnay-Produkte dem Geschmack von San Francisco anzupassen.

»Ich urteile erst, wenn ich die Geschäfte in Hollywood gesehen habe. In ein paar Straßen unterhalb von Beverly Hills befindet sich die weltweit wichtigste Ansammlung von First-class-Läden; wichtiger als die in Paris und New York.«

»Was produziert Ihre Petnay eigentlich?«

»Parfüm, Liköre, pharmazeutische Produkte ...«

Da es nicht so aussah, als würde der Deutsche die Liste fortsetzen, fuhr Jaumá fort:

»... Kampfflugzeuge, Bomber, High-Tech-Nachrichtensysteme – ›super sophisticated‹, wie es im einschlägigen Jargon heißt – Papier, Zeitschriften, Zeitungen, Politiker, Revolutionäre ... all das und noch ein paar andere Dinge mehr produziert Petnay. Sogar die Languste, die wir gleich serviert kriegen, könnte von Petnay sein, falls sie aus der Tiefkühltruhe stammt. Petnay besitzt eine der größten Fischvermarktungsketten der Welt. Wir sitzen in Japan, Grönland, den USA, Senegal und Marokko. Hier in diesem Lokal könnte buchstäblich alles von Petnay sein. Von dem französischen Wein ›Made in California‹ bis hin zu Herrn Rhomberg und meiner Wenigkeit.«

Die Austernsuppe war aus der Packung, urteilte Jaumá. Aus der Dose, korrigierte ihn Carvalho.

»Austernsuppe aus der Packung gibt es nicht.«

Carvalho und Jaumá hielten sich an die Regeln und tranken keinen Wein zur Suppe, Rhomberg hingegen leerte zügig eine neue Flasche – nach dem Prinzip: einen Löffel Suppe, ein Glas Wein. Jaumá rechtfertigte seine Entscheidung für die Languste »Thermidor« damit, daß bei dieser Zubereitungsart die Fadheit der Yankee-Langusten am wenigsten störe.

»Groß, aber ohne Geschmack. Carvalho, Sie müssen mich mal in meinem Landhaus in Port de la Selva besuchen, an der Costa Brava. Wir werden zur Fischversteigerung nach Llansá fahren, und dann zeige ich Ihnen Langusten, lebendige, rote, nicht allzu groß, noch richtig gefangen, nicht aus Zuchtkästen. Wild um sich schnappende Biester, die man ganz vorsichtig aufbrechen muß, damit ... damit ... Carvalho?«

»Damit sie nicht ihren Saft verlieren. Ihr Blut, das, was ihnen den Geschmack gibt. Außerdem sollte man die Eingeweide in einem Stück entfernen. Indem man den Afterschlauch zieht, der in der mittleren Schwanzflosse steckt.«

»Ist ja toll!« Der Deutsche schüttelte sich vor Lachen. Der Weißwein hatte bei ihm den Effekt, das Gesicht feuerrot zu färben.

»Lieber Rhomberg, die Kochkunst und die Weiber haben uns über die Trostlosigkeit der Francozeit hinweggeholfen«, rief Jaumá laut, zur allgemeinen Überraschung, und wiederholte seinen Ausruf auf englisch, wobei er sich an den Tisch mit den meisten Leuten wandte: vier bläßliche Ehepaare, die Männer in karierten grünen Anzügen und die Frauen gekleidet wie Piper Laurie in *Seine Majestät der Dieb*.

Rhomberg war längst zu betrunken, um das Ganze peinlich zu finden. Er hob sein Glas, trank auf den Sozialismus und auf den baldigen Sturz Francos.

»Kaum zu glauben, daß die Spanier das alles mit sich machen ließen.«

Die anklagende Bemerkung galt Carvalho.

»Machen Sie sich lieber Gedanken über den Wachhund des Westens, den Sie zu Hause haben: Willy Brandt!«

»Was haben Sie an Willy auszusetzen? Die Spanier haben kein Recht, irgend jemanden zu kritisieren! Dreißig Jahre lang einen Franco auszuhalten!«

»Ihr habt ihn uns als Reliquie hinterlassen! Ihr habt ihm ermöglicht, den Krieg zu gewinnen!«

Carvalho fühlte sich nicht wohl in seiner Haut. Er haßte leidenschaftliche Auftritte. Die masochistische Tendenz starker Männer und Völker bewirkte, daß der Deutsche den Schwanz einzog, und Jaumá, betrunken und frivol, setzte triumphierend den Fuß auf seine Leiche und rief: »Heut nacht treiben wir's mit fünfhundert Weibern! Rhomberg schafft sie alle. Haben Sie mal Rhombergs Schwanz gesehen?«

»Ich hatte bisher nicht das Vergnügen.«

»Ich hab ihn mal gesehen. Auf Mykonos, am Strand. Wir haben dort zusammen Urlaub gemacht, mit Kind und Kegel. Und ich kann Ihnen sagen, wo Rhomberg mit seinem Gerät zuschlägt, da wächst kein Gras mehr!«

Rhomberg kicherte und lief noch ein bißchen röter an.

»Die Petnay zahlt! Fünfhundert Frauen! Vierhundertneunzig für Rhomberg, fünf für Carvalho und fünf für mich. Wir suchen uns ein paar von denen ohne Schneidezähne, die blasen am besten. Und wenn sie die Zähne noch haben, bringen wir sie zu einem Zahnarzt, der sie ihnen schmerzlos rauszieht.«

Rhomberg bekam einen ernsthaften Rüffel dafür, daß er die Havannas im Hotel vergessen hatte. Die amerikanischen Zigarren seien nicht zu rauchen, stellten Carvalho und Jaumá übereinstimmend fest. Zum Glück enthielt das Tabakrepertoire des Hotels ein paar akzeptable jamaikanische Macanudos, die Carvalho zu einer ernsthaften Meditation über die Kultur des Rauchens anregte.

»Sie sind perfekt gemacht, aber das Aroma der Havanna erreichen sie nie.«

»Ich glaube, die Qualität der Verarbeitung auf Kuba hat nachgelassen. Die besten kubanischen Zigarren verkauft heutzutage Davidoff unter seinem Markennamen, aber die traditionellen Marken haben nachgelassen. Die Qualität des Tabaks dagegen ist nach wie vor unvergleichlich. Diese Macanudo ist ausgezeichnet in der Festigkeit, fühlt sich sehr gut an, aber riechen Sie mal, Carvalho, riechen Sie daran! Sie riecht nach gar nichts!«

Dann widmeten sie sich der Auswahl der passenden Getränke zur Zigarre. Rhomberg ließ sich einen Whisky Black Label kommen, Carvalho und Jaumá entschieden sich für einen Marc de Bourgogne und danach einen Marc de Champagne. Die Nacht nahm ihren Lauf, und ein paar Jahre danach würde sich Carvalho nur noch daran erinnern, daß er Stunden später in einem Zimmer die Augen aufschlug, in dem Jaumá sich mit drei nackten schwarzen Frauen vergnügte und Rhomberg neben einem weißen Mädchen schlief, das sich gelangweilt die

Nägel feilte. Sie saß mit gekreuzten Beinen auf dem Bett, und ihre Brüste stützten sich sozusagen auf die Knie. Carvalho selbst hatte eine Frau unter sich, die zur Decke starrte und dabei einen Slowfox summte.

Concha Hijar de Jaumá hat traurige, vermutlich blau geäderte Brüste. Das eine geht aus ihrer hängenden Lage hervor. Ihre Spitzen unzulänglicher Früchte des Bösen streben auseinander, weg von einem allzu deutlich sichtbaren Brustbein. Das andere kann man aus ihrer transparenten Haut schließen, die an Händen und Armen blutdurchpulste Venen zeigt. Die mitleiderregende Wirkung dieser bläßlichen Pergamenthaut wird noch verstärkt durch die tiefen Trauerschatten unter den Augen, die ihr die Natur in den letzten Wochen hingezaubert hat.

Sie ist in englischen Colleges und spanischen Kasernen groß geworden, unter den wachsamen Augen eines Generals, der weniger militärische Ämter bekleidete als vielmehr zahllose Sitze in Verwaltungsräten einnahm.

Reich und autoritätsgläubig erzogen, kam das Mädchen nach Barcelona, um Medizin zu studieren. Dr. Puigvert hatte Papa einen Stein entfernt. Zwei Wochen später hatte sie dank der Bemühungen des jungen Studenten Jaumá die Sexualität entdeckt, und dank der Bemühungen ihres Freundes Marcos Núñez die Politik. Wobei es weder Jaumá mit der Sexualität noch Núñez mit der Politik schafften, daß sich die Señorita über das rein Formelle hinaus in dem einen oder anderen Fach wirklich engagierte.

»Sie ist absolut Jungfrau. Radikal Jungfrau«, schließt Marcos Núñez seinen Bericht, als die Salontür schon weit offen ist und Señora Jaumá im Raum steht. Carvalho läßt sich die Frau auf der Zunge zergehen und stellt sich ihre Niederlagen vor. Sie muß im Leben ihres Gatten ein Stimulans gewesen sein; faszinierend, in diese liturgische Festung einzudringen, wobei wohl selbst der Gebrauch der einen oder anderen befreienden Blasphemie rituelle Anwendung finden konnte. »Man hat mir schon vor einer halben Stunde gesagt, daß ihr hier seid, aber ich weiß im Moment nicht, wo mir der Kopf steht ...« Sie scheint kein Mitleid, sondern eher die Respektierung ihres Rechtes einzufordern, verwirrt zu sein. Carvalho wird vorgestellt, und blitzschnell taxiert ihn die Frau, weiß in Sekundenschnelle, ob er sich beim Essen den Mund abwischt, bevor er das Glas an die Lippen führt, weiß, ob der Detektiv in ihr eine vernachlässigte Witwe sieht. Die Feststellung, daß er sich ganz sicherlich die Lippen wischt und sie zu gleicher Zeit mustert wie ein hochmütiges, aber gefräßiges Tier, verunsichert das verwitwete Fräulein ein wenig. Also hält sie sich an die konventionelle Rolle, läßt ihre Augen feucht schimmern, legt müde die Hände übereinander und fragt mit übernächtigter Sopranstimme: »Sie wissen Bescheid?«

Núñez gibt die Antwort.

»Er weiß genauso viel wie wir selbst.«

»Und Sie werden uns helfen, nicht wahr? Antonio hat es verdient. Er tat alles für seine Freunde, manchmal mehr als für seine Familie, für mich.«

»Ich zähle mich nicht zu seinen Freunden. Das sollte von Anfang an klar sein. Wir haben vor Jahren mal ein paar Tage gemeinsam verbracht, und ich habe ihn damals schätzen gelernt, das schon. Aber Freunde waren wir nie.«

»Werden Sie uns trotzdem helfen?«

»Wenn Sie sich beruflich an mich wenden, sicher, ich werde Ihnen helfen.«

»Ich habe Geld, und ich will der Sache auf den Grund gehen. Es ist unerträglich, daß man sich allgemein mit der offiziellen Lesart zufriedengibt und froh zu sein scheint, daß langsam Gras über die Geschichte wächst.«

»Wer scheint darüber froh zu sein?«

»Alle! Angefangen bei meinem Vater bis hin zur Petnay, seiner Firma. Mein Vater hat seinen ganzen Einfluß geltend gemacht, um die Sache so gut wie möglich zu vertuschen. Und auch die Petnay rät mir dringend, die Sache auf sich beruhen zu lassen, will mich sogar entschädigen. Aber ich denke nicht daran. Ich werde weitermachen! Das bin ich meinem Mann schuldig. Und seinem Andenken, das ist schließlich alles, was seinen Kindern von ihm bleibt.«

Unterwegs hat Marcos Núñez erzählt, daß Concha Hijar sich früher in der medizinischen Fakultät politisch engagiert habe, gegen Franco. Aber jetzt, mit vierzig, rede sie genauso, wie ihre eigene Mutter mit vierzig geredet habe und wie sie es wohl von ihrer Tochter erwarten werde, wenn diese mal in den Vierzigern ist.

»Wegen der Kosten brauchen Sie sich keine Sorgen zu machen.«

»Gut. Ich verlange zweitausend Peseten pro Tag, für maximal sechzig Tage. Wenn es um einen Versicherungsstreit geht, verlange ich außerdem einen bestimmten Prozentsatz von dem, was ich für meinen Klienten heraushole. Aber wenn ich Sie richtig verstanden habe, gibt es ja weder mit Versicherungen noch mit der Firma Ihres Mannes Probleme.«

»Nein.«

»Dann würden mir zusätzlich zu meinem Tagessatz hunderttausend Peseten Prämie zustehen, wenn ich den Fall innerhalb von sechzig Tagen löse.«

»Wann können Sie anfangen?«

»Sofort! Hier! Mit Ihnen. Sagen Sie ehrlich, steckte Ihr Mann in irgendwelchen Schwierigkeiten, hatte er Feinde, könnte es sich um einen Racheakt handeln?«

»Wissen Sie, von solchen Dingen erfahren wir Ehefrauen immer als allerletzte. Antonio war wie ein kleines Kind, flirtete ständig herum und verschlang jede Frau mit den Augen. Aber in der Stunde der Wahrheit passierte überhaupt nichts. Er hatte sein Pulver schon verschossen. Alles nur Blabla. Mit jeder dasselbe Spiel: ›Zier dich doch nicht so, komm schon. Ich geh mit dir zum Zahnarzt, damit er dir die Schneidezähne zieht …‹ Scheint Ihnen bekannt vorzukommen. Na, sehen Sie. Er redete von nichts anderem. Aber es war alles halb so wild …«

»Als Sie bei der Polizei Ihre Bedenken gegen die Geschichte mit dem Intimspray vorbrachten, was hat man Ihnen da gesagt?«

»Das würde ich lieber nicht wiederholen. Der betreffende Beamte drückte sich nicht gerade sehr gewählt aus.«

»Seien Sie nicht kindisch!«

»Es war entsetzlich, ekelhaft! ›Diese Typen, Señora, haben, mit Verlaub gesagt, die unglaublichsten Perversionen. Es gibt welche, die sich schlagen lassen, andere ... nun ... äh ... stehen auf Pisse und Schlimmeres. Warum sollte Ihr Mann nicht einen Intimspray-Tick haben?‹ Und so weiter und so weiter.«

»Was sagte denn der Gerichtsarzt? Hatte Ihr Mann in der fraglichen Nacht Geschlechtsverkehr?«

»Es gab da wohl Spuren einer Ejakulation, aber man konnte nicht feststellen, ob die unbedingt bei einem richtigen Geschlechtsakt zustande gekommen war. Man hat ja seine Unterhose nie gefunden, und das hat eine Untersuchung wohl erschwert.«

»Und das Höschen?«

»Was meinen Sie?«

»Na, wie sah es aus?«

»Ich weiß nicht. Ich habe nicht danach gefragt. Man hat mir nur gesagt, daß er einen Damenslip in der Tasche hatte, mehr nicht.«

»Ich muß aber wissen, wie es ausgesehen hat.«

»Ich verstehe Sie beim besten Willen nicht. Das Modell oder was?«

»Nein! Vor allem will ich wissen, ob es benutzt war, als er es in die Tasche schob oder es ihm in die Tasche geschoben wurde. War es benutzt, sauber oder neu?«

»Und wie soll ich das herausfinden?«

»Durch Ihren Anwalt. Ihren Vater. Oder hier, Ihren Freund!«

Marcos Núñez scheint das Interesse an der Sache verloren zu haben, nimmt einzelne Bücher aus den Regalen und schnüffelt eher daran, als daß er sie anzusehen scheint. Ein Wohn- und Eßzimmer, in dem gut und gern zwanzig Paare Rock'n'Roll tanzen können, was aber nie geschehen wird. Gemälde mit noch riskanten Signaturen: Artigau, Llimós, Jové, Viladecans und eins schon auf der Schwelle der Heiligsprechung, ein Guinovart zu 800 000 Peseten. Die Ausstattung ist klassisch, wo man sitzt, avantgardistisch, wo man sich bildet, außerdem gibt es ein ausgestopftes Krokodil und ein Op-Art-Mobile. Nicht einen Mikromillimeter Staub. Im Salon hört man das Geräusch eines sich nähernden Dienstmädchens; sie überquert den Flur auf Filzpantoffeln, um das Eichenparkett zu bohnern. Die Witwe Jaumá versucht, sich Höschen vorzustellen, die nicht ihre eigenen sind. Carvalho versucht, sich dasselbe präzise an Ort und Stelle am Körper einer beliebigen Frau vorzustellen.

Charo entblößt ihre Pupillen, den einzigen Teil ihres Körpers, der bedeckt war.

»Ist jetzt etwa Schlafenszeit?«

Mit einer Reflexbewegung versucht sie, sich die Bettdecke über den Kopf zu ziehen, aber schon hat Carvalho mit einem Ruck den Vorhang zur Seite gezogen und das helle Licht des Apriltages bemächtigt sich des Zimmers.

»Bestie! Meine Augen, sie tun mir weh!«

Ein Satz, und Charo ist aus dem Bett, versetzt Carvalho einen Schlag in den Bauch und verschwindet im Bad.

»Ich hab was für dich. Ich kann aber nicht warten, bis du fertig bist.«

»Sekunde!«

»Das kenn ich. Auf dem Tischchen liegt ein Foto. Ich möchte wissen, ob er einer von deinen Kunden war. Wenn nicht, dann hör dich mal bei deinen Kolleginnen um.«

»Kolleginnen! Was glaubst du denn, was ich bin?«

Carvalho beugt sich vor, schlägt mit der Faust leicht gegen die sprechende Tür und sagt:

»Ein sündhaft teures Callgirl.«

»Oh, vielen Dank, Pepiño, zu gütig.«

»Wenn du was rausfindest, bis eins bin ich im Büro, dann geh ich eine Runde Billard spielen und anschließend zum Essen ins *Amaya.*«

Er hat keine Lust, sich Charos Fragen anzuhören. Begierig, wieder in den sonnigen Morgen einzutauchen und möglichst schnell zu den Ramblas zu kommen, springt er die Treppen hinunter und hinaus auf die Straße. Er läßt sich abwärts zum Hafen treiben, wo das frühlingshafte Licht sich endgültig der Stadt bemächtigt. Wenn er stehenbleibt, spürt er, wie ihm die Sonne durch das dicke Wolljackett den Rücken wärmt. Aufgetankt mit Hitze und Licht, macht er wieder kehrt und kämpft sich die Ramblas hinauf, wie ein Tier, das am Meer neue Energien gespeichert hat. Schwungvoll nimmt er mit jedem Schritt zwei der Holzstufen in dem alten Gebäude, das einst die Huren der Madame Petula beherbergt hat und heute zahllose Büros und kleine Geschäfte unter seinem Dach vereint. Rechtsanwälte, spezialisiert auf die Verteidigung von Revuegirls und kleinen Gaunern, ein Parfümhersteller ohne Lizenz, ein Journalist, der sich den ganzen Tag im Nuttenviertel herumtreibt und davon träumt, eines Tages *den* realistischen Großstadtroman zu schreiben. Eine alte Hühneraugenspezialistin bietet ihre Dienste an, eine Schneiderin, ein Minifriseursalon für Stammkunden, die seit der Weltausstellung von 1929 kommen, einige Zimmer sind von Pelota-Spielern des *Colón* belegt, und in ein paar Räumen hausen die Jungs von der Band *Barcelona bei Nacht.*

Carvalhos Büro gehört zu einem Appartement, das keine dreißig Quadratmeter groß ist. Der eigentliche Büroraum ist grün tapeziert und mit Möbeln aus den vierziger Jahren bestückt, daneben gibt es noch eine kleine Küche mit Kühlschrank und die Toilette. Herr des Ganzen ist Carvalhos einstiger Zellennachbar im Gefängnis, genannt Biscuter[6]. Der Detektiv hatte nie seinen richtigen Namen erfahren. Jahrelang hatte er sich immer wieder vorgenommen, ihn zu fragen, wie er eigentlich wirklich heißt. Aber der Name Biscuter hatte sich schon so eingebürgert, daß er es immer wieder vergaß.

Als Autoknacker aus Leidenschaft hatte Biscuter in fünfzehn langen Jahren Knast den Arsch hinhalten müssen. Mit fünfzehn zum erstenmal und dann, mit kurzen Unterbrechungen, bis er dreißig war. Winzig, mit dem Kopf einer Zangengeburt, einer komischen Glatze, an den Seiten ein blondes Gestrüpp, roten Wangen in einem bleichen Gesicht, rosigen, herabhängenden Wulstlippen, Augen wie gekochter Fisch, aber stolz auf seine Sehnigkeit, seine Vitalität, die er täglich in Carvalhos Diensten beweist. Sie waren sich später auf der Straße wiederbegegnet, nur ein paar Blocks vom Gefängnis entfernt. Biscuter wollte ihn um ein paar Peseten anhauen.

»Für den Bus, Chef. Ich hab die Brieftasche verloren.«

»Paß auf, daß dich die Polizei nicht wieder hochnimmt, wenn du hier rumbettelst, Biscuter. Kennst du mich nicht mehr?«

»Moment mal. Leck mich ... der Student!«

So hatten die Häftlinge Carvalho genannt, den Politischen. Er lud Biscuter zum Essen ein, und sie erinnerten sich gemeinsam daran, wie sie es geschafft hatten, im Gefängnis von Lérida zu kochen. Sie hatten sich ein Stöfchen gebastelt aus einer großen Tomatendose und einer etwas kleineren, in der einst dicke Paprikaschoten verkauft wurden und die sie mit Brennalkohol auffüllten und mit einem selbstgebauten Docht versahen.

»Sie haben sogar mal eine Bouillabaisse mit Krebsfleisch gemacht, Chef!«

Auch nach Carvalhos Entlassung war Biscuter Stammgast im Gefängnis geblieben. Er brauchte nicht einmal zu klauen. Sein Vorstrafenregister und die Tatsache, daß er arbeitslos war, genügten, um ihn bei jeder Razzia von neuem hinter Gitter zu bringen.

»Wenn ich nur einen Job finden könnte ...«

»Ich hätte vielleicht was für dich. Du paßt auf mein Büro auf. Und ab und zu machst du mir einen Kaffee oder eine Tortilla, das schaffst du doch?«

»Ich kann Ihnen sogar eine erstklassige Béchamelsauce zaubern, Chef.«

»Wenn du meinst. Ich würde sogar das Risiko eingehen, sie zu probieren. Du könntest im Büro schlafen, ich komme für dein Essen auf und gebe dir zwei- oder dreitausend Peseten im Monat.«

»Und eine Arbeitsbestätigung, damit sie mich nicht noch mal einlochen.«

»Und eine Arbeitsbestätigung.«

Seitdem lebt Biscuter in der kleinen Welt des Detektivbüros an den Ramblas. Gelegentlich hilft er bei Nachforschungen, wobei er sich sein Aussehen eines Pechvogels zunutze macht.

»Der Kaffee ist fertig, Chef. Rrrrmmm, rrrmmm ...«

Biscuter brummt wie ein schweres Motorrad mit 750er Maschine. Früher war er auf den Diebstahl großer Schlitten spezialisiert, um damit in Andorra anzugeben; heute erinnert daran nur noch sein Jargon. Wenn er glücklich ist, formen sich seine Lippen zu einem Auspuff, der Vollgas gefahren wird, und wenn er niedergeschlagen ist, wenn er ausdrücken will, daß etwas schiefgelaufen ist, dann wird das »Rrrmmm, rrrmmm« zu einem traurigen, mutlosen »Pifff ... piff ... piff ...«

»Schenk mir eine Tasse ein, und dann schau nach, ob Bromuro da ist.«

»Wird gemacht, Chef. Rrrmmm, rrrmmm ...«

Biscuter kennt die Temperatur, die der verwöhnte Gaumen Carvalhos gerade noch akzeptiert, und meldet den Kaffee erst dann, wenn er auf diesen Punkt abgekühlt ist. Der Detektiv nippt an der Tasse, während er sich auf die Telefonkonferenz mit San Francisco konzentriert. Dieter Rhomberg sei wahrscheinlich nicht in der Stadt, werde aber am Abend zu einem Geschäftsessen im *Fairmont* erwartet, so erklärt man ihm. Vor Carvalhos Augen taucht das Drehrestaurant im obersten Stockwerk des *Fairmont* auf, mit seinem skandinavischen Buffet und den Bedienungen, einer Mischung aus Walküren und altmodischen Revuegirls. Er sieht sich selbst im Außenlift mit dem atemberaubenden Ausblick auf die Stadt, deren Hügel sich selbstmörderisch in die riesige Bucht stürzen.

»Rhomberg ist sehr gefühlvoll, auch wenn er auf den ersten Blick so kopfgesteuert wirkt. Er hatte geradezu einen Narren an Jaumá gefressen und kann Ihnen sicher weiterhelfen«, sagte Jaumás Witwe, das Mädchen aus Valladolid.

»Chef, Bromuro ist beim Arzt und läßt ausrichten, daß er vor eins nicht zurück sein wird.«

»Was fehlt ihm denn?«

»Keine Ahnung, er will seinen Urin untersuchen lassen.«

»Wahrscheinlich ist er wieder mal dem Bromid auf der Spur, das sie uns seiner Meinung nach ins Essen und Trinken mischen, um uns vor Ausschweifungen zu schützen.«

»Irgendwas muß dran sein an der Geschichte, Chef, mir steht er jedenfalls seit Monaten nicht mehr.«

Carvalho greift erneut zum Telefon.

»Bankhaus Urquijo? Den Wirtschaftsdienst, bitte. Oberst Parra ... oh, Verzeihung, Pedro Parra!«

Pedro Parra hatte in der Universität den Spitznamen »Oberst Parra« bekommen. Er war damals besessen von der Idee, in den Bergen eine antifaschistische Widerstandsbewegung aufzubauen. An jedem Wochenende trainierte er, indem er Felswände hinauf- und hinunterkletterte. Und in den Pausen zwischen den Vorlesungen demonstrierte er seine Fitneß mit Kopfstand und Liegestützen. Ab und zu berief er geheime Treffen ein, stets an hochgelegenen, nur mühsam zu erreichenden Orten in der Nähe der Stadt, zu denen die Teilnehmer mit hängender Zunge eintrafen, Parra und seinen Gebirgsjäger-Tick verfluchend, soweit ihnen der Atem dazu noch reichte.

Von diesem »Oberst Parra« ist wenig geblieben. Er arbeitet jetzt als Betriebswirt für das Bankhaus Urquijo, und nur das sonnengebräunte Dreieck unter dem offenen Hemdkragen, Stigma des leidenschaftlichen Skiläufers, erinnert noch an den Ruf der Berge.

»Pepiño, du lebst noch?«

»Pedro, du mußt mir helfen.«

»Genauso direkt wie immer. Also was ist?«

»Ich brauche ein paar Informationen über die Petnay, den Multi. Internationale Beziehungen, Geschäfte in Spanien, alles, was allgemein bekannt ist, und alles, was nicht allgemein bekannt ist.«

»Lies irgendein Buch über den Sturz von Allende, und du weißt alles über Petnay. Zumindest über ihre ›internationalen Beziehungen‹. Was Spanien angeht, da kann ich dir vielleicht weiterhelfen. Wir haben hier ein paar, die auf Multis spezialisiert sind. Aber wozu brauchst du das denn? Bist du wieder in der Politik?«

»Keine Spur.«

»Na, jedenfalls sollten wir uns wieder mal sehen! Vielleicht fahren wir an einem Wochenende in die Berge und reden über die alten Zeiten, Ventura, äh?«

»Ventura?«

»Na komm, du wirst doch deinen Kampfnamen nicht vergessen haben?«

Bromuro stürzt sich auf die Schuhe, und noch bevor Carvalho den Mund aufmachen kann, hat er sie abgebürstet. »Benimmst dich wie ein Señor, wirfst dein Geld zum Fenster raus wie ein Señor, ißt wie ein Señor und hast Schuhe wie ein Müllkutscher.«

»Ist ja schon gut. Paß auf, du kannst dir ein paar Extrascheine verdienen. In der Nähe von Vic hat man einen Mann gefunden, ohne Unterhose, aber dafür mit einem Schlüpfer in der Tasche.«

»Ein Wurstfabrikant aus Vic?«

»Nun komm schon! Also was meinst du, nach was sieht das aus?«

»Wurde er erstochen?«

»Nein, erschossen.«

»Komisch. Zuhälter arbeiten normalerweise mit dem Messer, und das Ganze ist doch 'ne reinrassige Puffstory. Weiß man, von wem der Schlüpfer ist?«

»Idiot. Wenn man das wüßte, müßte man keinen Privatdetektiv durch die Gegend hetzen, oder? Hör dich mal um, Bromuro!«

»Wenn 'ne Nutte im Spiel ist, welcher Typ kommt 'n dann in Frage?«

»Der teure. Der Mann war schwerreich und mußte außerdem vorsichtig sein. Wahrscheinlich hat er sich ein oder zwei Stammnutten gehalten.«

»Pepe. Ich kenne diese Stadt jetzt vierzig Jahre lang in- und auswendig. Meine Nieren sind zwar im Arsch, aber meine Augen sind's nicht. Und ich sag dir, das wäre der erste Tote im Luxusmilieu. Prügel, das kann passieren, aber ein Toter, erschossen ... niemals, Pepe. Wenn er sich auf dem Straßenstrich rumgetrieben hätte, aber bei *den* Damen, nein, das wäre mir vollkommen neu.«

»Hör dich auf jeden Fall mal um.«

»Sofort! Sobald ich mit deinen Schuhen fertig bin, geh ich rüber ins Pissoir eine Runde pinkeln, wasch mir die Ohren aus, und dann kann's losgehn.«

»Was wolltest du denn beim Doktor?«

»Ihm eine Zigarre vorbeibringen, oder was dachtest du? Mir geht's schlecht, sauschlecht, wenn du weißt, was ich meine. Die Nieren aus Kork, der Magen wie Scheiße, und da, sieh dir mal meine Zunge an!«

Vor Carvalhos Knien erscheint eine von allem Nikotin dieser Welt zerfressene Zunge mit gelbem und weißem Belag.

»Steck deinen Dreck wieder ein, das dreht einem ja den Magen um!«

»Mir geht's wirklich schlecht, aber ich kann ja sagen, was ich will, keiner nimmt mich ernst. Dieser beschissene Arzt von der Sozialklinik hat mich auf Diät gesetzt. Kurzgebratenes Fleisch, Gemüse und frisches Obst. Da hast du's. Normalerweise esse ich einen Wermut, eine kleine Tapa und einen *carajillo* zum Nachtisch! Mehr als einen Hunderter am Tag hab ich nicht. Das reicht nicht mal für einen Apfel. Daran denkt keiner, Pepe.

Die haben ihren ganzen Grips beim Karrieremachen verbraucht, und das kommt dann raus: schweinigeln, Gott und die Welt schikanieren und unsereinem das Fell über die Ohren ziehen. Du kannst es drehen und wenden, wie du willst, es ist so und es bleibt so. Und wenn es einem einfällt, nicht auf sie zu hören, kratzt man vielleicht ab. Ich weiß auch nicht, wie die das machen, aber so ist es. Genau wie mit meinem Schwager. Dem ging's ein bißchen schlecht, er ging zum Arzt, und der sagte Krebs. ›Das hat vielleicht Ihr Großvater!‹ sagte er zu ihm. Jedenfalls hatte er Krebs, und nach drei Monaten war er tot. Ich glaube, er ist nur gestorben, weil er das mit dem Krebs erfahren hat. Solche Fälle gibt's zu Tausenden. Du lebst ruhig vor dich hin, gehst irgendwann mal zum Arzt, und der sagt: Krebs; und dann, Pepe, das kannst du mir glauben, dann kriegst du auch Krebs! Die machen dich nie gesund, vor allem nicht in meinem Alter. Die sagen dir nur, an welcher Krankheit du stirbst.«

»Ich dachte, du seist wegen des Bromids zu ihm gegangen.«

»Das Bromid? Ich bin jetzt bei dem Kerl seit ... seit ... also seit es die Sozialversicherung gibt, damals haben sich die Hausmeister noch wie Marschall Göring angezogen. Und seither versuch ich ihm das mit dem Brom beizubringen, tausendmal hab ich damit angefangen, keine Chance. Dabei ist es schlimmer als je zuvor. Was glaubst du, warum zur Zeit so viele Leute sterben? Wegen der Schweinereien, die uns die Regierung ins Trinkwasser mischt, um uns ruhigzustellen.«

Bromuro vergewissert sich, daß keiner zuhört:

»Was glaubst du, warum sich Franco so lange halten konnte? Na? Weil wir alle völlig verblödet waren von all dem Bromid im Wasser und im Brot.«

»Du rührst doch weder Wasser noch Brot an.«

»Aber *carajillo*! Und was glaubst du wohl, womit man den Kaffee macht, häh? Mit Wein? Das Kaffeewasser, damit haben sie mich gekriegt. Ich will dir mal was sagen, Pepe. Wenn ich politisch was zu sagen hätte, aber das hab ich ja nicht, also ich würde es anzeigen, wie unter Franco mit dem Bromid umgegangen und Schindluder getrieben wurde! Wir sind doch zur Zeit mitten in der Revision? Kennst du eine größere Verletzung der Menschenrechte als die Anwendung von Bromid gegen eine ganze Gemeinschaft?«

In der einen Hand die Bürste, in der andern die Rhetorik, hat Bromuro, selbst wenn er vor den Füßen kniet, die er putzen muß, plötzlich in Gestik und Ausdruck etwas von einem Senator.

»Ich sorge dafür, daß du bei den nächsten Wahlen groß rauskommst. Wir sammeln Unterschriften im Viertel, und du wirst der Senator der Ramblas!«

»Der Vertreter der Nutten, Gauner und Privatdetektive!«

»Aber du darfst deinen Wahlkampf nicht nur auf der Bromidsache aufbauen! Sonst halten sie dich für einen Öko.«

»Nimm mich nicht auf den Arm, Pepe! Was soll das mit dem Öko?«

»Das sind die Typen, die gegen die Verschmutzung von Luft und Wasser protestieren.«

»Neben dem Bromid ist das doch gar nichts. Was juckt es mich, wenn es in den Flüssen keine Forellen mehr gibt? Wie viele Forellen hast du in deinem Leben gegessen, Pepe? Na, wie viele?«

»Vielleicht zwanzig.«

»Sag bloß! Würdest du wegen zwanzig Forellen so einen Aufstand machen?«

»Hör schon auf, Bromuro. Ökologie ist nun wirklich nicht das, worüber ich mit dir diskutieren wollte. Mach dich mal lieber an den Mordfall ran.«

»Na klar. Recht so. Was hat sich auch ein einfacher Schuhputzer um diese Dinge zu kümmern! Schuster bleib bei deinen Leisten, das meint Ihr doch, Ihr feinen Herren. Wenn man sich mal Gedanken macht, dann soll man schweigen, sein Leben lang. Hier, auf diesem Kasten, hab ich einen Brief an den General Muñoz Grandes geschrieben, mit dem war ich in Rußland, und alle haben gesagt, der wäre ein ehrlicher und rechtschaffener Kerl. Ich hab ihm alles geschrieben, was ich über das Bromid weiß, von Kamerad zu Kamerad, von Rußlandkämpfer zu Rußlandkämpfer, aber glaubst du, der hätte mir geantwortet? Keine Zeile!«

Aus Carvalhos Tasche flattern tausend Peseten, und Bromuro schnappt sie sich, ohne auch nur einen Bürstenstrich mit dem Polieren der Schuhe auszusetzen. Wieselflink läßt er den Schein in seinem Hemd verschwinden.

»Ich werd mich umtun. Keine Sorge, dein Auftrag ist mir Befehl.«

Carvalho dreht die Schuhe hin und her, um die Lichtreflexe auf seinen Schuhen spielen zu lassen, und steigt vom Hocker des Schuhputzers. Er läßt fünfzig Peseten in Bromuros Hand gleiten und geht dann hinüber zu den Billardtischen. Ein Lichtkegel fällt auf den Billardtisch in der Ecke, wo die Kugeln im Bewußtsein ihrer Farbe rollen, die der Weißen trägt Alterspatina, während die der Roten für Unruhe sorgt. Ein alter Carambolage-Spieler kalkt mit andächtiger Feierlichkeit die Spitze seiner Queue und prüft dabei mit zusammengekniffenen Augen die Möglichkeiten des nächsten Stoßes. Er hat ein Billardbäuchlein, eins von der Sorte, das bei jedem Stoß eingezogen werden muß, damit es nicht die Tischkante berührt und dabei Unmengen von Bier und *carajillos* in den inneren Abgründen des Körpers umwälzt. Er geht einmal ganz um den Tisch herum, während sein Gegenspieler an einem Glas Anis schlürft, ohne den grünen Filz aus den Augen zu lassen, auf dem die Kugeln ihre obligate Rolle nervenloser Tiere spielen. Man weiß nie, ob das Licht von der konischen Blechlampe herunterkommt oder vom Filz zu dem hängenden Trichter aufsteigt. Aber man kann mit Sicherheit sagen, daß dieses kleine Theater aus der Dunkelheit geboren wurde, und der dicke Spieler stößt eine Kugel, folgt mit dem Blick ihrer kalten Spur, sieht zu, wie sie mehrmals abprallt; und schon hebt er die Hand, um wer weiß welche Bewegung aufzuhalten und sie nach dem Zauberwürfel aus blauer Kreide auszuschicken, die der Spitze seiner Queue Zielsicherheit und Biß verleihen wird.

Jaumá und Rhomberg warteten vor dem Eingang des *Holiday Inn* an der Market Street. Carvalho fuhr mit seinem Volkswagen noch einmal um den Block, um einen Parkplatz zu finden, und ließ dann die wortreiche Begrüßung Jaumás über sich ergehen, der inmitten seines fröhlichen Gebrabbels verkündete, er sei depressiv gestimmt.

»Die Aussicht auf eine Landpartie wirkt nicht gerade stimulierend auf mich. Na, wenigstens ist das Endziel dieser Reise Las Vegas. Ich bin der geborene Spieler. Und Sie, Carvalho?«

»Ich nicht. Ich war ein paarmal in den Casinos von Las Vegas, aber ich habe gerade mal zehn Dollar in die Spielautomaten gesteckt. Von den Glücksspielen am Tisch verstehe ich nichts.«

»Nicht einmal Roulette?«

»Kein Interesse. Ich kenne nicht mal die Regeln.«

Sie warteten, bis Rhomberg am Avisschalter sein Auto bekam und sich schließlich hinters Steuer setzte. Jaumá nahm neben dem Deutschen Platz, und Carvalho ließ sich auf den Rücksitz fallen. Von Zeit zu Zeit unterbrach er Jaumá, um ihn auf die Sehenswürdigkeiten San Franciscos aufmerksam zu machen, das sie in Richtung L. A. verließen, aber seine Bemerkungen wurden von seinen Reisebegleitern mit so deutlichem Desinteresse aufgenommen, daß er schon bald in schläfriges Schweigen verfiel. Carvalho schreckte auf, als ihn ein fröhlich grinsender Jaumá am Arm rüttelte und dann zum Fenster hinausdeutete. Der Wagen stand an einer Tankstelle, und die Szene, auf die ihn Jaumá aufmerksam machen wollte, bestand aus einem Dieter Rhomberg, der mit zwei Angestellten, zwei jungen Chicanos, verhandelte.

»Beachten Sie die unendliche Geduld, die den reinrassigen Arier auszeichnet.«

Rhomberg schien den beiden Chicanos etwas erklären zu wollen, und die beiden hörten ihm mit heimtückischem Interesse zu. Der Deutsche zeigte mit den Händen nach Osten und fuchtelte dann aufgeregt in der Luft herum. Die Chicanos wiederholten seine Gesten.

»Ein Entdecker, der die Unwissenden aufklärt.«

An der Vegetation und der weiträumigen Landschaft konnte Carvalho erkennen, daß sie bereits ziemlich weit im Süden waren, in der Nähe der Strände von Misión Carmelo.

»Ist es noch weit bis Carmel Beach?«

»Nein, und ich würde am liebsten hier essen. Dieter! Dieter! Überlaß die Knaben gnädig ihrer Unwissenheit und komm endlich!«

Dieter verabschiedete sich von den Chicanos mit einer Geste, die die Verzweiflung eines engagierten, aber gescheiterten Lehrers ausdrückte, und kam zum Auto.

»Worum ging's denn?«

»Sie wollten wissen, wo Europa liegt.«

Jaumá kamen vor Lachen die Tränen.

»Ich weiß nicht, was es da zu lachen gibt. Sie haben mich gefragt, ob ich vom Film sei, und ich habe ihnen gesagt, daß ich Deutscher bin. ›Wo ist das, Deutschland?‹ wollten sie wissen. Unglaublich. ›Wart ihr nicht auf der Schule?‹ – ›Doch, doch.‹ Sie sind zur Schule gegangen. Gut. ›Und da habt ihr nicht gelernt, wo Deutschland ist?‹ – ›Nein!‹ – ›In Europa.‹ Europa, das kam ihnen bekannt vor, aber sie wußten wohl nicht so recht, wo es hingehört, in den Indischen Ozean oder zum Südpol. ›Deutschland, Deutschland‹, sagte ich ihnen. ›Alemania, Brandt! Adenauer!‹ Nichts. ›Hitler!‹ Den ja, das wußten sie, daß Hitler was mit Deutschland zu tun hatte. Und dann wollten sie noch wissen, ob Deutschland kleiner ist als Mexiko oder die USA. Könnt ihr euch das vorstellen? Was für eine Art Geographie lernen die in diesem Scheißland?«

»Rhombergs Empörung erinnert mich an die des weisen Geographen Paganal in *Die Söhne von Kapitän Grant*, nachdem er entdeckt hat, daß die Engländer in ihren Kolonien die Geographie so unterrichteten, daß die Eingeborenen glauben mußten, die ganze Welt sei britisch. Die alte Geschichte. Die Welt aus der Sicht der Kolonisatoren und aus der Sicht der Kolonisierten. Wenn man für einen Multi arbeitet, teilt man die

Welt auch anders auf als ein Schulatlas. Ich habe eine Karte im Kopf, auf der die Kontinente entsprechend ihrer Bedeutung für den Petnay-Multi eingezeichnet sind. Ein Generaldirektor der britischen Sektion erklärte es mir eines Tages folgendermaßen: Wenn ein Petnay-Manager in Kalkutta einen Furz läßt, dann stinkt er bis nach Chelsea. Dabei dachte ich immer, es sei umgekehrt: Wenn einer in Chelsea furzt, dann riecht man es bestimmt in Kalkutta. Sie haben keine Vorstellung davon, was das ist, ein Multi wie die Petnay. Sie konzentriert mehr Informationen als ein Staatsapparat und verfügt über ebenso viele politische Ressorts wie das State Department. Das Petnay-Imperium. Hauptstadt: San Francisco.«

»Ich dachte, die Zentrale von Petnay sei in London?«

»Die Vorzeige-Zentrale, die mit den Frühstücksdirektoren. Die eigentliche Macht geht von San Francisco aus.«

Rhomberg warf Jaumá einen mißbilligenden Blick zu, aber der starrte ausdruckslos auf die Landschaft vor dem Fenster, als würde er von ihr den Text seines Vortrags ablesen.

»Es tut gut, mit einem Inspektor mit sozialistischer Ideologie und einem intelligenten Landsmann unterwegs zu sein. Wissen Sie, daß wir Spanier die besten Vorarbeiter der Welt sind? Haben Sie irgendwelche Zweifel daran, daß das unsere Aufgabe in der Welt der Zukunft sein wird?«

»Als ich jünger war, glaubte ich, wir Spanier seien nur fähig, Henker oder Opfer zu sein. Die Sache mit den Vorarbeitern ist mir entgangen.«

»Also, das steht fest. Die Geschichte der ökonomischen und politischen Emigranten aus Spanien wimmelt von Vorarbeitern. Seit dem 19. Jahrhundert. Politische Emigranten und Wirtschaftsflüchtlinge aus Spanien haben Europa und Amerika mit ausgezeichneten Vorarbeitern versorgt. Mein Vater ging 1939 ins Exil und wurde Forstvorarbeiter in Südfrankreich, bis er vor den Deutschen fliehen mußte. Vor Dieter und seinen Jungs.«

Dieters Grunzen erfolgte mit routinemäßiger Mißbilligung, als antworte er auf einen schon oft gehörten Witz.

»Komisch. Mein Vater ging auch 1939 ins Exil und brachte es zum Vorarbeiter in irgendwelchen Steinbrüchen bei Aix-en-Provence.«

»Sehen Sie? Ich habe auch eine Erklärung dafür, die zum Teil mit Ihrer Theorie von Opfern und Henkern zusammenhängt. Die Spanier, die Opfer sind, sind dafür begabt, im Ausland Vorarbeiter zu werden. Sie haben die Angst des Verlierers und den zähen Willen zum Überleben; die Härte dessen, für den es kein Zurück gibt. Ich selbst auch. Ich bin ein Vorarbeiter und Dieter ein Inspektor für Vorarbeiter.«

»Sind Sie denn ein Verlierer, einer, der noch mal davongekommen ist, ein Mann, der nicht zurück kann?«

»Ich würde sagen, ja. Fast alle meine Studienkollegen von der juristischen Fakultät sind entweder Gewerkschaftsanwälte und im Begriff, mit zehn Zeilen in der Sowjetenzyklopädie erwähnt zu werden, oder sie sind Anwälte der gesellschaftlichen und ökonomischen Luxusklasse. Ich war immer ein Vagabund und bin weder geblieben, um die Arbeiterklasse zu verteidigen, noch, um eine brillante gesellschaftliche Karriere zu machen. Ich habe den Instinkt eines Überlebenskünstlers und einen Vorarbeiterposten beim mächtigsten Multi der Welt. Ich kann nicht zurück. Das hieße ganz von vorn beginnen, die Kinder aus ihrem College mit Bäumen herauszunehmen, wo sie bis zum zehnten Lebensjahr Französisch lernen und ab dem elften Englisch; aus dem Golfclub auszutreten und den Liegeplatz samt der 15-Meter-Yacht zu verlieren. Was würde ohne mich aus Reclús und Quimet?«

»Aus wem?«

»Reclús und Quimet sind zwei Matrosen, die ich für meine Yacht angeheuert habe. Sie liegt im Hafen von Estartit, und ich benutze sie nur ganz selten, grad mal, um auf den Meda-Inseln ein *bocadillo* mit Schinken zu essen, wohin man genausogut rudern oder sogar schwimmen kann.«

Der Frühling vervielfältigte die Blumen, die über die niedrigen Zäune der Häuser im sogenannten kalifornischen Stil lugten –

Häuser aus dunklem Holz mit dem Gütesiegel der Einzigartigkeit, im Gegensatz zu den ganzen Vierteln aus Fertighäusern, die sie hinter sich gelassen hatten, bevor sie in die Carmel Street eingebogen waren. Eukalyptus-, Orangen- und Zitronenbäume sorgten für eine beinahe mediterrane Atmosphäre, wäre nicht das andere, eher nördliche Licht gewesen, das die Umrisse schärfer hervortreten ließ. Carvalho empfand diese Landschaft, die zu den langen weißen Sandstränden abfiel, wie eine Imitation, vergleichbar dem Champagner oder dem Wein der Amerikaner, aber dieses Gefühl hörte schlagartig auf, als Strand und Meer sichtbar wurden; beide grenzenlos, in einem kontinuierlichen, lebendigen Blau; zwischendurch ein paar rhythmische, rollende Wellen, die im Sommer als mobile Surfpisten dienten. Auch die saubere Gepflegtheit dieser Landschaft hinderte ihn daran, das Ganze als Surrogat zu betrachten. Gepflegt der Sandstrand, ohne den Makel verstreuten Papiers, das im Wind umherfliegt, gepflegt die täglich gegossenen Blumenbeete und ebenso die weißhäutigen Angelsachsen, weiß wie der Sandstrand und stets so kostümiert, als gingen sie ohne Kostümierung durchs Leben.

Sein zweites Telefongespräch mit San Francisco treibt Carvalho zum Kühlschrank seines Büros. Mit einem einzigen Schluck kippt er ein Glas eiskalten *orujos*[7] hinunter.

»Mr. Rhomberg wohnt nicht mehr hier.«

»Seit gestern nacht, oder wie?«

»Seit ein paar Monaten.«

»Aber ich habe doch gestern abend angerufen, und da wurde mir ausgerichtet, er sei zum Essen gegangen.«

»Da hat man Sie falsch informiert. Er ist mit unbekannter Adresse verzogen.«

»Reden wir überhaupt von derselben Person? Dieter Rhomberg. Er arbeitet für Petnay.«

»Hat gearbeitet. Vor zwei Monaten hat er gekündigt, kurz darauf ist er weggezogen.«

»Hat er nicht wenigstens eine Nachsendeadresse hinterlassen?«

»Nein!«

»Und wer sind Sie? Mit wem spreche ich?«

»Das braucht Sie nicht zu interessieren.«

Und es wurde aufgehängt. Es war nicht dieselbe Frauenstimme wie am Abend zuvor. Innerhalb von vierundzwanzig Stunden, die jetzt zu zwei Monaten und einer Kündigung aufgeblasen worden sind, ist Rhomberg, wie es scheint, spurlos verschwunden. Ein zweites Glas *orujo* bringt Carvalho zu der Erkenntnis, daß er ihm kein drittes hinterherschicken sollte. Dann greift er wieder zum Telefon.

Concha Hijar weigert sich, die Nachricht vom plötzlichen Verschwinden Rhombergs zu glauben. »Unmöglich! Und schon gar nicht seit zwei Monaten. Er hat vor vierzehn Tagen noch aus San Francisco angerufen, um sich zu erkundigen, wie's mir und den Kindern geht.«

Die Stimme der Witwe Jaumá auf der anderen Seite des Hörers klingt voll ehrlicher Überraschung.

»Kennen Sie seine Adresse in Deutschland?«

»Er hielt sich eigentlich stets in San Francisco auf, wenn er nicht geschäftlich unterwegs war. Vor allem, seit er allein war. Als seine Frau noch lebte, hatten sie eine Wohnung in Bonn. Ich weiß nicht, ob er die behalten hat. Aber ich glaube schon. Er hat einen Sohn, der bei seiner Schwester wohnt, ab und zu besuchte er die beiden. Die Schwester wohnt in Berlin.«

Eine Stunde später hat Carvalho herausgefunden, daß Rhombergs Wohnung in Bonn seit einigen Wochen verlassen ist, und daß sich der Eigentümer auf einer »Entgiftungskur« befindet, wie seine Schwester es ausdrückt. Dieter habe den Konzern zutiefst angeekelt verlassen und seiner Schwester in einem Brief mitgeteilt, daß er sich in Afrika umsehen wolle, »auf der Suche nach den Ursprüngen, nicht gerade denen des Nils, sondern nach meinen eigenen«.

Carvalho kann sich nicht verkneifen, Rhombergs Schwester

zu fragen, ob der Brief auch ohne jeden Zweifel von Dieter sei. Er sei auf der Schreibmaschine getippt, aber nach Unterschrift und Stil eindeutig von Dieter. So oder so: Die Daten passen nicht zueinander. Nach dem zweiten Anruf in San Francisco vagabundiert der Deutsche seit zwei Monaten durch die Welt, nach dem ersten ist er nur kurz außer Haus gegangen und kommt noch am selben Abend wieder. Und nun die eigene Schwester, die behauptet, von dem Petnay-Manager vor zwei oder drei Wochen einen Brief erhalten zu haben.

»Wann genau?«

»Ich habe ihn nicht hier. Ich habe ihn seinem Sohn gegeben. Der hebt alle Briefe von Dieter auf, und ich kann ihn jetzt nicht darum bitten, er ist in der Schule.«

Aber das genaue Datum bringt ihn ohnehin nicht weiter. Zwei oder drei Wochen. Hat ihn die zweite Stimme in San Francisco belogen, oder gehorcht das alles einer Logik, die nicht zu einem internationalen Inspektor paßt? Er verabschiedet sich vor zwei Monaten, bleibt eineinhalb Monate unschlüssig, schreibt dann seiner Schwester und entscheidet sich in Wirklichkeit erst gestern dazu, zu verschwinden, genauer gesagt, nach Carvalhos erstem Anruf. Das Mißtrauen ist nicht nur beruflich, sondern auch genetisch bedingt. Mißtrauisch wie meine Mutter, denkt Carvalho, während der morgendliche Nebel seinen Magen verläßt und einem kräftigen Hunger den Platz räumt. Er überlegt einen Moment, ob er sich von Biscuter eine Kleinigkeit zubereiten lassen oder lieber mit Charo weiter oben an den Ramblas essen gehen soll. Eine plötzliche Telefoniermüdigkeit hindert ihn daran, Charo anzurufen, und ein unkontrollierter nervlicher Mechanismus treibt ihn auf die Ramblas und läßt ihn, nostalgischen Gedanken nachhängend, ein nahegelegenes Restaurant auswählen. An der Plaza Real nimmt er auf die schnelle drei kleine Bier und vermißt dabei sehnsuchtsvoll jene Tapa von Kalamares in einer Sauce mit Pfeffer und Muskat, die früher das Wahrzeichen der belebtesten Bierkneipe des Viertels war. In einer bräunlichen Tunke schwimmend, geben die mumifizierten Kalamaresarme vor, illustre Vergangenheiten fortzusetzen. Das Schlimme an der Kultur des Vergänglichen ist eben ihre Vergänglichkeit. In dieser Küche wirkte einmal ein Genie in der Kunst der Kalamareszubereitung; er schuf die Illusion eines unvergänglichen Geschmacks, verschwand aber dann und hinterließ eine nicht auszufüllende Leere. Und noch dazu gab es keinen von der alten Belegschaft mehr, der ihn auf die Spur des Genies hätte bringen können. Kellner sind flatterhafte Vögel, vor allem in der heutigen Zeit, wo jeder Kellner werden kann, der weiß, wie man in eine weiße Jacke schlüpft – ist sie heute dreckiger als gestern, dann ist sie sauberer als morgen.

Nach dem hundertsten masochistischen Gedanken an die Kalamares von ehedem beschließt Carvalho, sich mit einem Essen im *Agut d'Avignon* zu entschädigen. Er schätzt das Lokal wegen der Qualität seiner Küche, deren Genuß allerdings durch die Sparsamkeit der Portionen sehr geschmälert wird. Als Gracián schrieb: »... Gutes, wenn wenig, ist doppelt gut«, hat er nicht ans Essen gedacht, oder er war einer dieser schmierigen Scheißintellektuellen, die von Buchstabensuppe und einem Ei leben können, das so hart ist wie ihr Kopf. »Man muß essen, um zu leben, nicht leben, um zu essen«, hat mehr als ein abgestandener Philosoph behauptet. Heute bekommt er Verstärkung von Ernährungsspezialisten, denen verdammt noch mal nichts Besseres einfällt, als auf den Dicken herumzuhacken.

Er bestellt zum Auftakt eine Tortilla mit jungen Knoblauchtrieben, danach einen Teller *múrgula*-Pilze mit Schweinebauch und schließlich einen *bacallà a la llauna*[8], gefolgt von einem Teller Himbeeren ohne jede Zutat.

»Ohne alles?«

»Jawohl, ohne alles.«

Er schwelgt in der Ähnlichkeit der Himbeere mit einer Klitoris und der Festigkeit ihres kurzfaserigen, sauren Fleisches, das die Zähne weniger angreift als die Brombeere und mehr Substanz besitzt als die Erdbeere. Der Besitzer des *Agut d'Avignon* wirkt wie ein Gutsherr der zwanziger Jahre, der sein Vermögen in einer verrückten Nacht beim Bakkara verspielt hat und nur dank dieses Restaurants nicht verrückt geworden ist. Es bedarf genauso der persönlichen Führung wie ein Füllfederhalter oder eine Frau. Carvalho erinnert sich vage an ihn, wie er damals, als freischweifender Rebell kostümiert, mit der *bandurria*[9] über der Schulter, die Kreuzgänge der Universität des Schreckens durchstreifte und mit seinem Schnauzbart eines jungen Libertin der zwanziger Jahre musikbegeisterte Mädchen anlockte. Eines schönen Abends muß er mit seiner *tuna*[10] dieses Lokal betreten und begriffen haben, daß ein Restaurant eine Heimat ist, vielleicht die beste von allen. Und er blieb für immer. Carvalho sieht ihn häufig beim fachkundigen Auswählen der Ware in den Markthallen der Boquería, stets in einem Anzug, als wolle er gleich für eine Farbpostkarte posieren, auf der der junge Lord ein frisches englisches Mädchen um die Taille faßt – im Hintergrund eine Wiese in Sussex und in den Wolken ein kleiner Engel mit einer Schriftrolle, auf der steht: »I love you, Milady.« Der Besitzer des *Agut d'Avignon* schätzt dieselbe Ware, die auch Carvalho nehmen würde; distanziert und sicher deutet er wortlos mit dem Finger auf das, was sein Wohlgefallen findet. Zuweilen bedient er sich dazu auch eines Stöckchens, dünn wie ein Federhalter. Allein diese Geste des schon über vierzig Jahre jungen Art-deco-Libertin läßt die Frauen hinter den Fisch- oder Fleischständen das Auserwählte eilfertig für ihn zurücklegen. Carvalho weiß, er verzehrt jetzt bestimmt das Beste, was die nahe Markthalle zu bieten hat – dazu andere interessante Dinge, die der Patron aus den hauseigenen Gärten und von besonderen Bauernhöfen bezieht, wie die französischen Wirte, mit professionellem Stolz. Die Qualität des Verzehrten und noch zu Verzehrenden kompensiert die Winzigkeit der Portion, die Carvalho weniger dem Wuchertrieb des Besitzers zuschreibt als dessen Bestreben, alle seine Gäste so schlank zu erhalten wie sich selbst. Obwohl das Scheitern dieses persönlichen, nicht übertragbaren Kreuzzugs offensichtlich ist, verlassen die Ärzte unter den Gästen das Lokal mit der Befriedigung, wenigstens einmal das Prinzip befolgt zu haben, daß man ein wenig Hunger fürs Abendessen aufsparen soll – auch einer der Aphorismen, die Carvalho haßt.

»Ich wollte dich eigentlich anrufen, aber dann war ich zu faul und bin allein essen gegangen.«

»Vielen Dank. Zu nett. Und jetzt kommst du angewackelt, um eine kleine Siesta zu halten?«

»Was denn sonst?«

»Ich warne dich. Ich komme grade vom Friseur und habe keine Lust, mir von dir die Haare durcheinanderbringen zu lassen.«

»Und wie machst du das mit deinen Kunden? Nimmst du an den Tagen, an denen du beim Friseur warst, frei?«

»Für die Kunden tut's eine Perücke. Schwarz am Montag, Mittwoch und Freitag, blond dienstags, donnerstags und samstags. Wenn du willst, setze ich sie mir auf.«

»Lieber nicht.«

Der Ärger verschwindet aus Charos Gesicht, sie nimmt Carvalhos Kopf zwischen beide Hände und küßt ihn auf die Lippen. »Der Arme. Seine kleine Hure läßt ihn nicht mal zur Siesta ins Bett. Komm, mein Süßer, komm!«

Charo zieht sich aus, während sie den Gang entlang vor ihm hertänzelt, und seine Nerven erzittern beim Anblick ihres prachtvollen Hinterns, der im Rhythmus ihrer Schritte wippt. Das Halbdunkel des Schlafzimmers kann die Schätze ihres Körpers nicht verbergen, den die Sonne der Dachterrasse und des Solariums gebräunt haben, die Brustwarzen noch schläfrig und eine Zunge, die sich mit der Schlagkraft eines Karateka in Carvalhos Mund bohrt. Nun zieht sie den Detektiv zärtlich aus, wie ein kostbares Geschenk, und setzt sich auf seinen Penis, während sie eine Wange an seiner Brust reibt, die ihn immer wieder durch ihre Weichheit überrascht. Gemächlich, fast zaudernd nähern sich die Leiber dem Bett, ohne Schritte zu verschwenden, kaum zulassend, daß die Füße vorwärts gleiten, um die Sache zu verlängern und hinauszuzögern. Am Bett angelangt, legt sich Carvalho mit dem Gesicht zur Decke, vor die sich Charos kupferfarbenes Gesicht schiebt, gerötet von innerer Hitze, als sei sie im Geist Jungfrau geblieben. In der fließenden Kontinuität von Zärtlichkeiten und Anstrengungen verschwimmen die Umrisse des Zimmers; stählern wird die Verbindung der Genitalien, und in Lippen und Zungen konzentriert sich die ganze Ausdrucksfähigkeit der beiden Körper. Glitschig von ihren eigenen Säften, verlieren sie sich und bleiben ausgestreckt liegen, wie ein aufgeschlagenes Buch, das noch von Scharnieren aus Armen und Beinen zusammengehalten wird. Der Friede der Zimmerdecke senkt sich auf Carvalho herab, während er mit einer Hand versucht, auf Charos Brüsten die letzten Solidaritätsbeweise zu hinterlassen; Glut unter der Asche der verlöschenden intensiven Kommunikation, eine späte Sonne über satten Tieren.

Charo läßt Carvalho als ersten ins Bad, längst an die Hast gewöhnt, mit der er jedesmal, wenn sie sich geliebt haben, davonläuft, als gelte es, sich vom Ort eines Verbrechens zu entfernen.

»Ich ruf dich an«, sagt Carvalho, während er seine Schuhe anzieht, und von der anderen Seite der Tür antwortet das Plätschern der Dusche. Dankbar über den frischen Luftstrom im Gang folgt er diesem zum Kühlschrank, wo eine gut gekühlte Flasche Champagner an ihrem Platz steht und ihn erwartet. Gierig stürzt er ein Glas hinunter, genießt das wiederbelebende Prickeln, während die blonde Kühle eine wichtige Höhle seines Körpers erreicht. Im Eingangsbereich greift er zum Telefon, um sich mit Marcos Núñez auf Mitternacht im *Sot* zu verabreden.

»Wenn Sie fünfzehn oder zwanzig Leute sehen, die mit amüsierter Langeweile jemandem zuhören, dann schauen Sie dort nach mir. Ganz sicher bin ich es, der spricht.«

Die Straße beherrschen Lieferwagen und alte Nutten in Angorapullovern, die wie Decken über großen Tonkrügen wirken. Mit der einen Hand schwenken sie ein von jahrealtem Schweiß glanzlos gewordenes Täschchen; mit der andern machen sie die

Kunden an oder benutzen einen Fingernagel, um die Lücke zwischen Eckzahn und erstem Backenzahn von einem Fleischrest zu säubern. Derselbe Finger nutzt die Wegstrecke, um auf den Lippen das Rot zu verteilen oder das Ohr von Juckreiz, Schuppen und altem Ohrschmalz zu befreien. Die Fahrer der Lieferwagen gehen mit abendlicher Müdigkeit zwischen den Läden und höhlenartigen Bars und ihren Lieferwagen von *Sánchez Hermanos* oder *Fenogar Productos Congelados* hin und her, wobei sie den alten Gunstgewerblerinnen die eine oder andere Bemerkung zurufen.

»Aber Großmutter, warum hast du so große Titten?«

»Weil dein Papi immer daran nuckelt.«

Ein Betrunkener testet die kürzeste Entfernung zwischen Fahrbahn und Gehweg. Ein Strom von Kindern quillt aus irgendeinem College im Hochparterre, wo Klogestank die Atmosphäre bestimmt und der Horizont in einem Hinterhof beginnt und endet, dem Hoheitsgebiet von Katzen, Ratten und Müll. Auf ein paar Galerien scheint immer dieselbe Wäsche zum Trocknen zu hängen. Geranientöpfe auf brüchigen Balkonen, Bartnelken, Käfige mit mageren, gestreßten Grünpapageien, Butangasflaschen, Schilder von Fußpflegern und Hebammen. *Partit Socialist Unificat de Catalunya – Federación Centro*, Friseursalon Maite. Fettiger Bratölgestank: panierte Kalamares, fritierte Fischchen, Pommes frites mit scharfer Sauce, im Ofen zubereitete Lammköpfe, Bries, Kutteln, *capipota*[11], Kniekehlen, Achselhöhlen, Furchen zwischen den Brüsten, Kaninchenbeine, wassersüchtige Tränensäcke, Krampfadern. Aber Carvalho kennt die Gegend und die Leute. Er würde sie nie missen wollen, es ist die Umgebung, die er braucht, um sich lebendig zu fühlen, obwohl er nachts lieber aus der besiegten Stadt flieht und zum pinienbestandenen Stadtrand fährt, von dem aus man sie wie eine Fremde betrachten kann. Unbezahlbar das Schauspiel an den Straßenecken des V. Distrikts, wo die Gassen in die Ramblas münden wie in einen Fluß, der die Biologie und Geschichte der ganzen Stadt, ja der ganzen Welt mit sich trägt.

Biscuter ist gerade dabei, auf dem kleinen Gaskocher eine Tortilla zuzubereiten, als Carvalho sein Büro betritt.

»So wie Sie's am liebsten mögen, Chef, mit ganz wenig Zwiebeln und nur einer Spur Knoblauch und Petersilie.«

In Null Komma nichts zaubert Biscuter ein Gedeck auf den Schreibtisch. Carvalho widmet sich einem handtellergroßen Stück Tortilla, während Biscuter ihm gegenüber an einem anderen Stück kaut und auf eine anerkennende Bemerkung wartet.

»Jetzt sagen Sie bloß, die ist nicht hervorragend gelungen, Chef! Falls Sie noch mehr Hunger haben – ich habe Ihnen ein wenig *capipota con samfaina* [12] gemacht. Und, wie schmeckt die Tortilla nun?«

»Korrekt.«

»Verdammt! Sie waren auch schon mal großzügiger mit Ihren Komplimenten, Chef. Ich finde sie himmlisch. Und probieren Sie erst einmal die *samfaina* - die ist richtig göttlich. Ah, eh ich's vergesse: Ein Pedro Parra hat angerufen, er nannte sich Oberst. Morgen hätte er alles, was Sie brauchen. Sie sollen in der Bank vorbeischauen. Und ein Telegramm ist gekommen. Ich hab's nicht aufgemacht.«

»Ankomme Barcelona Mittwoch. Rhomberg.«

»Bring mir noch was von der *capipota.*«

»Sie werden doch nicht danach noch zum Essen gehen, Chef? Sie essen für zwei und setzen trotzdem nichts an. Aber das geht alles ins Blut, als Cholesterol.«

»Ich halt's nicht aus! Medizinische Kapazitäten, wo ich den Fuß hinsetze. Erst Bromuro und jetzt auch noch du. Bring die Tortilla, und mach dir keine Sorgen um mein Cholesterol!«

»Ich mein's ja nur gut.«

»Und du, ißt du noch was nach dieser üppigen Mahlzeit?«

»Na klar, alles, was übrigbleibt, in meiner schwachen Stunde. Ich weiß auch nicht, was in letzter Zeit mit mir los ist, Chef. Ich muß dauernd was zwischen den Zähnen haben. Ich schlafe schlecht. Bin deprimiert. Und ich muß ständig an meine Mutter denken, Gott hab sie selig.«

Mit einer Serviette wischt sich Biscuter eine Träne ab, aber seine Augen stehen immer noch voll Wasser, das auf die grünrote *capipota con samfaina* zu tropfen droht.

»Such dir eine Freundin, Biscuter, schau öfter mal bei den Nutten vorbei, oder hol dir wenigstens ab und zu mal einen runter, das muntert auf!«

»Freundin ... Sie haben leicht reden. Und mit den Huren hat es noch nie geklappt. ›Komm, mein kleiner Glatzkopf, zeig schon, was hast du denn da Schönes ...? Komm, ich will dir das Schniepelchen waschen!‹ Da muß ich einfach lachen. Zum Kotzen. Und einen runterholen ... na, was denn sonst! Tag und Nacht. Mit der Rechten und mit der Linken. Ich wende sogar das System mit der eingeschlafenen Hand an: Man setze sich auf die eine Hand und warte, bis sie blau wird und einschläft. Dann ist es so, als würde es einem wer anderes besorgen.«

»Hast du es schon mal mit einem rohen Beefsteak probiert?«

»Nein.«

»Probier's mal, du wirst begeistert sein.«

Carvalho wirft Biscuter einen Blick zu, der diesen eilfertig zum schmutzigen Geschirr greifen läßt, und zieht das Telefon zu sich herüber; daneben liegt Rhombergs Telegramm. Aber dann hebt er doch nicht ab. Irgend etwas hindert ihn daran, der Witwe Jaumá von Rhombergs unerwartetem Auftauchen zu erzählen.

Eine Bar zu betreten, in der das Publikum Hauptdarsteller ist, und die Stufen hinuntersteigen zu müssen, die ins Zentrum der Komödie führen, das läßt die Schultern straff werden wie die eines New Yorker Filmschauspielers und die Beine wie die eines Seiltänzers. Vor Mitternacht sind hier kaum mehr als zwei oder drei Pärchen zu finden, die versuchen, ihrer Einsamkeit oder Zweisamkeit zu entfliehen, aber dann tauchen sie auf: Schauspieler unabhängiger Bühnen, abhängige Schauspieler, Beamte mit sensibler, kulturbegeisterter Vergangenheit, verhinderte Regisseure – ja, wenn das Kino nicht so kommerzialisiert wäre! –

Sänger der ewig währenden *nova cançó catalana*[13], ein politischer Karikaturist, der immer, und ein anderer, der sonst nie hier sitzt. – »Also Barcelona, das ist Europa!«

Ein ehemaliger Knastologe, der dichtet und im *Sot* ein Doppelleben sucht, um einen Teil seiner fünfundzwanzig Knastjahre nachzuholen; ein blutjunger Funktionär der *Comisiones Obreras*[14] mit grauen Augen; Damen der lokalen Linken, die gerne organisieren und Unterschriften sammeln; professionelle Nachtschwärmer, die seit dreißig Jahren auf die Nacht warten, in der alles möglich ist; ein homosexueller Romancier mit seinem in Pelze gehüllten Freund; ein Homosexueller, der Romane schreibt (»Ehrenwort!«); ein konkreter Poet, der Trotzki gelesen hat; ein politischer Stammtischmoderator mit der magischen Gabe und der richtigen Gestik, um alle Worte zu verdrehen und zu Synthesen zu gelangen, wo es nie eine These gegeben hat; der eine oder andere sensible, intellektuelle Gelegenheitsgast in Erwartung einer Bekanntschaft, die zu machen auch den ältesten Stammgästen noch nicht gelungen ist; Expolitiker, die noch eine gewisse ethische Berufung verspüren; junge Insulaner von egal welchen Inseln, Verrückte und zukünftige Reiche, die mit den Augen soviel wie möglich von der intellektuellen Creme verschlingen wollen; Flüchtlinge vor dem Terror in Uruguay, Flüchtlinge vor dem Terror in Chile, Flüchtlinge vor den sukzessiven Terrorwellen in Argentinien; eine der zehn rechten Hände von Carrillo; ein nicht mehr ganz junger Industrieingenieur, der marxistische Bücher der radikal-unabhängigen Richtung herausgibt; der eine oder andere menschliche Überrest der Intelligenzija der vierziger Jahre, groß geworden mit Lajos Zilahy oder Stefan Zweig; puritanische mittlere Kader der Linken mit der Absicht, eine Nacht lang das dekadente und ganz sicher skandalöse Schauspiel aus der Nähe zu betrachten, das die linken Nachtschwärmer bieten. Cocktails zwischen der niedrigen Qualität mittelmäßiger Bars in Manhattan und der noch niedrigeren der Cocktailbars von Barcelona.

Ein Raum, unterteilt in unterschiedliche Höhenniveaus, Sitzzonen mit der Möglichkeit einer gewissen Intimität in einem Ambiente aus Restbeständen mangelhafter Funktionalismen und ein schmaler Korridor vor der langen Bar, wo sich diejenigen drängeln, die zur Diskussionsrunde wenig begabt sind oder dieselbe mit dem Wirt und den Kellnern pflegen, in einem vertraulichen Ton, der nur von Nacht zu Nacht und in der Gewißheit auszuhalten ist, daß man sich einen ganzen Tag lang von so viel Familiarität erholen kann.

Die fünfzehn oder zwanzig rund um Marcos Núñez waren an diesem Abend höchstens zehn, und der Dandy in reiferen Jahren spricht mit dem Talent des geborenen Erzählers und dem geschulten Sprachrhythmus, den ihm eine Universität vermittelt hat, an der gerade Pavese und die angelsächsischen Erzähler der Dreißiger in Mode kamen. Bei ihm kann sogar die Erzählung von einem Omnibus, der sich verfahren hat, eine nostalgische Färbung gewinnen und die Beschreibung eines *bocadillo* mit spanischer *salchicha*[15] zur grausamen Satire werden. Als Pionier des Wiederaufbaus der spanischen Linken an der Universität Barcelona in den fünfziger Jahren, war Núñez nach Folter und Vorbeugehaft ins französische Exil geflohen und hatte eine Laufbahn eingeschlagen, die ihn in die Bürokratie seiner eigenen Partei hätte führen können, aber auch zu einem Doktorgrad in Gesellschaftswissenschaften, der ihm im zukünftigen demokratischen Spanien einen Platz gesichert hätte. Zu zynisch für einen Bürokraten und zu willensschwach für einen Doktorgrad, entschied er sich für den Beruf des Zuschauers, dem er sich mit nur scheinbarer Gleichgültigkeit widmete. Wegen der enormen und sinnlosen diplomatischen Distanziertheit seines Auftretens und des schwindenden Renommees einer Vergangenheit, an die er sich wie ein Ertrinkender klammert, wird er »Konsul von Bulgarien« genannt; aber trotzdem erfüllt Núñez die Funktion, in seinem geistigen Archiv das Andenken und die Sehnsucht nach der Wiedergeburt der moralischen Linken im franquistischen Spanien zu bewahren, genauso, wie die Grundeinheit des metrischen Dezimalsystems als Platinstab aufbewahrt wird. Er schätzt es, Freundschaften zu schließen, stets nach einem sadistischen Wortgefecht, und verbreitet eine permanente verbale Aggressivität, ganz gleich, ob es um Freunde oder Feinde geht. In den mit Adjektiven gespickten Seitenhieben, die er ständig verteilt, liegt eine Art persönlicher Angst: Es ist, als läge er selbst am Boden und wollte auch die andern zu Boden zwingen, um dann dort weiterzureden, als sei nichts geschehen.

Carvalho steigt die letzte Treppenstufe zu der kleinen Gruppe hinab und wartet darauf, daß Marcos Núñez bei einem blasierten Hochziehen der Augenbrauen den Blick so weit hebt, daß er von ihm Notiz nimmt. Ein paar der Leute kennt er noch von seiner Studienzeit her und kann ihnen sogar, mit geringer Fehlerquote, Namen geben. Er fängt Blicke auf, die versuchen, ihn einzuordnen. Carvalho tritt noch näher und wird endlich von Núñez bemerkt. Er spürt die Absicht, ihn in das Gespräch mit einzubeziehen, und kommt dem zuvor, indem er mit einer Kopfbewegung signalisiert, ihn allein sprechen zu wollen. Núñez bricht seinen Vortrag nicht abrupt ab, sondern stutzt seinem geistigen Höhenflug gleichsam die Flügel, läßt ihn dann mit ein paar Redewendungen gekonnt ausgleiten und bringt damit eine Dame mit riesigen Nachttieraugen zum Lachen.

»Du bist ein Zyniker und genießt es, wenn man dich so nennt.«

»Ich, ein Zyniker? Ich bin total blauäugig! Mit mir könntest du machen, was du wolltest.«

Núñez steht auf und folgt Carvalho zu einer ruhigeren Ecke der Bar, wo zwei Ehepaare, die gerade aus einem Kino im Ensanche gekommen sind, einen halben Whisky mit Eis, aber ohne Soda trinken, ferner einen Gin Tonic oder Wodka-Orange – das Äußerste, was sich Ehepaare leisten, die gerade von einem Kinobesuch im Ensanche kommen. Wenigstens behauptet das Núñez, der sie grinsend beobachtet.

»Der geborene Alleinunterhalter.«

»So langweile ich mich wenigstens nicht. Reine Vorbeugemaßnahme.«

»Vielleicht können Sie mir weiterhelfen. Ich habe versucht, Dieter Rhomberg zu finden, den Freund Jaumás, er war auch bei der Petnay. Kennen Sie ihn?«

»Vom Hörensagen. Jaumá erzählte immer, er hätte den größten Penis des Universums.«

»Vorgestern war er noch in San Francisco. Heute morgen hat man mir unter derselben Telefonnummer erklärt, er arbeite seit zwei Monaten nicht mehr bei der Petnay und sei überhaupt unauffindbar.«

»Sind Sie sicher, daß er in San Francisco war?«

»Eine Stimme am Telefon sagte: ›Er ist mit ein paar Kunden zum Essen ins *Fairmont* gegangen und wird wohl erst spät zurückkommen.‹ Und am nächsten Tag war dann eine andere Stimme am Telefon und erzählte mir die Geschichte von seinem Verschwinden. Fest steht, Sie haben mir so gut wie nichts über Jaumás Freunde erzählt. Mit wem er sich getroffen hat. Mit wem er zusammen war.«

»Freunde von früher, von der Universität, vor allem solche, die es auch zu was gebracht hatten. Nicht, daß Jaumá das gezielt angestrebt hätte, aber das ähnliche Umfeld ergab automatisch die Auswahl. Von den armen Schluckern sind nur ich und noch ein anderer Jugendfreund übriggeblieben.«

»Waren das politische Freunde?«

»Politik zählte nicht für Jaumá. Allenfalls Wirtschaftspolitik. Wir haben uns manchmal über die Arbeiterbewegung unterhalten, über die Gewerkschaften. Er wollte Probleme mit seinen Arbeitern vermeiden und fragte uns ab und zu mal um Rat.«

»Hatte er in letzter Zeit Probleme mit den Arbeitern?«

»So halb und halb. Er war im Grunde ein armes Schwein. Vom Kopf her wußte er, daß er ein Instrument des absterbenden Kapitalismus war. Und vom Bauch her führte er sich auf wie ein Patriarch der alten Schule. Erschien auf den Hochzeiten seiner Angestellten. Kümmerte sich um die Familienangelegenheiten seiner Arbeiter. Gab den Leuten zwei oder drei Tage frei, wenn die Frau krank war, et cetera, et cetera.«

»Komisch. Topmanager bei einem Multi und ein Verhalten wie ein Schreinermeister. Haben Sie ihn wirklich gemocht?«

Núñez lacht, ein kontrolliertes, tonloses Lachen.

»Ich werde Ihnen mal ein Foto von unserer Abschlußfeier zeigen. Da stehen wir: die Unzertrennlichen. Sechs Personen. Ich glaube, wir sind irgendwie wirklich unzertrennlich und werden immer zusammengehören, um unsere Identität zu bewahren. Jeder einzelne von ihnen besitzt einen Teil von meiner Identität und ich einen der andern fünf. Es ist wie ein Puzzle. Denn nur wir alle zusammen können die schönsten Jahre unseres Lebens rekonstruieren. Das waren sie, trotz der politischen Verfolgung, der Brutalität, der man sich aussetzte, der radikalen Dunkelheit des Landes. Wir sehen uns jahrelang nicht, aber dann nehmen wir den Faden da wieder auf, wo wir ihn unterbrochen haben. Nicht hundertprozentig natürlich. Aber in bezug auf die Vergangenheit.«

»Sie waren der Held?«

»Der Märtyrer. Sie haben mich idealisiert, als ich im Exil war. Daß ich nach meiner Rückkehr alle Mythen zerstören würde, hatten sie nicht erwartet. Es kam zu herben Worten. Einer gewissen Enttäuschung. Schließlich akzeptierten sie mich so, wie ich bin. Zum Teil deshalb, weil ich ihnen die Sicherheit biete, daß ich ihnen nie etwas von dem nehmen werde, was sie haben, und daß sich meine Ansprüche auf zwei Paar Jeans, einen Pulli und zwei Hemden beschränken. Vielleicht hätten sie es gerne gesehen, wenn ich mehr Macht hätte. Sie alle haben Macht: finanziell, politisch, kulturell und moralisch. Ich nicht. Ich habe überhaupt keine Macht.«

»Das Foto würde mich wirklich interessieren. Das Foto und ein paar Einzelheiten über diese Leute. Wollen wir morgen zusammen essen gehen? Wo?«

»Ich kenne ein kleines französisches Restaurant, da gibt es Sachen, die man sonst nirgendwo in der Stadt bekommt, zum Beispiel ein *confit d'oie*, das die Chefin persönlich aus dem Périgord rüberbringt.«

Zum erstenmal verspürt Carvalho so etwas wie Sympathie für Marcos Núñez.

Auf dem Weg zu seinem Haus in Vallvidrera ist sich Carvalho kaum der Tatsache bewußt, daß er fährt. Bruchstücke seiner universitären Vergangenheit tauchen aus dem Gedächtnis auf, und der Schatten von Marcos Núñez liegt darüber, ein Mythos für die nachfolgenden Jahrgänge. Die Schilderung davon, wie Marcos der *Brigada Social*[16] widerstanden hat, die Tatsache, daß er der erste rote Student nach dem Bürgerkrieg war, Organisator der ersten universitären Kader, wurde ergänzt von seinem legendären Ruf eines hochbegabten Intellektuellen.

»Malibran hat gesagt, er habe eine große synthetische Begabung, der seine analytischen Fähigkeiten in nichts nachstehen.«

Professor Malibran pflegte in jenen Jahren synthetische und analytische Fähigkeiten unter seine Schüler zu verteilen wie weiland Ceres die Früchte der Erde. Sobald der Betreffende durch die Qualifizierung ausgezeichnet war, schien die apostolische Flamme auf seinem Haupt zu brennen, und vom Himmel herab ertönte feierlich die näselnde Stimme des Professors: »Dies ist mein lieber Sohn, auf dem all meine Hoffnung für die synthetische und analytische Begabung ruht.«

Jedenfalls war Marcos Núñez das erste Leitbild in der Reihe der Märtyrer des studentischen Widerstands, und sein Weg durch Frankreich und Deutschland wurde von der Heimat aus verfolgt wie die Reise eines von Gott Auserwählten auf dem Weg zu den Quellen der letztendlichen Weisheit. Als Carvalho verhaftet und verurteilt wurde, war die Verhaftung von Marcos Núñez bereits der Ursprung der Geschichte des universitären Widerstandes geworden:

»Wir gehören zur vierten Verhaftungswelle nach Marcos Núñez.«

Dutzende noch fast jugendlicher Gesichter steigen vom Grund der Vergangenheit auf. Jene Abende im Haus von Juliana, alle knapp bei Kasse, geborgen in den Mauern eines großen Hauses in Barcelonas Altstadt, an der Wand ein Bild von Alfonso XIII. zusammen mit einem Kanonikus der Familie, antike Möbel, Bach, Schostakowitsch, Montand.

C'est nous qui brisons les barreaux des prisons pour nos frères.[17]

Käse aus der Mancha, billige *chorizo*[18], einfacher Wein; Diskussionen darüber, wie der Grundwiderspruch angegangen werden müsse; verstohlene Berührungen mit Händen und Hirnen. Die Palme des Märtyrertums wuchs in einer Ecke, leuchtend und eindringlich fragend. Die ersten ideologischen Flügelkämpfe, erste militante Regungen. »Oberst« Parra war wenige Wochen vor Carvalho selbst festgenommen und nach zweiundsiebzig Stunden wieder freigelassen worden. Er gab einen heldenhaften Bericht, der die meisten tief beeindruckte, vor allem, als er sagte, er habe sich freiwillig eine Zigarette auf der Handfläche ausgedrückt, um zu beweisen, wie gut er der Folter widerstehen könne. Parra verfaßte einen Bericht der bei allen Zusammenkünften andächtig gelesen wurde; die Meinungen darüber waren geteilt. Carvalho hielt es für eine ausgezeichnete Sequenz aus einem antideutschen Film mit James Cagney und Richard Conte, ganz im Stile von *13, rue Madeleine*. Später stellte er bei sich selbst fest, daß die Folter eine ganz persönliche Dialektik in Gang setzt, für die es keine andere Regel gibt als die blinde Entschlossenheit, nichts zu sagen, was die Nachhut der eigenen Würde zerstören könnte. Wenn die Würde flöten geht, wird man zum Spielball des Folterers.

Und wie viele Bücher! Bücher, die man lesen mußte. Intellektuelle Wege und Abwege, denen man folgen mußte. Die Polemik zwischen Naville und Lefèbvre innerhalb der französischen KP. Diese Hurensöhne! Als er sein Auto vor seinem kleinen Haus mittleren Alters parkt, zerfällt alles zu einem Scherbenhaufen, als sei ein innerer Zauberspiegel von seinem Nagel gefallen. Mit der einen Hand hält er die Post, mit der andern das Gleichgewicht auf den lehmbeschmierten Stufen; die ersten

Düfte entsteigen der Erde und den Hecken im einsetzenden Nieselregen. Als die Tür geöffnet ist, die Hände befreit sind, geht Carvalho ausgeruht und entspannt sein Bücherregal auf dem Flur durch, wo sich die Bücher unregelmäßig des Raums bemächtigen, manchmal kompakt und aufrecht, manchmal schrägstehend, wo Lücken sind – oder sie stehen auf dem Kopf. Er holt die *Kritik der dialektischen Vernunft* von Lefèbvre, *Wie der Stahl gehärtet wurde* von Ostrowskij und *Essays über Heine* von Sacristán heraus.

Am Kamin zerreißt er die Bücher, ruhig, mit der sicheren Hand des Experten, und häuft auf die herausgerissenen Seiten trockene Zweige und dickere Holzscheite. Das Feuer breitet sich unaufhaltsam aus, die gedruckte Kultur flammt auf und erfüllt ihren Auftrag, Nahrung für realere Feuer zu sein. Abendessen oder nicht, das ist die Frage.

»Das Cholesterol, Chef!«

Zwei Uhr morgens. Draußen regnet es nun stark, und aus der Nacht dringt der Geruch nasser Pinien, während sich das Prasseln der Flammen mit dem des Regens auf dem Efeu vermischt, der wie ein grüner Teppich den größten Teil des Gartens bedeckt. Er verspürt ein heftiges Regen der Gedärme und macht sich auf den Weg zur Toilette. Im Vorbeigehen greift er sich einen Kriminalroman von Nicholson, *Der Fall des lachenden Jesuiten*, und eine Zeitung. Der Vorteil des Alleinlebens ist, daß man beim Kacken die Klotür offenlassen kann, denkt er, während er mit seinen Eingeweiden kämpft; im Vordergrund seine spitzen Knie und der Winkel des Schlafzimmers, den er durch die halboffene Tür sehen kann. Er bedauert, sie nicht geschlossen zu haben, bevor er sich der Entleerung seiner Eingeweide hingibt, denn er weiß, daß er so die Lektüre weniger genießen wird. Als die Hauptwiderstände überwunden sind, in der Erwartung der zweiten fäkalen Entbindung, liest er zehn Zeilen eines der konstruiertesten Krimis, den er je gelesen hat. Die Ermordung einer ehemaligen Jugendliebe dient dem Erzähler als Vorwand für eine lange Reise in seine Vergangenheit als britischer Militär in Indien. Ein Tutti Frutti, in dem Bromfield aus *Am Tag, als der Regen kam*, ein von der orientalischen Religiosität faszinierter Hesse und Agatha Christie eine seltsame Mischung bilden. Der endgültige Friede der Gedärme kommt nach einem Punkt und einem Absatz. Er füllt das Bidet, holt dann das Feuilleton und sucht dort den Artikel von Fernando Monegal, dem besten spanischen Kritiker des polnischen Theaters, den Carvalho nicht nur wegen der Absorptionsfähigkeit des Papiers besonders schätzt, sondern auch wegen der nicht weniger absorbierenden Qualität des Gedruckten. Es ist sozusagen zu einer unschätzbaren Synthese gekommen zwischen Papier und Artikel, in der Funktion, den Anus für die letzte Waschung im Bidet vorzubereiten. Als er das warme Seifenwasser wie Balsam genossen hat, nutzt Carvalho seine Halbnacktheit, um sich ganz zu entkleiden und seinen Schlafrock anzuziehen, der neben der Hausapotheke hängt. Seine Hose bleibt zerknüllt am Boden liegen, und im Zwiespalt, ob er sie aufheben oder dem mechanischen Drang, etwas zu essen folgen soll, entscheidet sich Carvalho für letzteres. Vor dem Wandschrank voller Konservendosen überlegt er, ob er schnell eine Dose warm machen oder sich der Alchimie einer frühmorgendlichen Kochorgie widmen soll. Was soll ich denn essen? Einen Nudeleintopf. Zwischen Kühlschrank und der kleinen Speisekammer neben dem Wandschrank findet er alles, was er braucht. Das leicht gesalzene Schweinerippchen wird rigoros dem knapp bemessenen, im Tontopf siedenden Öl überantwortet. Ihm folgen eine kleingeschnittene Kartoffel, gehackte Zwiebel, Paprika, Tomaten. Als das *sofrito* gut eingedickt ist, salzt und pfeffert er es leicht mit rotem Pfeffer, bevor er die Nudeln dazugibt und sie erhitzt, bis sie kleine Kristalle sind, die transparent werden wollen. Das ist der Moment, um die Fleischbrühe darüberzugießen, so viel, daß sie einen Finger hoch über der kompakten Masse steht. Sobald sie zu kochen beginnt, gibt Carvalho vier dicke Scheiben *botifarra de bisbe*[19] dazu, und kurz bevor er das Gericht vom Feuer nimmt, krönt er das Ganze mit einer kleingehackten Mischung aus Knoblauch und roter, getrockneter Paprika, die er vorher getrennt kurz angebraten hatte. Den Kniff mit der schwarzen *botifarra* hat er aus einem Nonnenkonvent, wo er sich Ende der fünfziger Jahre versteckt gehalten hat, um nach der Aushebung der Parteidruckerei zu warten, bis die Wellen sich wieder gelegt haben. Die Nonnen richteten ihnen das Essen auf einem langen, weißgescheuerten Holztisch an, dem schönsten, den Carvalho im Leben gesehen hat, wie aus einem Weinkeller. Er hatte eine tiefe gefühlsmäßige Beziehung zur Ordenstracht, war doch die Schule seiner Kindheit von Nonnen des Ordens San Vicente de Paúl geleitet worden.

»José, was willst du mal werden, wenn du groß bist?«

»Heiliger.«

»Wie San Tarsicio?«

»Jawohl, oder wie die heilige Genoveva von Brabant.«

»Du mußt wie San Tarsicio werden, weil du ein Junge bist. Die heilige Genoveva war eine Frau.«

Damals war ihm noch nicht klar gewesen, daß auch Heilige ein Geschlecht haben.

»Entschuldigen Sie, daß ich Sie belästige. Aber fahren Sie zufällig nach Barcelona?«

»Ja.«

»Ich habe Probleme mit meinem Auto. Und da habe ich Sie reinkommen sehen ... Würden Sie mich vielleicht mitnehmen?«

Könnte einen Haarschnitt gebrauchen, denkt Dieter Rhomberg. Der andere ist schmächtig, wie er auf den zweiten Blick feststellt, scharf rasiert, und er steckt in einem unauffälligen, gutbürgerlichen Anzug.

»Wir verkaufen Sportanlagen, und da habe ich hier in der Gegend ein paar Kunden besucht. Ich war gerade auf dem Weg nach Hause. Wenn es Ihnen nichts ausmacht ...«

»Nein, wirklich nicht.«

»Ich werde wohl am besten auch etwas essen. Ich setze mich da rüber, und wenn Sie fertig sind, können Sie es mir ja sagen.«

»Bleiben Sie doch, ich habe gerade erst bestellt.«

»Gerne. Vielen Dank.«

Der Mann setzt sich und atmet erleichtert auf.

»Sie wissen ja gar nicht, wie froh ich bin, daß ich Sie getroffen habe. Wenn ich heute nacht nicht nach Hause komme, meine Frau würde mir die Geschichte mit dem Auto nie glauben.«

»Mißtrauisch?«

»Na ja, nicht ohne Grund.«

Der Mann zwinkert ihm zu und läßt das Licht auf einem schweren Goldring spielen.

»Das bringt das Geschäft so mit sich. Ständig unterwegs. Schwimmbäder, Tennisanlagen. Hier, meine Karte.«

»Ich glaube nicht, daß ich sie brauchen werde. Ich bin Ausländer und nur auf der Durchreise.«

»Daß Sie aus dem Ausland kommen, habe ich mir schon gedacht, aber dafür sprechen Sie wirklich ausgezeichnet Spanisch.«

»Ich habe öfter hier zu tun.«

»Behalten Sie die Karte nur. Man weiß ja nie. Eines Tages legen Sie sich hier eine Villa zu und brauchen mich doch. Juan Higueras Fernández, immer zu Ihren Diensten.«

»Peter Herzen.«

»Peter. Das klingt englisch.«

»Ich bin Deutscher. Aber den Namen Peter gibt es im Englischen auch.«

Der Kellner bringt für Rhomberg Salat und ein Filet.

»Für mich ein paar Scheiben Seehecht gegrillt, sonst nichts. Ich hab's mit dem Magen.«

Er holt zwei verschiedenfarbige Tabletten aus seiner Tasche und legt sie auf den Tisch.

»Ich habe meine Tagesration immer in der Tasche. So kann ich die Tabletten nie vergessen. Wenn nicht, sind sie mal im Koffer oder ich lasse sie irgendwo liegen. Eine Katastrophe. Man hat einfach zu viele Dinge im Kopf, und dann plötzlich kommt so ein Magengeschwür oder Schlimmeres. Sie sehen aber recht gesund aus. Sie sind wahrscheinlich nicht so schnell unterzukriegen. Na ja, Sie werden auch auf sich achten. Ein Filet. Salat. Treiben Sie Sport?«

»Wenn ich Zeit habe. Schwimmen vor allem.«

»Ist am gesündesten. Aber da sehn Sie's wieder. Den ganzen Tag hab ich mit Schwimmbecken zu tun, aber schwimmen kann ich nicht. Wo hätte ich's auch lernen sollen? In der Schule bestimmt nicht. Ein paar Buchstaben und ein paar Zahlen, das war alles. Turnen? Hinter einem Ball oder einer Blechbüchse sind wir hergerannt, auf der Straße oder auf Trümmergrundstücken, aber das gab's nur ganz früher, heute gibt es das nicht mehr. Die Kinder von heute, das ist schon etwas anderes! Mein Sohn geht zum Schwimmtraining. Zwei Tage in der Woche! Wenn wir ans Meer fahren, im Sommer, dann ist das schon ein komisches Gefühl für mich, wenn der Junge ins Wasser springt und schwimmt wie eine Kaulquappe; ich selbst gehe nicht weiter ins Wasser als bis zur Taille, oder ich hocke mich hin.«

Er schlingt seinen Fisch so schnell hinunter, daß er den Kaffee zusammen mit Rhomberg bestellen kann.

»Also Kaffee, das wäre das letzte, auf das ich verzichten könnte, nicht mal, wenn ich tausend Magengeschwüre hätte.«

Unter einem Vorwand steht er auf und geht zum Kellner. Noch bevor er auf ihren Tisch zeigt und die Brieftasche zückt, weiß Rhomberg, daß er für beide bezahlt, aber es ist zu spät, um der Einladung zuvorzukommen.

»Ich bitte Sie. Das ist doch das mindeste. Sie tun mir einen Riesengefallen, und das ist doch wirklich nicht der Rede wert.«

Er sieht den BMW, auf den sie zusteuern, und stimmt eine Lobeshymne auf das Auto an.

»Er gehört mir nicht. Es ist ein Mietwagen.«

»Sie sind früh dran mit dem Urlaub. Jetzt im Frühjahr.«

»Ich mußte ihn jetzt nehmen.«

»Na ja, man bekommt nicht immer alles so, wie man es am

liebsten hätte. Hören Sie, haben Sie was dagegen, wenn ich mich nach hinten setze? Es ist wegen des Magengeschwürs. Nach dem Essen sollte ich eigentlich ein Weilchen flach liegen, und hinten ...«

Rhomberg steigt ein, legt den Sicherheitsgurt an und dreht sich um. Der Körper des kleinen Mannes paßt fast in ganzer Länge auf den Rücksitz. Er lächelt zufrieden und verschränkt die Hände über dem Bauch.

»Himmlisch. Wie im Schlafwagen.«

Sie verlassen die Autobahn-Raststätte und reihen sich auf die A 17 ein. Noch siebzig lange Kilometer bis Barcelona. Rhomberg gibt Gas und beobachtet im Rückspiegel das Gesicht seines Begleiters. Der scheint die hohe Geschwindigkeit gelassen hinzunehmen und starrt mit halbgeschlossenen Augen zur Decke. Rhomberg nimmt sich vor, nur kurz mit Carvalho zu reden, dann bis Valencia weiterzufahren und sich am Tag darauf von Alicante aus nach Oran einzuschiffen. Er malt sich das Gespräch mit Carvalho aus: kurz, prägnant, überzeugend für den Detektiv und nicht allzu kompromittierend für ihn selbst. Wieder spürt er, wie die Angst in ihm hochsteigt, gepaart mit abgrundtiefer Einsamkeit. Tief in seinem Innersten denkt er an seine verstorbene Frau Gertrud, und seine Augen füllen sich mit Tränen des Selbstmitleids. Dann taucht der Junge auf, ein zweiter Stich ins Herz.

»Er liebt mich viel zu sehr.«

Er sagt es beinahe laut. Er hat einmal gelesen, daß ein Schriftsteller aus der UdSSR seinen Sohn im letzten Jahr vor seiner Flucht ganz übel behandelte, damit er voller Haß an ihn denken sollte und ihn nicht vermißte. Auf seine Art hat er dasselbe getan. Er hat das Kind aus seinem Leben verbannt, als störe es, und der Junge erhebt ihn dafür zum Mythos. Er bewahrt seine Briefe und Fotos auf wie Reliquien. Seine Tante soll ihm die Jacke des Vaters kleiner machen, damit er dessen Kleidung tragen kann. Derselbe Hang zu Bewunderung und Liebe wie bei Gertrud. Irgendwann, wenn er in Sicherheit ist, wird er ihn zu sich rufen, aber dann ist es vielleicht schon zu spät. Dann wird es der Junge sein, der ihn zurückweist.

»Sie fahren ein bißchen zu schnell!«

Es dauert einen Moment, bis ihm klar wird, was es mit dem Tonfall der Stimme auf sich hat, die hinter ihm laut wird. Aber dann dreht er sich verärgert um. Sein Begleiter sitzt aufrecht da und hält eine Pistole gerade so weit von Dieter entfernt, daß dieser sie nicht erreichen kann.

»Langsam, *alemán*. Ganz ruhig. Am nächsten Schild mit einem ›P‹ fährst du rechts ran. ›P‹ wie Parking. Und keine Dummheiten, sonst schieß ich dir erst ein Loch in die Hand und dann ein Ohr ab. Schön ruhig bleiben.«

»Aber was wollen Sie denn von mir? Ich habe noch nicht einmal Bargeld mit. Kreditkarten und Reiseschecks, das ist alles.«

»Das wird sich schon zeigen. Du hältst jetzt an, und dann wickeln wir in aller Ruhe unser Geschäft ab.«

Dieter klammert sich an die Hoffnung, daß auf dem Parkplatz noch andere Autos stehen und er um Hilfe rufen kann. Ein »P« auf blauem Grund taucht auf und er bremst. Tatsächlich, auf dem Parkplatz steht noch ein anderer Wagen. Rhomberg atmet auf. »Bleib stehen. Hier!«

Er bremst abrupt ab, eine leichte Staubwolke steigt auf. Das Männchen auf der Rückbank bleibt zurückgelehnt sitzen und zielt auf seinen Kopf.

»Und jetzt? Wollen Sie meine Brieftasche? Wollen Sie mein Gepäck durchsuchen?«

»Gib die Visitenkarte her, die ich dir gegeben habe! Wirf sie nach hinten!«

Etwas hat sich in dem anderen Wagen bewegt. Ein Mann steigt aus und kommt näher. Der Kleine bleibt bewegungslos sitzen, während der draußen, ein Hüne von einem Kerl, an den Wagen herantritt und sich weit zum Fenster herunterbeugt.

»Ist er das?«

»Ja.«

»Sicher?«

»Sicher.«

»Sind Sie Dieter Rhomberg?«

»Sind Sie von der Polizei?«

»Los, dreh dich um«, kommt die Stimme vom Rücksitz. Dieter dreht den Kopf nach hinten und sieht aus den Augenwinkeln gerade noch, wie in der Hand des Hünen etwas aufblitzt, etwas, das ihm durch die Kehle fährt wie ein Messer durchs Wasser.

Die Überraschung ist perfekt: Bromuro außerhalb seines Reviers auf den Ramblas! Carvalho kann es kaum glauben, aber da steht er, am hellichten Vormittag, vor der Tür seines Hauses in Vallvidrera, im Anzug, eine Krawatte um den Hals, die Schuhe spiegelblank poliert und begleitet von einem jungen Athleten mit der Figur einer öffentlichen florentinischen Statue.

»Können wir reinkommen, Pepiño?«

»Ich werd verrückt! Bromuro. Und aufgeputzt, als ob's zur Erstkommunion ginge.«

»Na ja, bei dieser besonderen Gelegenheit. Außerdem, heute ist so ein schönes Wetter, und da dachte ich mir: Ein idealer Tag für einen Ausflug. Guck doch einfach mal bei Pepiño vorbei. Mal sehn, wie der so lebt da oben. Hier, ein Freund, der dir vielleicht weiterhelfen wird.«

Der junge Athlet taxiert Carvalhos Einrichtung mit den Augen eines Gerichtsvollziehers, setzt sich auch nicht wie der Detektiv und Bromuro, sondern lehnt sich lässig an eine Sessellehne und wirft den beiden einen herausfordernden Blick zu.

»Unser Freund hier weiß alles über das Volk, das sich bei uns im Viertel herumtreibt. Er kennt alle Zuhälter und ihre Klientel.«

»Wieso, hat er eine Zuhälteragentur?«

»Nein, er ist selber einer, von der besseren Sorte. Er arbeitet beim Film – einer von denen, die sich Treppen hinabfallen lassen und mit Autos zusammenstoßen. Ein Athlet! Zeig meinem Freund mal deinen Arm!«

Der Junge fegt die Versuchung mit seiner Pranke beiseite, kann aber ein Grinsen nicht unterdrücken.

»Sie sind nicht hergekommen, um Gymnastik zu treiben. Sehr gut. Bromuro wird Ihnen ja gesagt haben, daß es um den Toten in Vic geht, den mit dem Damenhöschen. Was wissen Sie darüber?«

»Nichts.«

»War es denn nicht der Racheakt eines Zuhälters?«

»Einen Freier kaltmachen? Niemals. Einen Schreck einjagen, wenn einer bei den Mädels mal zu hart rangeht, das ja. Zum Beispiel, wenn er sie schlägt oder so. Bei uns ist schon mal Blut geflossen, wenn sich einer zum Beispiel an die Fotze von einem andern rangemacht hat. Aber einen Kunden allemachen? Man darf die Kuh doch nicht schlachten, die man melken will!«

»Und was sollen dann die Höschen in seiner Tasche?«

»Weiß ich auch nicht.«

»Ist das jetzt Ihre persönliche Meinung, oder haben Sie Beweise?«

»Was soll das heißen?«

»Ich will wissen, ob Sie das jetzt gesagt haben, weil Sie denken, daß es so ist, oder ob Sie sich unter den Kollegen umgehört haben.«

»Ich hab sie gefragt, und sie haben mir geantwortet. Nichts.«

»Und außerhalb von Barcelona?«

»Da gibt es nichts. Ein paar kleine Lasterhöhlen in den Industrievierteln, aber wir kennen sie alle. Früher oder später erfährt man alles.«

»Er ist wirklich ein Experte, Carvalho! Sie nennen ihn den ›Goldenen Hammer‹, weil sein Schwanz ganz schön mächtig ist und wie Gold glänzt.«

Der Junge wehrt die Schmeicheleien wieder ab, ohne ein selbstgefälliges Grinsen unterdrücken zu können.

»Da könnte jeder kommen und behaupten, ich würde nur rumvögeln und kassieren. Ich habe meinen Beruf, Zuhälter bin ich so nebenbei geworden. Es wird allerdings immer mehr.«

»Er hat beim Jahrmarkt angefangen, Kopfstand auf einem Hocker oder auf der Kante eines Fünfpesetenstücks. Schade, daß er dir seine Arme nicht zeigen will. Wenn er sie zur Schau stellt, fliegen die Weiber auf ihn! Mal hier ein Fick, mal da eine, die auf den Strich geht. Er kommt auf den Geschmack, als er merkt, wie der Hase läuft, und jetzt hat er eine ganze Revuetruppe. Wie viele sind's denn zur Zeit?«

»Sechs oder sieben. Mehr hat keinen Sinn. Das macht zuviel Arbeit. Das Geschäft läuft nicht mehr so wie früher, Bromuro, die Frauen sind nicht mehr so einfach zu halten. Früher ... da genügten ein paar Ohrfeigen, und alles war geritzt. Heute mußt du genau wissen, wie du jede einzelne behandeln mußt, psychologisch, meine ich. Die eine will, daß du ihr Kind hütest, die nächste will zum Essen ausgeführt werden, die dritte hat eine spastische Mutter und schreit nach einem Masseur. Mit Ohrfeigen allein kommst du da nicht weit. Du mußt heute drauf sein wie ein Psychoklempner, und zwar rund um die Uhr.«

»Ihr werdet noch eine Gewerkschaft gründen müssen, ihr Ärmsten.«

Wenn Carvalho eines nicht ausstehen kann, dann sind es Zuhälter. Wie Zecken an einem Hund, die sich von fremdem Blut ernähren. Der Athlet da ist ein typisches Beispiel. Hat ein Gesicht wie ein bösartiger Hammel und das reine Gewissen eines Computers.

»Noch mal zurück zu dem Toten. Wieso glaubt die Polizei, daß es eine Abrechnung war?«

»Ach die! Totaler Quatsch.«

»Aber irgendwann schnappen sie mal einen von euch, den größten Pechvogel, und dem hängen sie es an.«

»Da muß einer schon ganz blöd sein, wenn er sich das anhängen läßt; außerdem hängen sie einem ja nichts nur so an, auf gut Glück. Wenn sie einen Handtaschendieb schnappen, drükken sie ihm natürlich so viele Handtaschen wie möglich aufs Auge. Aber die wissen selbst, daß ein Zuhälter keinen Freier umbringt. Kann sein, daß er mal einen verprügelt oder in die

Eier tritt oder eine kleine Erpressung, obwohl das ganz selten vorkommt, weil es auf lange Sicht mehr bringt, wenn die Kunden sich sicher fühlen, als wenn man sie erpreßt. Allerdings gibt es schon mal Anfänger, die sich superschlau vorkommen und in drei Tagen reich werden wollen. Die muß man natürlich drankriegen, und wir selbst haben das größte Interesse dran.«

»Noch mal, ich verstehe nicht, wo das Höschen herkommt, wenn ihr nichts damit zu tun habt.«

»Alles frei erfunden, das sage ich Ihnen.«

»Nicht euer Stil?«

»Ich kann mich nur an einen Fall erinnern. Da ging's um einen von den Typen, die nur dann einen hochkriegen, wenn Scheiße mit im Spiel ist. Die eigene oder fremde. Wenn eine von den Kleinen mitmacht, ist das ihre Sache. Aber zwingen darf man sie nicht dazu. Einer von den Kunden hat's trotzdem mal versucht. Einmal. Verwarnung. Noch mal, mit einem anderen Mädchen. Nächste Verwarnung. Ein paar Wochen später wird das Schwein wieder frech. Da haben wir ihm die Unterhose ausgezogen, voll Scheiße geschmiert und an seine Frau geschickt, mit einem Briefchen: ›Liebe Grüße von Purita‹. Der ist nie wieder aufgetaucht.«

»Was ist denn, Pepe, sollten wir nicht darauf anstoßen, daß ich mal hier bin?«

»Was darf's denn sein, Bromuro?«

»Wein. Aber einer von denen, die du trinkst.«

»Und Sie?«

»Nichts, danke. Wenn man zu früh anfängt, dann hält man die Nacht nicht durch, gerade in meinem Job. Aber ein Glas Mineralwasser vielleicht, oder Fruchtsaft.«

Carvalho holt einen Côte du Rhône 1969 aus dem Keller. Bromuro verfolgt die Prozedur des Öffnens mit zuckendem Adamsapfel, als handle es sich um die aufregendste Sache der Welt.

»Extra für mich, Pepiño? Und aus Frankreich!«

Im Morgenlicht sieht der Wein etwas verschlafen aus, wie das

Gesicht eines Mädchens, das noch nach Bettlaken duftet und deren Stimme noch nach Bett klingt. Im Licht des Vallés schimmert die transparente Flüssigkeit kirschrot, und die schmutzigweiße Zunge Bromuros hätte beinahe etwas verkleckert, als sie ihn kostet.

»Ah, Pepiño! Und was soll ich von jetzt an trinken? Jetzt wird alles wie Leitungswasser schmecken.«

»Das ist jetzt wirklich so, als ob du Erstkommunion hättest.«

»Darf ich die ganze Flasche leer machen?«

»Bedien dich!«

»Du bist mir nichts schuldig, Pepe. Was du gerade für mich getan hast, ist mehr wert als alles Geld der Welt. Als ich noch bei der Blauen Division[20] war, bekamen wir mal eine Kiste deutschen Weißwein, vom Rhein. Erstklassig. Aber wir waren alles junge Spunde und hatten keine Ahnung, was gut war. Einer von uns behauptete sogar, der Valdepeñas sei besser. Jung und dumm, wie wir waren. Wir bekamen ihn zu Weihnachten. Bevor es an die russische Front ging. Dann mußten wir antreten, weil Muñoz Grandes Parade abnehmen wollte. Der strammste von allen stand da wie der Schiefe Turm von Pisa. Muñoz Grandes schritt unsere Reihen ab, aufrecht wie eine Eins, und wollte nicht glauben, was er sah. *Arriba España!* schrie irgendein Arschkriecher, und wir rissen uns alle zusammen, um strammer zu stehen, aber statt dessen fielen wir um, der Reihe nach, auf einen Haufen, und bepißten uns vor Lachen, wir bepißten uns buchstäblich. Weil wir einen warmen Bauch, aber einen kalten Schwanz hatten, und das ist ein ganz schlechter Gegensatz, Pepiño, ganz schlecht!«

Das Eingangsportal über den Marmorstufen ist ein imposantes Gebilde aus geschnitztem Holz und vergoldeten Beschlägen. Der Portier am Empfang liest *Wirklichkeit und Wunsch* von Luis Cernuda. Carvalho, den so schnell nichts aus der Fassung bringt, bleibt ein paar Sekunden gespannt stehen, um den Titel mehrmals zu lesen. Ironisch grinsend taucht der Kopf des Portiers hinter der Verschanzung des Buches auf.

»Bitte, Sie wünschen?«

»Zu Pedro Parra.«

Als Lesezeichen legt er einen Brieföffner aus Elfenbein ins Buch und schließt es, als sei es aus Butter. Der Portier geleitet ihn zu einem kleinen Empfangssaal, und noch bevor sich Carvalho für eine der Zeitschriften auf dem Tisch entscheiden kann, erscheint Pedro Parra in der Tür, mit dem Auftreten eines leibhaftigen Obersten, stets bereit, den alles entscheidenden Befehl zu geben. Die Hemdsärmel trotz des kühlen Frühlingswetters hochgekrempelt, baut sich Parra vor Carvalho auf und klopft ihm lachend auf die Schulter, als wäre sie ein schwer zu bändigendes Sofakissen. Grauhaarig, gebräunt von zahlreichen verlängerten Wochenenden, unter dem Hemd ein Körper, dem man die tägliche Gymnastik ansieht. Eins, zwei, eins, zwei, jeden Morgen vor der offenen Balkontür.

»Dir fehlt wirklich nur noch die Uniform.«

»Immerhin habt ihr mich vor ein paarundzwanzig Jahren schon Oberst genannt, also muß ich inzwischen General sein. Ich kann es noch werden. Der Guerillakrieg steht kurz bevor, und Gelegenheiten wie diese nutzt man zur Beförderung.«

»Ein Guerillakrieg? Ich glaube, wenn du nicht die Stufen zum Senat oder zu den *Cortes* hinauffällst, hast du keine Aufstiegschancen mehr.«

»Immer noch so guter Laune wie eh und je, Carvalho! Was treibst du so? Das letzte, was ich von dir hörte, war, daß du kurz nach dem Gefängnis aus Spanien abgehauen bist, und dann Funkstille. Ich habe gehört, du bist jetzt so eine Art Humphrey Bogart, Privatdetektiv?«

»Halb so wild. Jugendliche, die von zu Hause durchbrennen, eifersüchtige Ehemänner, die ihren Frauen nachspionieren, Kleinkram ... die richtigen Polizisten nennen uns ›Hosenschlitzschnüffler‹.«

»Hört sich ganz schön reaktionär an.«

»Nicht reaktionärer, als für die Finanzoligarchie Hintergrundinformationen zusammenzutragen.«

»Reg dich ab. Du kriegst auch deinen Teil davon. Hier, die Infos über die Aktivitäten der Petnay in Spanien, ihre wichtigsten Tochtergesellschaften und die Struktur des Konzerns. Beispielsweise werden von Spanien aus Teile von Südamerika kontrolliert, andere unterstehen direkt San Francisco, und jetzt sind sie dabei, eine dritte Zentrale in Santiago de Chile aufzubauen. Die Schlüsselfiguren bei der Petnay würde ich in zwei Kategorien einteilen. Die Bürokraten und die Politiker, also die Lobbyisten. Manchmal hat eine Person beide Funktionen inne, aber das kommt selten vor. Anders als die meisten internationalen Konzerne benutzt die Petnay nie direkt den Staatsapparat eines Landes. Sie hat ihre eigenen, sagen wir mal, Botschafter und schaltet nur im äußersten Notfall Politiker ein.«

»Und wer ist zur Zeit für Spanien zuständig?«

»Antonio Jaumá, nach außen hin. Aber es muß noch einen zweiten geben, den ›Politiker‹. Einen, der mit den Ministern und Parteispitzen verhandelt, sozusagen die Graue Eminenz.«

»Zunächst eins: Jaumá wurde ermordet. Er muß längst einen Nachfolger haben.«

»Immer dasselbe. Unsere Archive! Nie auf dem laufenden.«

»Zweitens: Wer ist der ›Politiker‹?«

»Das weiß kein Mensch. Oder genauer gesagt, nur wenige.«

»Wer ist Jaumás Erbe?«

»Seit wann ist er tot?«

»Seit eineinhalb Monaten. Ein paar Tage mehr vielleicht.«

»Ich nehme an, man hat eine Übergangslösung gefunden. Diese Firmen lassen sich Zeit mit der Besetzung wichtiger Positionen. Aber ein Anruf genügt, und ich weiß es.«

»Hör mal, dieser Portier, der Hausmeister ... Muß man bei euch in Geisteswissenschaften promoviert haben, um Hausmeister zu werden? Der liest *Wirklichkeit und Wunsch*!«

»Was soll das sein? Du weißt doch, ich bin nur ein kleiner Wirtschaftswissenschaftler.«

»Die gesammelten Gedichte von Cernuda.«

»Ach so, klar. Er ist ein Dichter. Ein dichtender Hausmeister. Er hat schon ein paar Bücher veröffentlicht.«

Während er auf Parra wartet, denkt Carvalho an verschiedene andere Dichter mit seltsamen Berufen. Emilio Prados, der in seinem mexikanischen Exil Collegekinder während ihrer Mittagspause beaufsichtigt; oder den Poeten, der als Vorschullehrer in Tijuana endete; Carvalho kennt ihn aus einer Bar an der Grenze, wo er einen Tequila nach dem andern kippte, jedesmal mit Salz, und nach jedem Glas einen halben Schluck Wasser mit Natron.

»Vor Francos Tod kehre ich nicht zurück. Das ist eine moralische Tatsache. Ich bin zwar ein Niemand, aber ich habe meinen Stolz. In den neuesten Nachkriegsanthologien werde ich aufgeführt, Justo Elorza. Sie haben noch nichts von mir gelesen? Ich habe kaum etwas unternehmen können, um wieder publiziert zu werden. Vom Konzentrationslager in Argelès nach Bordeaux, und dort aufs Schiff nach Mexiko. Kaum angekommen, hat es mich nach Tijuana verschlagen. Ein provisorischer Job in einer Schule. Vorläufig. Dreißig Jahre, *amigo*, dreißig Jahre. Jedesmal, wenn mir das Gerücht zu Ohren kam, Franco sei krank oder sein Sturz stehe bevor, hörte ich auf, mich zu rasieren, packte meine Koffer und wechselte die Bettwäsche nicht mehr. Damit mich alles von hier wegtreiben sollte. Vor ein paar Monaten habe ich resigniert. Ich besitze zwanzig Bücher mit unveröffentlichten Gedichten. Ich bin nach Mexico City gefahren, um mit denen von *Exprésate* zu sprechen, vom Verlag Era. Den bekannten Maler Renau kenne ich sehr gut. Er ist jetzt in Ostdeutschland. Und das Mädchen bei Era ist die Schwester eines Schwiegersohns von Renau. Sie schlugen mir vor, eine Anthologie herauszubringen. Hören Sie? Eine Anthologie aus Büchern, die noch nie veröffentlicht waren! Es ist genauso, als würde man sie eins nach dem andern totschlagen.«

Der weiße Bart schlecht rasiert; ein Lehrer, der Machado verehrt und dessen Magen von Säure zerfressen ist; ein Brillenglas ist schlecht mit Pflaster verklebt, um den Rest der Sehfähigkeit auf das einzige Auge zu konzentrieren; Flecken auf einem Hemd, das einmal weiß war und nun gelb aussieht; ein Schmutzrand um den zerschlissenen Kragen und ein Hauch von Altmännerschweiß. Ein unaufdringlicher Geruch wie von einem Tier, dessen Stunde bald schlagen wird.

»Die Petnay hat eine Kommission von zwei oder drei Spitzenleuten eingeflogen, die den neuen Mann aufbauen sollen. Sie bleiben ein paar Wochen hier, und dann muß der Neue allein zurechtkommen. Martín Gausachs. Bisher der zweite Mann in Spanien.«

»Kennst du ihn?«

»Eine kometenhafte Karriere. Er war an der Uni vier Semester hinter mir und studierte nebenbei noch Jura. Alle Examina mit Eins Komma null. Später Auslandsstudium, Professor an der betriebswirtschaftlichen Fakultät, Managementkurse. Der klassische Technokrat.«

»Mitglied des *Opus Dei*?«

»Vielleicht würde er mit dem *Opus* liebäugeln, wenn es ihm um weiteren Aufstieg ginge, aber allem Anschein nach hat er weder Armut noch Gehorsam noch Keuschheit gelobt.«

»Fickt er sich durch alle Betten?«

»Er ist ein seltsamer Vogel, Pepe. Es hieß mal, er sei schwul, weil er die Art eines britischen Butlers an sich hat. Ich glaube, ich habe ihn auch im August noch nie ohne Weste gesehen. Als ihm die Gerüchte über sein Schwulsein zu Ohren kamen, fing er an, alle Weiber zu besuchen, die er kannte, auch ein paar ganz tolle dabei. Jeden Abend geht er mit einer andern aus und zeigt sich mit ein oder zwei Ständigen, wenn er gesellschaftliche Kontakte pflegen muß.«

»Reiche Familie?«

»Ach wo. Er ist der dritte Sohn des fünften Sohns der Erben der Dynastie Gausachs. Die Zwirnfabrikanten. Bis zur Baumwollkrise gehörten sie zu den oberen Zehntausend, wie die Güell, Bertrán, Valls und Taberner. Jetzt allmählich sind sie wieder wer. Aber Martin Gausachs hat mit ihnen nichts zu tun. Sein Vater war Anwalt und verdiente nicht einmal genug zum Sterben. Lebte von schäbigen Nachbarschaftsstreitigkeiten und hie und da mal eine Scheidung.«

»Und das habt ihr alles in eurem Archiv?«

»Nein. Gausachs' Daten habe ich im Hinterkopf, weil wir für die Bank mal eine Studie über die Wirtschaft Kataloniens gemacht haben. Und da tauchte der Name Gausachs auf. Und weil ein Gausachs zur extremen Linken gehört, wurde ich neugierig, wie es in der Familie aussieht. Bei denen gibt es alles: einen Maoisten, einen Ultramaoisten, Martín, den perfekten Manager; ein anderer Bruder ist Parteifreund von Jordi Pujol; ein Mädchen bei der kommunistischen Partei Spaniens, einer der beiden jüngeren Brüdern ist auf einem College des *Opus Dei*, der andere bei den Jesuiten.«

»Wer auch immer an der Macht ist, die Gausachs werden's überleben.«

»Richtig, ein ehernes Gesetz. Jede herrschende Klasse tendiert dazu, ihre Macht zu perpetuieren, indem sie eine andere herrschende Klasse reproduziert, sei es auf dem Weg der wirtschaftlichen Erbfolge, der politischen Adaptation oder der kulturellen Macht.«

Nicht der leiseste Anflug von Ironie. Sein Rotwelsch klebt Parra an der Zunge, genau wie Bromuro oder dem Goldenen Hammer.

»Ich verlasse diese Bank mit dem Gefühl, etwas mitzunehmen, für das ich keine Gegenleistung erbracht habe.«

»Schick einen Scheck an Leopoldo Calvo Sotelo oder an Trías Fargas, die sitzen im Aufsichtsrat!«

»Über wieviel?«

»Ich berechne für eine Arbeitsstunde 466 Peseten. Ich habe mit dir zwei davon verbracht, macht 932 Peseten. Abzüglich Sonderrabatt kostet es dich 800,-, oder du gibst den Chefs noch etwas Trinkgeld und schickst ihnen einen Tausender.«

»Florentino! Mein Freund hier war früher auch ein Dichter.«

Der Portier blickt auf und schaut prüfend von einem zum andern, ob man ihn auf den Arm nehmen will.

»Ein sozialkritischer Poet, einer der Ihren.«

»Poesie ist weder sozialkritisch noch sonst etwas; entweder es ist Poesie, oder es ist gar nichts«, erwidert der Portier ohne Zorn, aber mit der Hoheit eines Pedro Crespo angesichts der versuchten Beleidigung der königlichen Truppen.

Núñez kommt pünktlich. Wie immer steckt er in seinem treuen, anscheinend schmutzunempfindlichen Pullover. Aus dem Ausschnitt lugen die Kragenspitzen des Hemdes wie der Spähtrupp einer sonderbaren verborgenen Pflanze. Sein Blick ist träge, das Lächeln wie an der Schauspielschule einstudiert.

»In diesem Lande ist nur pünktlich, wer im Untergrund aktiv war.«

Ohne einen Blick auf die Karte zu werfen, die ihm die Besitzerin des Lokals reicht, bestellt er Rohkost als Vorspeise und dann *Confit d'oie*. Carvalho tut es ihm beim Hauptgericht nach, wählt als Vorspeise aber Schnecken nach Burgunder Art und aus der kleinen Weinkarte einen Saint Emilion. Danach haben die beiden keinen Vorwand mehr, Gespräch und Blickkontakt hinauszuzögern. Die Verlegenheit von Núñez gehört zur Liturgie seines Verhaltens; bei Carvalho ist sie der Nachhall des früheren Respektes vor den Mythen, den er einem alten Professor ebenso zollt wie den andern Gestalten, die er einmal verehrt hat.

Mit einem Seufzer zieht Núñez ein Foto aus seiner abgewetzten Brieftasche, aus der die Ecke eines einsamen Fünfhundert-Peseten-Scheines lugt.

»Hier, wie aus dem Familienalbum.«

Er reicht Carvalho ein Amateurfoto mit gezacktem Rand, das schon etwas verblaßt ist. Es zeigt vier junge Männer stehend, zwei in Hockstellung. Alle so um die Zwanzig, damals, 1950, scheinen sie heute einer unbestimmbaren, aber sehr fernen Zeit anzugehören. Alle mit Jackett und Krawatte. Mit Ausnahme, man ahnt es schon, von Marcos Núñez in Hockstellung, der unter dem Jackett einen hochgeschlossenen Pullover trägt. Jaumá ist zweifellos der Bursche am linken Rand; die Haarpracht ist noch komplett, die sephardischen Gesichtszüge treten etwas schärfer hervor, wegen seiner Schlankheit.

»Wer sind die anderen?«

»In der Reihenfolge ihres Auftretens: Neben Jaumá Miguelito Fontanillas, Rechtsanwalt, wie wir alle, aber wohlsituiert. Das heißt Justitiar mehrerer Firmen, drei Häuser, vier Schwimmbecken.«

Mit wirrem Haarschopf und einem leichten Schielen zeigt Fontanillas auf dem Foto eine sympathische kecke Miene; trotz des Anzugs wirkt er wie ein kleiner Vorstadtgauner im Sonntagsstaat.

»Tomás Biedma, Spezialist für Arbeitsrecht. Der größte von uns allen. Der hier, der so aussieht wie sein eigener Großvater. Dabei ist er der radikalste von uns, jedenfalls radikaler als ich. Chef einer extrem linken Splittergruppe.«

Es war etwas von einem Bourbonenprinzen in diesem Gesicht mit seiner jugendlich verhaltenen Sinnlichkeit.

»Schaut eher aus wie der Bürgermeister einer mittleren Großstadt.«

»Er wird es nie zum Bürgermeister bringen, es sei denn, er schafft den Sturm auf den Winterpalast. Extrem links ist gar kein Ausdruck für das, was dem im Kopf herumgeht. Mich hält er für einen Revisionisten und Zyniker. Daß ich ein Zyniker bin, denken viele, aber aus anderen Gründen als Biedma. Er meint, ich sei es, weil ich genug weiß, um kein Revisionist zu sein, und trotzdem immer noch einer bin. Der vierte, der steht, ist der Romancier Dorronsoro.«

»Welcher der beiden?«

»Der jüngere, Juan. Er hat gerade *Die Müdigkeit und die Nacht* veröffentlicht. Ich bin einer der Protagonisten. Sie brauchen sich aber nicht die Mühe machen, es deshalb zu lesen. Ich komme so vor, wie Sie mich hier sehen.«

»Wissen Sie, wie ich Sie sehe?«

»Das ist eine meiner Lieblingsübungen. Darüber nachdenken, wie andere mich sehen. Manchmal helfe ich ihnen, das Bild zu vervollständigen, manchmal versuche ich auch, sie zu verunsichern. Aber nie lange. Ich verliere sofort an allem die Lust, außer an der Lustlosigkeit. Überhaupt, wenn man sich zu sehr auf etwas konzentriert, hemmt das eine offene Disposition, die alles aufgreift, was um dieses Etwas herum vorgeht. Sie werden schon bemerkt haben, daß Anstrengung nicht meine Sache ist.«

»Und der hier?«

Auf dem Foto kauert neben Núñez ein junger Mann, der aussieht wie das Urbild der Fröhlichkeit. Sein Haar liegt dicht am Kopf wie eine Baskenmütze. Dicke Brillengläser verbergen die Augen, und die kleinflächigen, kantigen Gesichtszüge werden auf dem Foto durch ein strahlendes Lächeln gemildert, mit dem er den Fotografen zu grüßen scheint.

»Wer hat das Foto eigentlich gemacht?«

»Da gibt es zwei Versionen. Die Frau von Biedma behauptet, sie sei es gewesen. Aber ein Freund von uns, der nicht mit auf dem Bild erscheint, reklamiert ebenfalls die Urheberschaft für sich. Seine berufliche Laufbahn spricht für diese Version. Er ist Filmregisseur. Oder besser gesagt, er wäre es gern. Jacinto Vilaseca. Viel Glück hat er nicht gehabt mit seiner Filmerei. Sie wissen ja, es ist schon schwer genug, ins Filmgeschäft zu kommen, und Jacinto gibt sich auch nicht für alles her. Außerdem ist er vom ganz linken Ende. War sogar mal Besitzer einer eigenen politischen Splittergruppe, wie Biedma, es war aber nicht dieselbe.«

»Eine ganz schöne Bande. Auf sieben Freunde kommen zwei außerparlamentarische Splittergruppen, ein Manager, ein Schriftsteller, ein Prominentenanwalt, Sie, und der hier, seinen Namen haben Sie mir noch nicht gesagt, der mit der dicken Brille?«

»Argemí. Damals galt er als die große poetische Hoffnung Kataloniens. Heute produziert er Joghurt – im großen Stil. Wir sehen uns kaum noch. Entweder ist er im Ausland oder in seinem Haus im Ampurdán, einem riesigen Landsitz aus dem 17.

Jahrhundert, den er zu einem Palast des 21. Jahrhunderts umgebaut hat.«

»Ich hätte gerne die Adressen von allen.«

Núñez fährt mit der Hand in den Halsausschnitt des Pullovers und holt einen zusammengefalteten Zettel aus der Hemdtasche.

»Hier sind sie. Ich habe mir schon gedacht, daß Sie danach fragen würden.«

»Wie verstanden sich denn die anderen mit Jaumá?«

»Ziemlich gut. Aber immer nur einzeln oder zu zweit. Alle zusammen haben wir uns nur zu zwei Anlässen getroffen: bei einem Fest mir zu Ehren, als ich aus dem Exil zurückgekehrt bin, und vor einem Jahr etwa, wegen Jaumá. Er hatte auf einmal die fixe Idee, daß wir uns wiedersehen müssen. Es war eine Katastrophe. Zu zweit oder zu viert fanden wir jedesmal sofort unsere Sprache und unsere Geschichte wieder. Als wir alle zusammen waren, haben wir versucht, die Erinnerung und das Bild jedes einzelnen in bezug auf die andern wiederzufinden; es endete in einem totalen Durcheinander, wir haben nur noch versucht, uns von aktuellen Positionen aus zu rechtfertigen. Ich las in ihren Augen, daß sie mehr von mir erwartet hatten, und ließ durchblicken, daß auch ich von ihnen mehr erwartet habe. Da wurden sie aggressiv.«

»Alle?«

»Dorronsoro nicht. Er spricht wenig. Ich glaube, er studiert uns als Gestalten für seine Romane. Da er im Durchschnitt täglich zehn Zeilen schreibt, hat er an uns Material fürs ganze Leben.«

»War Jaumá mit einem von ihnen besonders eng befreundet?«

»Ich glaube, Fontanillas hat ein paarmal für ihn gearbeitet, für die Firma, genauer gesagt. Aber er hat auch Biedma manchmal eingespannt, er schätzte seinen Rationalismus. Und mit Argemí ist er ein paarmal auf Reisen gewesen.«

»Privat oder geschäftlich?«

»Eher privat, glaube ich. Jedenfalls waren die eigenen Frauen mit.«

»Und wie ist es mit den Frauen der anderen?«

»Sie gehörten mehr oder weniger alle zu unserer Gruppe; sie waren schon auf der Universität mit den späteren Partnern befreundet. Alle, außer die von Argemí. Er hat die Tochter eines kleinen Joghurtfabrikanten geheiratet und aus dem Laden dann ein wahres Joghurtimperium gemacht. Er exportiert in die halbe Welt.«

»Die Aracata?«

»Genau. Die Firma heißt so, weil sie von zwei Partnern gegründet wurde. Der eine war aus Aragón, der andere, Argemís Schwiegervater, aus Katalonien.«

Das *Confit* ist ausgezeichnet, goldgelb, mit festem Fett, das in eine qualitativ andere Substanz übergegangen ist, voller taktiler Überraschungen: Punkte flüchtigen Geschmacks, leicht verbrannt, knusprig zwischen den Zähnen die Haut, die an der unmittelbaren Fettdecke haftet. Das Fleisch faserig, aber nicht trocken, vollgesogen mit Kräuter- und Gewürzaromen während seines unbeweglichen Schlafes im kalten Fett.

»Nachtisch, die Herren?«

Núñez zwinkert Carvalho zu.

»Bringen Sie mir einen Aracata-Joghurt, ein Glas frischen Orangensaft und ein Gläschen Triple Sec. Ich mische es mir dann selber ... Kann ich Ihnen nur empfehlen, Carvalho. Das Rezept stammt von Argemí höchstpersönlich. Er bestellt es jedenfalls, wenn er essen geht – und schon hat er wieder einen Joghurt mehr verkauft.«

Núñez hat mit Maßen gegessen und getrunken. Carvalho vermutet, daß er seine jugendliche Erscheinung verteidigt, daß er Tag für Tag darum kämpft, nicht wie fünfundvierzig, sondern wie vierundvierzig auszusehen.

»Ich werde Sie jetzt dasselbe fragen wie später Ihre Freunde. Was glauben Sie, wie ist Jaumá umgekommen?«

»Ich habe genug Krimis gelesen, um zu wissen, daß man zunächst nach einem Motiv suchen muß. Und ein offizielles Motiv gibt es ja auch. Eine Abrechnung im Nuttenmilieu. Jaumás Frau bezweifelt das freilich. Ich habe keinen Grund, daran zu zweifeln, aber es erscheint mir allzu präpariert und inszeniert. Wenn wir dieses Motiv beiseite lassen, bin ich selbst am wenigsten in der Lage, Ihnen ein anderes vorzuschlagen. Den Krimis zufolge kann Jaumá aus geschäftlichen Gründen ermordet worden sein, oder es handelt sich um die Rache eines seiner Arbeiter oder Erbschaftsstreitigkeiten, einen Streit mit einem eventuellen Liebhaber seiner Frau, oder das Ganze war ein Irrtum. Sie können sich aussuchen, was Sie wollen. Jede Möglichkeit hat mehr Kontras als Pros. Morde aus geschäftlichen Gründen gibt es unter kleinen Geschäftsleuten oder Industriellen, die sich im harten Daseinskampf tagtäglich Auge in Auge gegenüberstehen, aber nicht unter Managern der Chefetagen. Was Arbeitskämpfe angeht, so habe ich Ihnen ja schon gesagt, daß Jaumá sich sehr darum kümmerte und sie mit großem Geschick vermied. Erbstreitigkeiten scheiden meiner Meinung nach sofort aus, seine Kinder sind noch zu jung, um einer Erbschaft wegen zu töten, und außerdem hing das ganze Wohl und Wehe der Familie von Jaumás Einkommen ab. Seine Pension und selbst die Lebensversicherung, die er abgeschlossen hatte, werden das nicht abdecken. Und daß Concha fremdgegangen sein sollte, erscheint mir völlig absurd, Ihnen wahrscheinlich auch, seitdem Sie sie kennen. Bleibt die Möglichkeit, daß man ihn verwechselt hat – ein Irrtum.«

Biscuter hat eine Nachricht hinterlassen. Rechtsanwalt Fontanillas bittet um Rückruf. Die Leute rennen mir ja geradezu die Tür ein, sagt sich Carvalho, greift zum Telefon und wählt die Nummer, unter der der Anwalt am frühen Nachmittag zu erreichen ist. Gleich zwei Sekretärinnen reichen ihn weiter, mit einem Getue, als versuche er um fünf Uhr morgens den Papst persönlich zu sprechen, und dann meldet sich endlich eine Stimme mit jenem Pathos, mit dem uns Priester, Ärzte und

Rechtsanwälte darüber hinwegtäuschen wollen, daß sie uns mit dem kleinsten Fehler ins Jenseits befördern können.

»Señor Carvalho, endlich lernen wir uns kennen. Wie schön. Aber lassen Sie's uns kurz machen, wir sind schließlich beide vielbeschäftigte Männer! Die Witwe Jaumá, geborene Hijar, hat mich angerufen und mir einen äußerst seltsamen Auftrag übermittelt, äußerst seltsam, ja. Ich sollte feststellen, ob die … äh … Höschen, die man in der Tasche des unglücklichen Antonio gefunden hat, neu waren oder gebraucht. Sie werden verstehen, daß dies normalerweise nicht zu meinen Arbeitsgebieten zählt, aber ausnahmsweise, weil mich Concha darum gebeten hat und weil es letztlich um meinen besten Freund, um Jaumá, geht, habe ich also ein paar Nachforschungen angestellt und Beziehungen spielen lassen. Kurz und gut: das Höschen war unbenutzt.«

»Unbenutzt?«

»Völlig neu, um exakt zu sein, wenn solche Details Sie interessieren sollten. Aber vielleicht amüsieren Sie sich ja auch nur gerne. Mich amüsiert das Ganze eigentlich weit weniger. Ganz im Gegenteil. Denn vor ein paar Minuten rief ein Polizeiinspektor bei mir an und wollte wissen, warum ich mich für die Sache interessiere. Mir blieb nichts anderes übrig, als Ihren Namen zu nennen. Mit anderen Worten, die Polizei weiß, daß Sie im Auftrag der Witwe an dem Fall arbeiten.«

»Genau das wollte ich vermeiden.«

»Ich hatte keine andere Wahl. Und jetzt werden Sie mich entschuldigen, geschäftliche …«

»Warten Sie. Wenn ich Sie schon mal dran habe, würde ich gerne ein Treffen mit Ihnen vereinbaren. Ich muß dringend mit den wichtigsten Freunden Antonios reden.«

»Einen Moment.«

Die pathetische Stimme bekommt einen fast normalen Klang, als sie die Sekretärin nach einem freien Termin fragt.

»Treiben Sie gerne Sport?«

»Na ja, Sportarten, die die Phantasie ansprechen: essen, Frauen …«

»Damit kann ich leider nicht dienen. Aber ich habe morgen von elf bis zwölf eine Stunde frei und hatte vor, sie im *Cambridge Club* zu verbringen. Squash, Sauna, Massage. Ich lade Sie gerne ein, und dann unterhalten wir uns. Ich kann jederzeit Gäste mitbringen. Aber jetzt muß ich wirklich Schluß machen. Bis morgen.«

Carvalho sieht keine Möglichkeit, das Unheil abzuwehren, das ihn in ein sportliches Getümmel zieht, vor dem ihm graut. Er macht versuchsweise ein paar parodistische Atemübungen, was ihn an die Turnhallen seiner Jugend erinnert, sowie ein paar Kniebeugen, und bleibt dann auf den Fersen hocken, laut lachend, ohne genau zu wissen warum. In dieser Position überrascht ihn Biscuter, der, in jeder Hand einen Korb vollbeladen mit Gemüse und verschiedenen Reinigungsmitteln, die Tür mit dem Knie aufstößt.

»Sind Sie hingefallen, Chef?«

»Nein, ich sitze gut so.«

»Soll das gut für die Wirbelsäule sein?«

»Für irgend etwas ist es bestimmt gut, ich erinnere mich nur nicht mehr, für was.«

»Ich bin zur Boquería gegangen, um ein paar Schweinsfüße zu kaufen. Ich werde sie mit Artischocken und Erbsen zubereiten. Das schmeckt Ihnen doch immer so gut. Außerdem muß man hier mal eine Generalreinigung starten. Sind Sie jetzt nicht voller Staub?«

Er springt auf und stellt fest, daß seine Waden schmerzen.

»Man sollte öfter Gymnastik machen, Biscuter.«

»Mehr Gymnastik, als ich schon mache? Ich komme sowieso keine Minute zur Ruhe. Schon im Waisenhaus haben sie immer gesagt: Müßiggang ist aller Laster Anfang.«

»Hör bloß auf, Biscuter, mir wird schlecht, wenn du deinen Moralischen kriegst!«

»Einen Kaffee, Chef?«

»Ein Gläschen kalten *orujo*. Und dann mach mit den Leuten hier auf der Liste Termine aus. Aber bau keinen Mist! Nicht zwei Verabredungen zur selben Zeit! Und sieh zu, daß du sie mir alle auf den gleichen Tag legen kannst.«

Er fügt den Namen Gausachs auf dem Zettel hinzu, den ihm Núñez gegeben hat.

»Und, Biscuter, achte auf den richtigen Ton! Nicht dieses Revuegirl-Kicksen! Sprich mit den Leuten, als wärst du ein altgedienter Bürovorsteher.«

Biscuter beginnt zu telefonieren, und Carvalho geht im Geiste noch einmal die Reihe der bisherigen Fakten durch. Er steht vor einer Mauer. Keine Tür tut sich ihm auf, nicht einmal eine winzige Lücke, durch die er schlüpfen könnte. Mit ziemlicher Sicherheit kann er nur sagen, daß das offizielle Motiv eine klare Fälschung ist. Der Ekel, den ihm seine alltäglichen Fälle einflößen, allesamt Ausfluß einer verlogenen kleinbürgerlichen Moral, erscheint ihm immer noch erträglicher als die abgrundtiefe Frustration über einen Fall, dem er vielleicht nicht gewachsen ist. Ich werde Stein für Stein umdrehen, und unter einem finde ich vielleicht den Schlüssel zur Lösung. Und wenn nicht? »Señora Jaumá, auch wenn die Höschen in der Tasche Ihres Mannes nagelneu waren, er ist tatsächlich von einem Zuhälter umgebracht worden.« Vielleicht hat er, anstatt das Mädchen um das Höschen zu bitten, das sie gerade trug, ihr eins aus der Schublade oder dem Schrank entwendet. Vielleicht zeigte er es ihr auch nur und machte den Vorschlag, wenn sie ihr gebrauchtes Höschen ausziehe, würde er ihr das neue schenken. Schließlich und endlich gibt es keinen Grund, warum die Behauptungen des Goldenen Hammers unfehlbar sein sollten. Ein paar unbeherrschte Gauner vögeln ein Mädchen, und Jaumá taucht auf. Sie bemerken, daß er Geld dabei hat, und versuchen, ihn auszunehmen. Jaumá wehrt sich, und sie bringen ihn um. Aber wozu dann das Höschen? Für dieses Detail kann es nur zwei Gründe geben: entweder gehört es zum Ritual einer Abrechnung unter Zuhältern, oder Jaumás Schwächen waren dem Täter hinreichend bekannt und er wußte, daß viele seinen Tod auf der Jagd nach einem Höschen plausibel finden würden. Die erste Möglichkeit hat der »Goldene Hammer« ausgeschlossen. Bleibt die zweite.

Und die Nachlässigkeit, daß ein neues, sauberes Höschen verwendet wurde? Und die Eile, mit der jemand versucht, diese Erklärung als die richtige hinzustellen?

»Chef, da ist jemand für Sie.«

Carvalho taucht aus seinem Gedankenlabyrinth auf und stellt fest, daß er nicht mehr allein ist. Zwei langhaarige Burschen halten ihm ihre Dienstmarken unter die Nase.

»José Carvalho?«

»Ja.«

»Wir sollen Ihnen ein paar Fragen zum Tod von Antonio Jaumá stellen.«

Biscuter schleppt einen Stuhl aus dem Badezimmer herbei, blaues Resopal, kaltes Metall. Und Carvalho zieht unauffällig an dem Hebel, der die Sitzfläche seines Sessels ein paar Zentimeter höher hievt. So thront er plötzlich über den Fragestellern vor ihm.

»Sie sind Privatdetektiv?«

Carvalho reicht ihnen seinen Ausweis, den sie keines Blickes würdigen.

»In Spanien tappen die Privatdetektive normalerweise nicht von einem Fettnäpfchen ins andere. Und sie stecken ihre Nase auch nicht in Dinge, die nur die Polizei was angehen.«

»Soviel ich weiß, gilt der Fall Jaumá als abgeschlossen.«

»Und warum schnüffeln Sie dann trotzdem noch daran herum?«

»Weil die Witwe es so will.«

»Unser Chef läßt Ihnen jedenfalls folgendes ausrichten: Diskretion! Und sollten Sie irgend etwas herausfinden, dann sind wir die ersten, die davon erfahren, klar? So eine Detektivlizenz kann sehr schnell entzogen werden, wenn wir wollen.«

»Schauen Sie, ich will weder den Oscar noch den Nobelpreis gewinnen, ich will, daß mein Klient mich bezahlt. Und das heißt, wenn ich etwas herausfinde, dann erfährt es erst mal mein Auftraggeber, und der kann dann mit seinem Wissen anfangen, was er will.«

»Ich warne Sie. Seien Sie vorsichtig! Überlegen Sie es sich zweimal, bevor Sie jemanden belästigen. Am Ende müssen nämlich wir dafür geradestehen. Der Chef läßt Ihnen ausrichten, Sie sollen bloß nicht versuchen, James Bond zu spielen.«

Biscuters Blick flitzt zwischen den jungen Polizisten und seinem Chef hin und her, als würde er ein Tennismatch verfolgen.

»Ich finde eigentlich, ich sehe eher Gregory Peck ähnlich.«

»Machen Sie keine Witze.«

Mit angespanntem Ton meldet sich der Polizist, der bisher schweigsam den Detektiv studiert hat.

»Wir sind mit den besten Absichten hergekommen. Aber wir wissen natürlich, mit wem wir es zu tun haben. Ihr Werdegang ist ziemlich merkwürdig, und der Chef schlug drei Kreuze, als er erfuhr, daß man Ihnen eine Detektivlizenz gegeben hat.«

»Ich kannte damals den Neffen des Cousins des Innenministers.«

»Wann war denn das?«

»Uh, das ist lange her, damals lebte unser glorreicher General Franco noch.«

»Das liegt außerhalb der Zeitrechnung. Das hilft Ihnen nicht weiter.«

Die Zeitungen bringen eine kurze Notiz über ein Auto mit ausländischem Kennzeichen, das man im Tordera gefunden hat. Der Fluß ist wegen der heftigen Regenfälle ungewöhnlich stark angeschwollen und hat das Auto einige Meter weit mitgerissen. Vom Fahrer fehlt jede Spur. Alles, was man weiß, ist, daß es sich um einen Mietwagen der Avis handelt, den ein gewisser Peter Herzen in Bonn angemietet hat. Seltsam ist nur, daß sich im Wageninneren nicht das kleinste Gepäckstück fand, aber man nimmt an, daß der Koffer des Fahrers auf dem Rücksitz lag, und daß der Fluß ihn weggeschwemmt hat. Auf den nächtlichen

Ramblas erkennt Carvalho die Symptome der kommenden allnächtlichen Krawalle. Die Polizisten des Sonderkommandos *Brigada Especial Antidisturbios* sind aufmarschiert; junge Anhänger der Subkultur trennen sich säuberlich in politische und apolitische Gruppen. Jeden Moment können Rechtsradikale als Provokateure auftauchen. Mitglieder dieser und jener Partei huschen über die Gehwege zu ihren mittlerweile legalen Parteilokalen, um nicht in die bevorstehende Keilerei verwickelt zu werden, denn sie haben nicht die Absicht, sich vom eben erst bestiegenen hohen Roß der Legalität und der historischen Bedeutung herunterknüppeln zu lassen. Zwischen acht und zehn Uhr verschwinden Prostituierte, Zuhälter, Strichjungen sowie große und kleine Gauner, um nicht wider Willen politische Prügel zu beziehen. Vom Fenster aus beobachtet Carvalho, wie die Spannung steigt, und Biscuter jammert, die Stadt werde immer gefährlicher.

»Dabei ist es hier noch ruhig, Chef! Denken Sie mal an Bilbao, Santander oder Madrid! Die Jungs von der GRAPO und ETA entführen Leute, und die Rechten schießen auf Demonstranten. Und dann das mit den Anwälten! Die wollen die Situation destabieren.«

»Destabilisieren, Biscuter.«

»Was heißt das eigentlich genau, destabilisieren?«

»Man schafft den Eindruck, daß die Staatsgewalt nicht mehr Herr der Lage und das politische System nicht imstande ist, die Ordnung aufrechtzuerhalten.«

»Und wozu das alles?«

»Um seine eigene Macht zu steigern. Fast immer besorgt sich der Staat so die nötigen Alibis und Blankoschecks, um nach Belieben draufschlagen zu können.«

»Es gibt keine Gerechtigkeit, Chef! Man sollte sie alle aufhängen, oder besser noch ins Arbeitslager stecken, mit Hacke und Schippe! Ab zum Steineklopfen! Da gehören sie hin! Verdammte Scheiße! Die Schweinsfüße!«

Das Zischen des Schnellkochtopfs ist verstummt. Biscuters

Schimpfen erreicht Carvalhos Ohr fast gleichzeitig mit den ersten Schreien. In Sekundenschnelle verwandeln sich die Ramblas in einen nächtlichen Hexenkessel voller Menschen in panischer Flucht. Wie Bleisoldaten hinter Glas rücken die Ordnungshüter in wütendem Laufschritt vor, den Knüppel zum Schlag erhoben. Plötzlich halten sie an, wie von einer kollektiven Schaltung gesteuert, und die flüchtigen Demonstranten sammeln sich langsam wieder, mit dezimierten Kräften zwar, aber immer noch stark genug, um mit dem Ruf »Amnestie für alle!« in Sechserreihen herausfordernd auf die Polizei zuzumarschieren. Erneuter Angriff. Unter der Vorhut der Polizei explodiert ein Molotow-Cocktail, und die Logik des Vorrückens zerfällt. Der vorher beherrschte Zorn weicht einer blinden Wut, die alles vernichten will. Fußgänger werden im Vorbeilaufen niedergeknüppelt, und wer Tränengasgranaten oder Gummigeschosse abfeuert, wirft dabei den Oberkörper zurück, um dem Schuß auf die Fliehenden mehr Durchschlagskraft zu verleihen. Der Knall eines Schusses versetzt die Nerven des Fenstervoyeurs Carvalho in Alarmzustand. Die Polizei ist stehengeblieben und mustert prüfend Straßeneinmündungen und Fassaden. Einer feuert blind ein Gummigeschoß gegen die Häuser ab, und das Publikum schließt die Logentüren so hastig wie bei einem Wolkenbruch. Carvalho legt die Fensterläden vor und sieht durch die Ritzen eine Polizeiattacke, gebrochene Momentaufnahmen der Ordnungskräfte, die gezwungen sind, sich durch sein enges Gesichtsfeld zu zwängen. Biscuter ruft aus der Küche: »Jetzt noch das Kleingehackte in den Topf, dann ist es fertig, Chef! Das *sofrito* ist schon angedickt.«

Als der Duft von den Tellern ihn veranlaßt, sich umzuwenden, herrscht unten wieder Friede. Die Polizei befleißigt sich wieder derselben bedächtigen Wachsamkeit wie vorher, und in den »Wannen« klappen die Zivilgardisten das Plastikvisier auf.

»Waren sie auch richtig sauber?«

»Ich hab die paar Borsten selbst abgeschabt, die noch dran waren. Sie sind ganz zart!«

Auf der Basis von *sofrito* und kleingehackter Petersilie und Knoblauch hat sich eine so gute Volksküche entwickelt wie die katalanische, und Biscuter hat seine Lektion gelernt. Das Männchen ißt, ohne ein Auge von Carvalho zu lassen, und lauert auf die fällige Lobeshymne.

»Prima, was, Chef?«

»Korrekt.«

»Nur korrekt? Verflucht noch mal, Ihnen muß man wohl Wellensittichhoden in Béchamel servieren, damit man mal ›Ausgezeichnet, bravo, Biscuter!‹ oder ›Phantastisch!‹ zu hören kriegt.«

Kurz darauf trinkt Carvalho im *Café de la Opera* einen *carajillo*, umgeben von den letzten Demonstranten und den ersten Schnecken der Ramblas, die sich wieder aus ihrem Häuschen wagen. Intuitiv sondiert er, wer Polizist in Zivil sein könnte. Wer von uns ist eigentlich kein Polizist? Wenn schon keiner in Zivil, so doch einer, der im Geist einen kleinen, verbietenden Polizisten mit sich herumträgt. Zwei Adepten der Homosexualität liebkosen sich unter einem Jugendstilspiegel, der die Zartheit ihrer Nacken reflektiert. Siebzehn Mädchen, die alle aussehen, als wären sie von zu Hause abgehauene Haschraucherinnen, kommen gerade von zu Hause und bestellen ein stilles Wasser. Zweihundertdreißig Gäste des *Café de la Opera* sind die Hauptdarsteller einer Kinoinsel, von draußen betrachtet von schüchternen Passanten, die als Voyeure oder zu den Nutten unterwegs sind. Wie schwarzweiße Schlangen winden sich die Kellner durch die Inselbewohner; der Magnet ihrer Hände hält Messingtabletts mit dem Rost von anno dazumal, dem Rost von umgekippten Absinthgläsern in den heißen Nächten der feinen Herren und ihrer Moirégeliebten.

»Auf geht's, es ist Krieg!« schreit einer mit einem doppelten Buckel, der versucht sich Platz zu schaffen. Seine Klamotten muffeln nach Gras, seine Achselhöhlen nach Mensch und seine Rufe nach Tabak und *bocadillos*, rasch verschluckt wie Benzin für die lange Reise des Körpers vom Nichts durch die absolute Unappetitlichkeit bis zum Tod. Von den Schultern eines langhaarigen, knochigen Riesen schaut ein zweijähriges Kind in den Schlund eines Gin Tonic und nimmt huldvoll das Himbeereis entgegen, das ihm der Kellner mit den rosigen Wangen zusteckt. In seiner Ecke läßt ein prätuberkulöser Junge die fettigen Haarsträhnen über die Saiten fallen und lauscht einsam seinem Gitarrensolo. Am Eingang gehen breitbeinig zwei Ordnungshüter in Stellung, das sardonische Grinsen vom heruntergeklappten Visier plattgedrückt. Sie rücken nicht vor und ziehen nicht ab, sondern sehen sich um und lauschen wahrscheinlich der durch ihr Auftreten entstandenen Stille, die nur durchbrochen wird von Husten und Gläserklirren auf den Marmortischen. Das Kind fängt an zu weinen. Das Ordnungskommando zieht ab.

»Sie kennen unsere Einrichtungen noch nicht?« Sie waren noch nie in unserem Privatwald? Was halten Sie von einem Rundgang, um sich unser Herrenhaus anzusehen? Carvalho bezweifelt, ob Gausachs einen dieser drei Sätze gesagt hat. Vielleicht den einen, die beiden anderen hat seine Intonation suggeriert. Er ist hochgewachsen, sein blondes Haar teuer getrimmt. Zu seinen Vorfahren zählt bestimmt ein Engländer – oder eine Engländerin –, fügt Carvalho in Gedanken hinzu. Das gut geschnittene Gesicht wirkt schon jetzt, Ende Dreißig, leicht aufgedunsen vom allzu exzessiven Wohlleben. Der Mann hat das Lächeln und die Gesten eines Protokollchefs und weist Carvalho mit einer kaum merklichen Handbewegung einen Platz an.

»Wie mir bereits bekannt ist ... ich habe festgestellt ... auf der Basis von ...« – die Sprache der neuen Macher, Madrider Dialekt natürlich.

»Ich führe Sie nachher gerne ein bißchen herum. Sie müssen jedoch die Unordnung entschuldigen, wir bauen gerade um. Ich lege etwas mehr Wert auf Äußerlichkeiten als der arme Jaumá. Sie sollten sich mal ansehen, wie er residiert hat. Selbst ein provisorisch eingerichteter Empfangsraum wie dieser hier wäre zu seiner Zeit undenkbar gewesen ...«

Das Bild des Büros ist bestimmt von holzgetäfelten Wänden, Designer-Möbeln, einer Sitzgarnitur aus Echtleder, so weich, daß man unwillkürlich an Menschenhaut denkt, schweren Teppichen und einem Barschrank mit einigen Flaschen Malt Whisky nebst einem Eiskübel aus massivem Silber.

»Jaumá war ein intuitiver Mensch, ein genialer Kopf, aber ein bißchen altväterlich, obwohl er in den besten Jahren war. Ein Fuchs, was das Geschäftliche anging, da machte ihm keiner was vor. Aber das Repräsentative, das Image –, da hinkte er fünfzig Jahre hinterher.«

»Sind Sie schon voll im Amt?«

»Ich habe noch einen Beraterstab von der Londoner Zentrale zur Seite, aber die werden demnächst abreisen.«

»Leute, die sich intensiv mit der Petnay beschäftigen, und die gibt es, wie Sie wissen, spätestens seit dem Staatsstreich in Chile, gehen davon aus, daß es neben dem eigentlichen Topmanagement, dem Sie angehören, immer auch noch einen politischen Kopf gibt, eine Art Politkommissar, wie in der Volksarmee.«

Irgendwie schafft es Gausachs, allein mit der Unterlippe zu lächeln, ein technisches Wunder, das Carvalho verblüfft.

»Die multinationalen Konzerne werden vielleicht nicht in die Wirtschaftsgeschichte eingehen, Señor Carvalho, aber eines ist ihnen jetzt schon sicher: ein Platz in der Literaturgeschichte, Abteilung Märchen und Legenden. Absurd! Völlig absurd! Ich will gar nicht abstreiten, daß unsere Geschäfte sich manchmal mit denen der Politiker überschneiden, ja, daß wir versuchen, etwa auf die herrschende Gesetzgebung Einfluß zu nehmen, auf allerhöchster politischer Ebene. Aber für Petnay führe solche Verhandlungen ich, verstehen Sie, ich, Martin Gausachs Doménech, so wie zu seiner Zeit Señor Jaumá.«

»Also läuft nichts am Generaldirektor einer Region vorbei?«

»Nichts! Die Direktoren fahren jedes Trimester zu einem bilateralen Treffen mit der Zentrale, und sie sind es auch, die sich jedes Semester zu einem Treffen zusammenfinden, zum Petnay-Kabinett sozusagen. Dann gibt es noch die Inspektoren, die von der Zentrale regelmäßig zu Kontrollvisiten ausgeschickt werden, und schließlich noch eine Art zentrales Verwaltungskommitee in der Rolle eines großen Buchhaltergehirns.«

»Ihre Region ist früher von Dieter Rhomberg inspiziert worden. Jetzt nicht mehr.«

»Richtig. Er hat gekündigt.«

»Warum?«

»Ich habe es erst gestern erfahren. Von der Zentrale kam ein Telex mit der lakonischen Mitteilung: Rhomberg hat vor zwei Monaten gekündigt.«

»Kommt es Ihnen nicht seltsam vor, daß Sie davon erst mit zweimonatiger Verspätung erfahren?«

»Ach, wissen Sie, nach Jaumás Tod gab es einige Kurzschlüsse in der Kommunikation des Unternehmens. Und das wird wohl noch eine Weile so bleiben. Große Konzerne funktionieren zwar alle wie Maschinen, aber der Faktor Mensch spielt doch immer noch eine wichtige Rolle. Das galt ganz besonders für Jaumá, der viel im Kopf hatte und entsprechend wenig niederschrieb. Eine ganze Menge seiner Angelegenheiten sind noch völlig unerforscht. Er hat sich auf sein berühmtes Gedächtnis verlassen, aber das hat er uns leider nicht vererbt. Er mißtraute der Teilung der Gewalten und der Arbeit. Stellen Sie sich vor: Diese Firma hat einen gigantischen Verwaltungsapparat, ein Rechenzentrum wie das Pentagon. Und was macht Jaumá? Er läßt die Buchführung von irgendwelchen pensionierten Buchhaltern überprüfen, mit denen er befreundet ist.«

Wieder das flache Lächeln der Unterlippe.

»Hatte er einen konkreten Verdacht?«

»Nein. Ich glaube nicht. Das war einfach seine Art. Er war in vielem etwas provinziell.«

»Mochten Sie ihn?«

»Ich schätzte seine fachlichen Qualitäten, die hatte er unbestreitbar, auch wenn ich manches anders angegangen wäre.«

»Das können Sie ja jetzt tun.«

»Das Leben ist für mich ganz schön schwierig geworden. Jaumás Posten zwingt dazu, viel unterwegs zu sein. Ich muß meine Assistentenstelle an der Universität aufgeben und hier und jetzt die Gewissensfrage entscheiden, ob ich für die nächsten Wahlen zu den *Cortes* kandidieren soll. Eine Gruppe von Freunden drängt mich dazu. Katalonien braucht Vertreter aus der Wirtschaft in den höchsten Organen der Legislative.«

»Und die höchsten Organe der Legislative brauchen Vertreter Kataloniens aus der Wirtschaft.«

»Ohne Zweifel. Aber ich weiß nicht, ob ich die politische und die berufliche Verantwortung unter einen Hut bringen kann. Ich glaube, eins schließt das andere aus.«

»Wofür werden Sie sich entscheiden?«

»Im Moment, so wie die Dinge heute vormittag um zehn Uhr liegen, wähle ich aufgrund der Informationen, die wir alle haben, und als rein private Entscheidung die Petnay. Ich kann bis zur nächsten Wahl warten, und selbstverständlich reizt mich im Moment dieser Posten hier.«

»Was produziert die spanische Petnay eigentlich?«

»Produzieren? Vor allem Kosmetik, Arzneimittel, Dünger, Betonfertigteile, Nahrungsmittel, aber wir haben natürlich auch Fertigungsketten für viele andere Petnay-Produkte. Und es ist kein Geheimnis, daß wir in einer ganzen Reihe spanischer Unternehmen die qualitative Mehrheit besitzen.«

»Die qualitative Mehrheit?«

»Ein Fachterminus aus meiner Vorlesung über Auslandsinvestitionen. Anders ausgedrückt: Man muß nicht immer einundfünfzig Prozent der Aktien besitzen, um eine Firma zu kontrollieren. Man braucht nur so viele Aktien, um das interne Gleichgewicht des Unternehmens und seine Kreditwürdigkeit nach außen, den Banken gegenüber, zu garantieren, verstehen Sie?«

Von dem sympathischen Strubbelkopf mit dem kecken Gesichtsausdruck ist nicht viel übriggeblieben. Die Haare reichen jetzt gerade noch, um seine Glatze zu verdecken – aber nur wenn sie sorgfältig gekämmt sind. Das Schielen verschwimmt hinter dicken Brillengläsern, und die tiefen Furchen in den Wangen leiten jetzt den Schweiß ab, der Fontanillas übers Gesicht läuft, während er sich abmüht, den Anweisungen eines Gymnastiklehrers zu folgen.

»Die Hüften! Die Hüften! Locker in den Hüften. So, ja, und so. Fester. Und eins und eins!«

Tief Luft geholt – Fontanillas hat genug von der Gymnastik und begibt sich hinüber zum Fahrradtrainer. Carvalho streift sich inzwischen die Sachen über, die man im Club für Gäste bereithält. Shorts und T-Shirt in Weiß, darunter eine rote Nylonbadehose für das Schwimmbad und die Sauna. Während des Umkleidens tänzelt er auf der Stelle wie ein Fußballprofi, der sich aufwärmt. Die Gelenke knacken, aber er ist immer noch beweglich genug, um locker aus der Kniebeuge hoch zu hüpfen.

Fontanillas winkt ihm, fest entschlossen, bis zur letzten Kreuzweg-Station durchzuhalten, schwitzend und schnaufend. Sie holen sich ihre Schläger ab und verschwinden hinter der Tür eines Squashabteils, das frisches Frühlingsgrün vorgaukelt.

Carvalhos erste Schläge lassen den Ball hohl und hart von der Wand zurückprallen, bei jedem Aus verkündet die Begrenzung aus Maschendraht aller Welt scheppernd den Fehlschlag. Das ideale Spiel für die Insassen eines Atombunkers. Der Ball hat keine Chance, sich im Himmel zu verlieren oder ins Abseits, in ein Versteck zu rollen. Erst wenn das Gummi alt und spröde geworden ist und unter einem letzten Schlag den Geist aufgibt, kann seine Kautschukseele mit der befreiten Luft gen Himmel fahren.

Fontanillas hat seine Reflexe auf dieses Höhlenmenschenspiel abgestimmt. Nach jedem geglückten Schlag, Beweis für die Leistungsfähigkeit seiner Muskeln und Sehnen, verzieht sich sein Gesicht zu einem nur halb versteckten Lächeln, das zeigt, wie wichtig ihm solche kleinen Triumphe sind. Carvalho dagegen braucht einige Zeit, um Arme und Augen an das Hin und Her des Balles zu gewöhnen, und erst als auch ihm spärlicher

Schweiß auf die Stirn tritt, hat er sich einigermaßen auf Fontanillas' gnadenlose Spielweise eingestellt. Aber da blickt der Anwalt auch schon auf die Uhr, läßt den Kopf sinken und den letzten Ball Carvalhos ins Aus gehen.

»Sauna und Swimmingpool. Dort können wir uns unterhalten.« In ihren roten Höschen marschieren sie einen mit Teppich ausgelegten Gang hinunter und betreten durch eine Schwingtür die Naßzone des Clubs. Eine kalte Dusche, ein paar Züge im kleinen Schwimmbecken, das ein konstanter harter Wasserstrahl mit der Decke verbindet, mit dem Handtuch leicht abgerubbelt und dann durch eine schwere Holztür hinein in die Vorkammer der Hölle.

Ein Kohlebecken, hölzerne Bänke, in der Hitze verschrumpelte Zeitschriften, Sanduhr und Thermometer, und da liegen nun die beiden Körper, wie von der Schaufel eines Bäckers in die Sauna geschoben, damit sie langsam durchgaren.

Carvalhos Schweißreserven fließen wie Bäche, die über die Ufer treten, was Fontanillas mit dem zufriedenen Lächeln des weisen Lehrmeisters quittiert.

»Es gibt nichts Gesünderes. Nicht, weil man abnimmt, sondern weil sich die Poren öffnen.«

»Das müßte man doch auch mit einem angenehmeren Verfahren erreichen können.«

»Aber das hier ist doch noch gar nichts! Das ist die Vorsauna. Dort, durch diese enge Pforte, gelangt man in die richtige Hölle. Ich lasse mir gerade ein Haus draußen in Desierto de Sarriá bauen. Dabei ist auch eine kleine Sauna eingeplant. Ich fühle mich jedesmal wie neugeboren, wenn ich ... Aber die Zeit verstreicht. Sie sind dran mit Reden.«

»Nein, Sie. Sie kannten Jaumá. Erzählen Sie mir von ihm.«

»Ich nehme an, Sie sind an konkreten Einzelheiten interessiert, nicht an Blabla. Also, was wollen Sie wissen?«

»Hat Jaumá je mit Ihnen ein Thema erörtert, das seinen Tod erklären könnte? Eine gefährliche Angelegenheit beispielsweise.«

»Lassen Sie mich vorweg eines klarstellen. Ich bin ein Kampfanwalt. Ich vertrete fast immer Geschäftsleute in Angelegenheiten, in denen große Summen auf dem Spiel stehen. Und ich kämpfe mit schwerem Geschütz, Panzerfahrzeugen und Superbombern. Vielen meiner Klienten habe ich so zu einem Sieg verholfen. Ein paar haben verloren. Aber umgekommen ist bisher noch keiner. Bauern sollen sich schon wegen eines versetzten Grenzsteines umgebracht haben, kleine Krämer schießen aus Verzweiflung auf den erfolgreicheren Konkurrenten, aber oben, an der Spitze, da wo die großen Geschäfte abgewickelt werden, da spielt man nach dantesken Regeln, und alle Welt kennt sie, Señor Carvalho. Davon abgesehen, habe ich Jaumá in einigen Fällen vertreten, in denen zumindest am Rande auch immer seine privaten Interessen eine Rolle gespielt haben. Alles andere lief über die Anwälte der Petnay.«

»Das ist doch irgendwie komisch. Da gibt es einen Multi, bei dem alles und jedes genau geregelt ist. Und da kommt Jaumá und konsultiert außerhalb des Hauses einen Buchprüfer seines Vertrauens, engagiert einen Anwalt, mit dem er befreundet ist ... all das vorbei am Apparat des Unternehmens.«

»Nun, ich wurde immerhin von der Petnay bezahlt. Nicht von Jaumá. Aber ich wüßte nicht, wie Sie das weiterbringen sollte. Es ging bei den Verhandlungen, die ich für Jaumá führte, stets um rein technische Dinge.«

»Und wie erklären Sie sich Jaumás Tod?«

»Ich halte mich da an die offizielle Lesart, und es erstaunt mich, daß Concha sich damit nicht zufriedengibt.«

»So, wie es aussieht, glauben auch die Leute, die sich im Zuhältermilieu auskennen, nicht so recht an die offizielle Version. Die Geschichte mit dem Höschen ist einfach zu plump, das, wie Sie wissen, ja neu und noch nie von einer Frau benutzt worden war. Und was soll ein Höschen in der Tasche, das nicht nach Frau riecht?«

»Wer sagt denn, daß es ein Zuhälter oder seine Mädchen gewesen sein muß? Die Rache eines gehörnten Ehemannes, frustrierten Nebenbuhlers oder Vaters einer verführten Tochter. Das Ganze ist nun wirklich von der Polizei hinreichend untersucht worden. Dutzende von Leuten wurden verhört, und was kam dabei heraus? Nichts. Concha folgt einem sentimentalen Impuls – das ist verständlich, aber durchaus anfechtbar.«

»Ihnen liegt also auch nichts daran, den Fall zu komplizieren?«

»Wie meinen Sie das?«

»Sie wollen auch, daß so schnell wie möglich Gras über die Sache wächst. Das sieht man schon daran, daß Sie jede andere als die offizielle Lesart ablehnen.«

»Wenn Sie unnötige, unsinnige Komplikationen meinen, dann haben Sie recht. Die habe ich stets vermieden – übrigens ein Rezept für meinen Erfolg. Concha sucht sich unnötige Komplikationen, und schuld daran ist nur dieser verdammte Núñez. Ich mag den Burschen ja, aber wo er auftaucht, da gibt es Probleme. Mit seinen fünfundvierzig Jahren spielt er sich immer noch als vielversprechender Jüngling auf. Noch fünf Jahre, dann ist er ein gescheiterter Fünfzigjähriger. Sieht den Splitter im Auge der anderen und stolpert selbst durchs Leben wie ein Mondsüchtiger. Jetzt zieht er auch noch Concha in die Sache hinein, und schon ist der Ärger perfekt. Warum? Wozu das Ganze? Ich will es Ihnen sagen, Señor Carvalho. Weil er nichts zu tun hat. Weil er irgendwie seinen Frust loswerden muß. Seinen Frust darüber, daß er im Leben nichts Sinnvolles zu schaffen hat.«

»Keine Frau, keine Kinder, kein Haus in Desierto de Sarriá, nicht mal eine Sauna.«

»Hören Sie doch auf! Sie gehören ja selbst zu den zornigen jungen Männern. Ich habe mir einen Privatdetektiv einsichtiger vorgestellt. Woher kommen Sie eigentlich? Von der Zelle der Privatdetektive in der Kommunistischen Partei?«

»Wenn schon, dann von der Zelle für Gastronomen.«

»Dann sollten Sie auf jeden Fall da rübergehen, in die richtige Sauna, denn gutes Essen macht ebenso dick wie ethische und politische Genüsse.«

Carvalho verläßt die Reparaturwerkstatt für ramponierte Manager beschwingt und erfrischt, kein Zweifel. Es scheint so, als ob seine Poren den Sauerstoff tatsächlich besser aufnehmen, und auf der Treppe, die zu Biedmas Büro hinaufführt, fühlen sich seine Beine ganz ungewöhnlich leicht an. In dem kleinen Wartezimmer der Kanzlei diskutiert eine Gruppe von Arbeitern gedämpft über einen morgendlichen Vorfall auf dem Arbeitsamt. Die Sekretärin sitzt an der Schreibmaschine unter einem Plakat der portugiesischen Revolution: Ein Kind streckt die Hand nach einer Nelke aus, die in einem Gewehrlauf steckt. Greif dir das Gewehr und laß die Blume sausen, denkt Carvalho bei sich, eines Tages knallen sie dich ab, und dann staunst du, daß die Nelke eine Kugel war.

Die Arbeiter ereifern sich über die Schließung einer Abteilung einer Fabrik für Sanitäranlagen, als sich eine der blaugestrichenen Türen öffnet. Es ist eine Wohnung im Ensanche mit verschnörkelten Mosaiken, einem verblendeten Alabasterkamin und großen, geschnitzten Holztüren, die mit einer blauen Lackschicht überzogen sind; das Rechteck, das sich in diesem Lackmeer auftut, wird fast völlig von Biedma ausgefüllt, der hochgewachsen und kräftig gebaut mit großen, weit geöffneten Augen in einem zylindrischen Gesicht im Türrahmen steht.

Die Arbeiter verstummen und grüßen so respektvoll, als wären sie beim Arzt. Carvalho taucht unter dem Rahmen aus blauem Lack hindurch und läßt Biedma bei seinen Klienten zurück. Er kommt in ein nüchtern und zweckmäßig eingerichtetes Büro mit Möbeln aus den vierziger Jahren, ganz ähnlich denen, die in seinem eigenen Büro stehen: Schreibtisch mit hölzernen Rolläden, verglaste Bücherschränke, zwei abgeschabte, plastiküberzogene Sessel.

Die Unordnung auf dem Schreibtisch gerät sofort in Vergessenheit, wenn Biedma dahinter Platz genommen hat. Sanft sitzt er da, beide Ellbogen aufgestützt, die Stimme jung, aber doch bedächtig und sonor. All das verstärkt noch den harmonischen Eindruck, den sein Gesicht macht. Ein Eindruck, den nur ein nervöses Zucken stört, das öfters um seine Augen spielt, während diese nach Nordosten abweichen.

»Ich war gerade mit Fontanillas in der Sauna.«

Biedma lacht.

»Gratis? Hat er nichts dafür verlangt?«

»Ich habe nicht gefragt, ob ich was schuldig bin.«

»Na, er wird sicher eine Rechnung schicken.«

Biedmas Lachen läßt sein großflächiges Gesicht kindlicher erscheinen, das sehr an Louis XV. erinnert.

»Er war schon immer so. Während des Studiums waren wir alle ständig blank. Keiner von uns hatte reiche Eltern. Na ja, Vilaseca vielleicht, sein Vater war Notar. Aber wir anderen mußten uns schon was einfallen lassen, um an Geld zu kommen. Nachhilfestunden, Zeitschriftenabos verscherbeln, Sie kennen das sicher. Nicht daß es uns am Nötigsten gefehlt hätte! Nein, es ging um die ›Spesen‹. Jeder von uns war auf seine Weise ein ehrbarer Kaufmann. Fontanillas war der gerissenste. Er schwänzelte in den Pausen um die Studentinnen rum und drehte ihnen Nylonstrümpfe und französisches Parfüm an, alles Schmuggelware. Er ließ sich sogar zwei Stoffgürtel in das Innenfutter seiner Jacke nähen, die er dann im Innenhof der Universität aufknöpfte, um die Ware anzupreisen, wie ein wandelnder Marktschreier: ›Uhren, Feuerzeuge, Strümpfe …‹«

»Heute ist er reich.«

»Steinreich.«

»Und Sie nicht.«

»Stimmt.«

»Dafür werden Sie einmal direkt gen Himmel fahren, und er kommt zumindest für eine Weile ins Fegefeuer.«

»Das ist das einzige, was mich noch aufrechterhält.«

»Warum sind Sie so rot geworden?«

Biedma wittert den Spott, vergißt für einen Moment seinen Tick und studiert den unverblümten Sarkasmus in Carvalhos Augen.

»Weil ich meiner eigenen Logik treu geblieben bin. Am Anfang standen wir alle politisch ziemlich im selben Lager. Sogar Fontanillas und Argemí. Auch die haben damals einiges riskiert und Untergrundpropaganda gedruckt oder verteilt, ob Sie es glauben oder nicht. Wir organisierten Marxismus-Seminare, und Fontanillas war es, der mir das Gesetz von Angebot und Nachfrage erklärt hat. Er war immer der erste, der neue Theorien entdeckte, der erste, der sie anwandte, und der erste, der sie wieder fallenließ. Alle meine Freunde haben entweder die politische Logik aufgegeben oder sich, wie Núñez, einer ehemals revolutionären, aber heute offen reformistischen Partei verschrieben, und zwar, weil er mit seiner Partei verheiratet ist und seine gefühlsmäßige Entscheidung von vor dreißig Jahren nicht widerrufen will. Dreißig Jahre! Beinahe jedenfalls. Ich bin der Logik treu geblieben, die die politische Aktion mit dem Willen verbindet, die Geschichte in einem fortschrittlichen Sinne zu verändern, und zwar so schnell wie möglich, ohne dabei in eine Paktiererei zu verfallen, deren doktrinäre Alibis nicht über die revolutionäre Impotenz hinwegtäuschen können.«

»Und Vilaseca? Der scheint doch auch noch seine revolutionäre Gesinnung beibehalten zu haben.«

»Pah. Der Snob! Ein intelligenter Snob. Nachdem er die ganze ultralinke Fauna durchstreift hat, ist er jetzt bei den Anarchisten gelandet. Ich bin geblieben, was ich schon 1950 war, aber angepaßt an die historischen Erfordernisse von 1977: Marxist-Leninist.«

»Argemí, Fontanillas oder Jaumá sind also für Sie so etwas wie schlappe Verräter, Núñez eine Verknöcherter und Vilaseca ein Snob. Sie machen es sich hübsch einfach.«

»Ich würde nie behaupten, daß Argemí, Fontanillas oder Jaumá irgend etwas verraten hätten. Sie sind einfach ihrer Herkunft und ihrem sozialen Interesse treu geblieben und in den Schoß der Bourgeoisie zurückgekehrt, um einen optimalen Posten zu ergattern. Núñez benutzt seine Parteimitgliedschaft, um nicht total ins Abseits zu geraten, und Vilaseca ist ein Neugieriger, ein Geschichtsfledderer, ein politischer Glücksritter.«

»Und Dorronsoro?«

»Ein Schriftsteller, ein Künstler, und die muß man machen lassen, was sie wollen, solange sie nicht total reaktionär sind.«

»Warum mußte Jaumá sterben?«

Ein Schleier, möglicherweise durch verborgene Tränen hervorgerufen, legt sich über Biedmas Augen. Er senkt den Kopf.

»Es ist so, als ob man uns verstümmelt hätte. Als ob man mich persönlich verstümmelt hätte. Ein Mensch, der das Leben so liebte wie Jaumá. Ein Erotomane. Närrisch manchmal, impulsiv, einer, der seine Zuneigung offen zeigte.«

Er starrt gedankenverloren auf einen Stapel vervielfältigter Broschüren, die auf dem Schreibtisch liegen. *Rote Blätter. Nieder mit der faschistischen Monarchie! Nieder mit der Oligarchie!* steht auf dem Titelblatt.

»Ein paar Tage vor seinem Tod haben wir zusammen zu Abend gegessen. Er kam gerade aus San Francisco zurück und wollte sich über den aktuellen Stand der Arbeitskämpfe hier in Spanien informieren. Vor allem über die mögliche Legalisierung der Gewerkschaften.«

»Heißt das, daß Sie ihm Tips über den Umgang mit den Gewerkschaften gegeben haben?«

»Ich bin kein Unternehmensberater, Señor Carvalho. Ich habe mich immer darauf beschränkt, Jaumá meine generelle Einschätzung der politischen Lage zu geben. Das war alles. Es ging in unseren Gesprächen nicht darum, wie man die Arbeiter am besten reinlegt, sondern darum, zu verhindern, daß er sich selbst etwas vormachte.«

»Sie haben doch sicher eine eigene Meinung über seinen Tod?«

»Ich habe zunächst einmal ganz einfach die Version der Polizei akzeptiert. Und es gibt immer noch nichts, was mich an dieser Version zweifeln läßt. Sie sind da offensichtlich einen Schritt weiter.«

»Aber woher denn! Ich saß ganz friedlich bei mir zu Hause und spürte Ehebrecherinnen und jugendlichen Ausreißern nach, als man mir diesen Auftrag aufhalste: nachzuweisen, daß die offizielle Version über Jaumás Tod falsch sei. Und viel weiter bin ich immer noch nicht. Ich bin ein Profi, und mein Interesse an dem Fall ist rein finanzieller Art, obgleich ich Jaumá auch persönlich kennengelernt habe, vor mehreren Jahren. Das war in den USA. Wir haben drei Tage zusammen verbracht, eine Reise durch die Mohave Wüste, von San Francisco nach Los Angeles. Das letzte Mal sah ich ihn an einem Roulettetisch im *Caesar* in Las Vegas. Ich hab ein paarmal versucht, mich von ihm zu verabschieden, aber er starrte wie gebannt auf das grüne Tuch. Als er endlich einmal hochblickte, winkte ich ihm zu und verschwand. Ich bin nicht einmal sicher, ob er es bemerkt hat.«

»Er hatte eine gefährliche Leidenschaft als Hobby, obwohl gerade er ein Mann der Ordnung war: Er spielte. Ich selbst bin ein Mann des Chaos und habe ein ganz dekadentes, heiteres und ruhiges Hobby.«

»Sie spielen Geige.«

»Nein, es ist die Malerei. In der Tat bin ich Spezialist für zweitklassige Maler. Wissen Sie, was sie von erstklassigen Malern unterscheidet?«

»Nein.«

»Nichts, absolut nichts. Die Geschichte der Kunst und, wie ich annehme, auch der Literatur ist voller bitterer Ungerechtigkeiten. Eine Epoche sanktioniert Werte und gibt sie *en bloque* an die nächste weiter. Es wird nie revidiert, auch wenn das ursprüngliche Urteil ungerecht war. In der Werkstatt von Velázquez gab es mindestens zwei Schüler, die malten wie er. Schauen Sie!«

Er erhebt sich wie ein bedächtiger Prinz, geht zum Bücherschrank, öffnet ihn und deutet auf eine Reihe völlig gleicher Metallkästen. Es sind Diamagazine. Er nimmt ein paar Dias heraus und stellt ein kleines Sichtgerät auf den Tisch.

»Schauen Sie mal, hier! Was sehen Sie?«

»Ein Bild. Mädchen, die sich in einem kleinen Bach die Füße kühlen.«

»Was würden Sie sagen, von wem das Bild ist?«

»Scheint ein Holländer zu sein.«

»Großartig. Weiter!«

»Rembrandt.«

»Nein, falsch.«

Befriedigt, seine These bestätigt zu sehen, kommt Biedma um den Tisch herum und läßt sich nieder, entschlossen, in seinem Vortrag fortzufahren.

»Es stammt von Lucas Paulus, einem Rembrandtschüler. Sie sollten das Bild mal sehen! Es hängt in keiner berühmten Galerie, sondern gehört zum Schatz einer halbverfallenen flämischen Kirche. Sie sollten es mal sehen! Wenn es von Rembrandt signiert wäre, könnte man es in jedem Kunstbuch bewundern. Hier, sehen Sie sich das nächste an!«

»Tut mir leid, Señor Biedma! Mein Tag ist ausgefüllt mit Terminen mit Ihren Freunden. Jetzt ist Vilaseca dran, aber da ist noch eine Frage, die mich interessiert: Hat sich Jaumá bei Ihrem letzten Treffen über irgendwas besonders besorgt gezeigt?«

»Er wollte kündigen. Noch mal was Neues anfangen, bevor er fünfzig wurde. Das brachte er in recht dramatischem Ton vor. Bei unserem letzten gemeinsamen Essen. Aber dann machte er gleich wieder Witze. Spottete über sich selbst, zitierte die heilige Theresa mit ihrem ›Ich lebe, ohne in mir zu leben ...‹ und endete schließlich mit seinem Lieblingssatz.«

»Und der wäre?«

»Die Einsamkeit des Managers.«

Núñez kokettiert mit seiner Bedürfnislosigkeit, gibt seine beengten Verhältnisse als jugendliche Bohème aus. Vilaseca dagegen betont provokativ, daß er am Rande der Gesellschaft lebt. Die langen Haare sind ungekämmt, der Bart gehört dringend gestutzt, er steckt in einer alten Militärjacke, die ohne Zweifel einmal einem der Helden von der Sierra Maestra gehört hat, und seine Hose scheint über sämtliche Müllkippen der Stadt geschleift und dann mit der Straßenwalze gebügelt worden zu sein. Eine khakifarbene Umhängetasche und Militärstiefel, die kundig mit Pferdefett nachgedunkelt sind, vervollständigen den Aufzug. Er bringt zu der Verabredung ein Mädchen mit, schlank wie Bambus, die Hände von Peddigrohr, das braune Haar zum Afro-Look frisiert, die winzigen Brüste schimmern durch ein leichtes Baumwollhemd aus dem Völkerkundemuseum, Abteilung *Sklaverei in der Antike*.

»Wo zwei satt werden, reicht es auch für drei. Und wer zwei einlädt, der kann auch für drei bezahlen.«

»Und wer bezahlt?«

»Sie natürlich! Ich jedenfalls nicht. Ich habe zweihundert Peseten in der Tasche, und die müssen bis morgen reichen. Aber Sie werden dafür das Vergnügen haben, mit zwei Berühmtheiten zu speisen. Mit mir und mit dieser Señorita hier: Ana Marx. Hat weder mit dem alten Marx noch mit den Marx-Brothers was zu tun. Ich habe sie erst vor drei Monaten so getauft, Künstlername. Sie ist eine Muse der Cinematographie.«

»Du hast sie wirklich nicht alle ...«, meint das Mädchen und rümpft mit ein wenig Abscheu ihr Näschen.

»Sie haben die Wahl des Restaurants, Señor, wie sagten Sie noch, daß Sie heißen ... Carvalho. Stellen Sie sich neben mich, so. Sagen wir, diese Richtung ist Norden, die Straße hier führt nach Süden, und da sind Osten und Westen. Im Norden haben wir *El Borne*, ein Restaurant, das einem Kollegen gehört, er ist auch Regisseur. Selbstbedienung, aber ziemlich gute Küche, französisch. Im Süden gibt's eine galizische Kneipe, auch nicht schlecht, hinter dem Torbogen da, aber die dürfte um die Zeit ziemlich voll sein. Im Osten hätten wir dann *El Raïm*, das, was man gutbürgerliche Küche nennt, nur ein paar Tische, und im Westen liegt das neu eröffnete ...«

»Ich kenne mich hier im Viertel ganz gut aus.«

»Also dann, wo gehen wir hin?«

»Das *Raïm* wird auch voll sein, also ins *Borne*.«

»Wie Sie wollen, aber beschweren Sie sich nachher nicht über die Rechnung!«

Er zwinkert Carvalho zu und geht dann voraus, einen Arm um die hochgezogenen, spitzen Schultern des Mädchens gelegt.

»Du hast sie wirklich nicht alle ...«

Vilaseca ist genauso gekleidet wie Stanley Kubrick, vor zehn oder fünfzehn Jahren, als er *Odyssee 2001* drehte. Er sieht ihm wirklich sehr ähnlich.

»Das da würde ich lila anstreichen und drinnen einen arabischen Basar einrichten.«

Vilaseca deutet auf eine Kirche. Als sie um den Bau herumgelaufen sind, kommen sie auf den Paseo del Borne, der sich überraschend breit und baumgesäumt durch ein Gewirr mittelalterlicher dunkler Gassen zieht, in denen ehemals Handwerker wohnten und arbeiteten.

»Der arme Jaumá.«

Dabei klappen seine Lider wie Sargdeckel zu.

»Von ihm habe ich die Idee zu einem neuen Drehbuch. Hören Sie zu: Ein Topmanager, der vom Mythos Gauguin besessen ist, verläßt Familie und Job, um nach Tahiti zu fahren. Der Titel könnte *Gauguin 2* sein oder einfach *Tahiti*. Er fährt mit der Metro los und landet in einem Arbeiterviertel von Barcelona. Dort tut er sich mit einer jungen Fabrikarbeiterin zusammen, einer Eingeborenen des Industriegürtels. Niemand weiß, woher er kommt. Niemand kennt ihn. Am Anfang fühlt er sich ganz glücklich, aber dann merkt er, daß er manche geistigen Klassenschranken nicht überwinden kann. Seine wachsende Unzufriedenheit trägt er wie einen unbekannten Virus unter die Tahitianer. Um nicht noch mehr Unheil anzurichten, beschließt er, sich umzubringen. Ana wird den Part der jungen Arbeiterin übernehmen.«

Er nimmt seinen Arm von ihrer Schulter und schiebt sie etwas von sich weg, der Perspektive wegen.

»Ich weiß, sie sieht aus wie das, was sie ist: die Tochter eines neureichen Stadtrates. Aber auf der Leinwand kommt sie mit kritischen Rollen ausgezeichnet zurecht, ob Sie's glauben oder nicht. Sie könnte ich mir übrigens am besten als Mörder vorstellen. Eine Art spanischer Richard Widmark. Ziehen Sie die Schultern bitte etwas hoch. Jetzt die Handflächen nach außen. Gehen Sie ein paar Schritte. Nein, nicht so verkrampft! Mein Gott! Wir Spanier scheinen alle aus Zement gegossen zu sein. Kein Körpergefühl. Kein Bezug zum Raum und unfähig, ihn durch Bewegung zu verändern. Aber Sie können die Rolle haben, wenn Sie wollen.«

»Welche Rolle?«

»Die von Jaumás Mörder.«

»Sollte er sich nicht selbst umbringen?«

»Beides ist möglich.«

Von der Bar grüßen ein paar Leute zu Vilaseca herüber, während Carvalho ihm die enge Wendeltreppe hinauf folgt, die zu den zwei winzigen Räumen des Restaurants führt. Auf einer Anrichte stehen mehrere Töpfe mit – wie Carvalho aus Erfahrung weiß – vortrefflichem Inhalt, dazu eine riesige Tonschale mit gekochtem indischen Reis.

Vilaseca nimmt mit seiner Khakitasche von einem der Tische Besitz und winkt Carvalho zu der Anrichte. Dann häuft er ein Gebirge aus weißem Reis auf seinen Teller und gruppiert um dessen Flanken großzügig Hasenpfeffer. Carvalho entscheidet sich für dasselbe Gericht, und als sie an ihren Tisch zurückkommen, finden sie dort schon das Mädchen vor, das angewidert auf seinen Teller starrt, wo neben einem armseligen Häufchen Reis ein paar Bröckchen Gulasch liegen.

»Ich habe überhaupt keinen Appetit, bäh …«

»Sie ißt nichts anderes, den ganzen Tag. Zum Frühstück, mittags, abends, immer ißt sie denselben Satz: ›Ich habe überhaupt keinen Appetit …‹«

Vilaseca legt dem appetitlosen Mädchen gegenüber eine väterliche Ungeduld an den Tag, die so gar nicht zu seinem Aufzug paßt, und sie reagiert auch entsprechend.

»Ich esse immer noch mit meinem eigenen Mund. Und zwar genau das, was ich will!«

»Und dann zerkratzt sie wieder die Wände mit den Fingernägeln. Aber nicht, weil sie Monika Vitti imitiert, sondern weil sie einen Schwächeanfall nach dem anderen kriegt. Also, meins schmeckt wirklich gut. Zu welchem Wein dürfen wir uns eingeladen fühlen? Wieso frage ich eigentlich? Ich bin für einen roten Mumieta.«

»Wie war Ihr Verhältnis zu Jaumá?«

Den Mund voll Reis und Hasenpfeffer, beginnt Vilaseca wie wild zu gestikulieren. Er schluckt und bringt schließlich das erste Wort heraus.

»Väterlich! Er war wie ein Vater zu mir. Er stauchte mich zusammen, als wäre ich ein kleines Kind. ›Du mußt endlich was aus dir machen, Vilaseca‹, so in dem Stil. Ich brachte ihn aus dem Konzept. Meine Art zu leben. Diese totale Freiheit. Das irritierte ihn, ich glaube vor allem, weil er mich darum beneidete.«

»Der Fraß ekelt mich an!« jammert das Mädchen und starrt auf den Teller, als wäre er voll blutiger Eingeweide.

»Dann geh raus an die frische Luft. Man sollte nie mit einem Hungerkünstler essen gehen. Das bringt nur Unglück. Also, geh schon!«

Das Mädchen zieht eine trotzige Grimasse und stolziert voller Verachtung davon.

»Schlecht erzogen! Aber temperamentvoll und fotogen. Auf den ersten Blick meint man, was hat die Kleine schon. Aber glauben Sie mir, die hat was! Selbst diese zwei Brüstchen haben nackt und auf der Leinwand eine Ausstrahlung wie die Titten von Manets Olympia. Sobald ich ein bißchen Geld habe, mache ich einen Film mit ihr, und dann kommt sie ganz groß raus, da können Sie Gift drauf nehmen. Ich will natürlich keinen Filmstar aus ihr machen. Nicht auf diese widerliche bourgeoise Art. Ich will neuen Wind in die Szene bringen, ganz neues Kino machen, modernes Kino, Kino im Geist unserer Zeit.«

»Haben Sie sich öfter mit Jaumá getroffen?«

»In letzter Zeit nicht mehr. Ich halte diese väterliche Tour nicht aus. Nicht einmal bei meinem eigenen Vater, geschweige denn bei einem Fremden. Außerdem war er reichlich nervös in den letzten Monaten, angespannt, überkritisch und dazu dann auch noch eifersüchtig. Auf die Mädchen, mit denen ich rumziehe. Er verschlang sie mit den Augen. Aber das sind Mädchen, die davon träumen, um die Welt zu segeln, und Jaumá ... na ja, der saß schon seit langer Zeit auf einer Sandbank fest und hatte mehr und mehr Angst.«

Für Vilaseca ist es völlig ausgeschlossen, daß Carvalho ohne ihn zu Argemí geht. Das Mädchen wartet vor dem Eingang des Restaurants auf sie, an einem Auto lehnend, das auf dem Bürgersteig parkt. Gleichgültig folgt sie den beiden Männern, und erst als sie bereits im Auto sitzt und Vilaseca ihr von dem bevorstehenden Besuch bei Argemí erzählt, beginnt sie leise und eindringlich, schließlich lauthals schreiend zu protestieren. Sie wolle auf der Stelle aussteigen.

»Jetzt spiel uns doch nicht dauernd die verzogene Göre aus gutem Hause vor. Denk dir zur Abwechslung mal eine andere Rolle aus. Aber bitte was Anspruchsvolleres. Zum Beispiel den Dialog von Gloria Graham und Glenn Ford in *Bestochen*. Du siehst aus wie sie, das hab ich dir schon hundertmal gesagt. Erinnern Sie sich an die Graham, Señor Carvalho? Sie wurde mit dem schönsten Blick der Welt geboren, unbestimmt, zärtlich, lasziv. Sie besaß die nötige Ausdruckskraft für intelligente Konversation. Du siehst ihr wirklich sehr ähnlich, Ana, ganz im Ernst!«

»Ich will hier raus. Sofort! Ich hab die Nase voll von deinen Freunden. Ich halt das keine zehn Minuten mehr aus. Immer dieselben Geschichten von der Uni. Ihr lacht euch schlapp, und ich langweile mich zu Tode. Ein Haufen Langweiler, das seid ihr.«

»Halten Sie an, Carvalho!«

Carvalho hat den Wagen kaum zum Stehen gebracht, als Vilaseca auch schon herausspringt und die hintere Tür aufreißt.

»Steig aus! Mach doch, was du willst, aber bitte ohne mich!«

Das Mädchen steigt so würdevoll wie möglich aus dem Auto und murmelt, als sie an Vilaseca vorbei ist:

»Ich bin um elf im Zeleste.«

»Und ich bin in zwei Stunden bei mir zu Hause.«

»Aber ich nicht.«

»Wo gehst du hin?«

»Das geht dich einen Dreck an.«

»Carvalho, ich hab's mir überlegt. Ich komme doch nicht mit zu Argemí. Richten Sie ihm bitte aus, ich werde ihn die nächsten Tage mal anrufen. Ich habe da ein paar hochinteressante Projekte …«

Er beugt sich vor, so daß nur Carvalho ihn verstehen kann. »Tut mir wirklich leid, daß ich nicht mitkommen kann. Aber sie ist wie ein kleines Kind. Und ich bin wohl ein bißchen zu weit gegangen. Wenn Sie mich noch mal brauchen, einfach anrufen. Und passen Sie auf Ihre Haare auf! Diese Geheimratsecken! Ich war auch nahe dran, eine Glatze zu kriegen, ging aber gerade noch rechtzeitig zu einem Doktor. Und wissen Sie, woran es lag? Nervosität! Und ein allzu geregeltes Leben. Die Konsequenz: Glatze und Bauch. Ich hab Schluß gemacht mit dem geregelten Leben – und sehen Sie selbst. Rufen Sie mich an, vergessen Sie's nicht!«

Vilasecas Hilfsbereitschaft ist geradezu rührend. Im Rückspiegel sieht Carvalho, wie der Cineast die Rolle des US-Generals, der ein Todeskommando verabschiedet, mit der eines Liebhabers vertauscht, der nun seine ganze Aufmerksamkeit dem Mädchen und ihrem Kummer widmet.

Carvalho fährt mit dem Finger den Haaransatz nach und seufzt:

»Völlig verrückt!«

Genau dieselben Worte wählt Argemí, nachdem ihm Carvalho von seiner Zusammenkunft mit Vilaseca erzählt hat. Gedrungen, breitschultrig, mit vitalem, schwarzem Haar, an dessen Spitzen erstes Grau aufschimmert, die Augen hinter den dicken Gläsern nur scheinbar schläfrig, gemächlich sprechend, mit einer Stimme, die freilich keinen Zweifel daran läßt, daß sie durchaus auch wilde Zornausbrüche artikulieren kann. Argemí macht stets den Eindruck, als hätte man ihn gerade aus dem Schlaf gerissen und als sei sein Ärger über die Störung noch nicht verraucht.

»Ich komme nur noch zum Unterschreiben her«, sagt er und beobachtet über die Brillengläser hinweg, welchen Eindruck seine Worte auf Carvalho machen. Er lacht, um ihn zum Lachen zu animieren, und erntet ein solidarisches Grinsen. Dann fährt er fort, mit einem schweren, sicherlich sündhaft teuren Füllfederhalter die Papiere zu unterzeichnen, die ihm eine junge Sekretärin vorlegt; eine ordentliche, züchtige, ja geradezu jungfräuliche Sekretärin, wie sich das für eine Firma gehört, die Joghurt herstellt, ein Produkt, mit dem man Reinheit und Unschuld verbindet, wie sie nur kleine Kinder verkörpern, die noch nicht die Erstkommunion empfangen haben. Joghurt ist weiß, Joghurt ist gesund, und Joghurt ist billig. Das Veilchen unter den Nahrungsmitteln. Die Hand mit der Füllfeder läßt den Ansatz des haarigen Urwaldes erkennen, der – was man angesichts des bebrillten Jungengesichts von Argemí nicht vermuten würde – den ganzen Körper überzieht wie den eines Wolfsmenschen. Der äußere Rahmen ist der einer Schönheitsfarm für gelangweilte Señoras im Zeitalter von Pergola und Tennis. Rosa die mit Atlasseide bezogenen Wände, weiß die dezente Stuckdecke hinter der quadratischen Hängelampe aus Glas mit dem Flug einiger opaker Vögel. An der ebenfalls mit graviertem Glas ausgestatteten Hausbar fehlt nur noch die Gestalt von Ella Rames, wie sie mit entblößten Schultern und vaselinegeschönten Augen einem Offizier der RAF einen Martini anbietet, der mit seinem Bomber nach Dresden und in den Tod starten wird. Oder vielleicht wäre Gene Tierney geeigneter, wie sie einem Navy-Offizier einen Manhattan spendiert und ihn um seinen Schutz anfleht; er bricht gerade zur Eroberung Deutschlands auf und wird eines Tages mit der Weltkugel unter dem Arm zurückkommen, als hätte er sie an einer Schießbude gewonnen. Eichenparkett, so solide wie Argemís englische Schuhe mit den hohen Absätzen, eingerahmt vom schweren, doppelt mit

Schubladen bestückten Schreibtisch, in dessen Mitte eine leere Theaterbühne frei bleibt, auf der die Beine von Argemí in Szene gesetzt werden. Argemí schraubt die Kappe so sorgfältig auf den Füller, als wäre er aus zerbrechlichem Glas, dann hebt er seine Augenbrauen, daß sie einen kleinen Bogen, ein Fragezeichen formen, das einige Sekunden auf seiner Stirn stehenbleibt.

»Also? Was gibt's? Sie werden ja nicht nur hierhergekommen sein, um mich über die neuesten Verrücktheiten dieses Vilaseca zu informieren. Völlig verrückt, der Gute ...«

Wieder das persönliche Allerweltsgrinsen.

»... aber ich würde trotzdem gern mal eine Weile so leben wie der, dem Hurensohn geht's doch bestens, der lebt wie Gott in Frankreich.«

Er reibt sich die Hände, läßt das Kinn auf die Brust sinken, um sich intensiver auf die Person vor sich zu konzentrieren und drängt dann: »Also bitte. Schießen Sie los!«

»Es scheint, als seien Sie der alte Jugendfreund von Jaumá, mit dem er sich auch jetzt noch am häufigsten getroffen hat.«

»So, wie Sie es sagen, klingt es, als hielten Sie mich nicht mehr für jung.«

»Nicht mehr ganz so jung.«

»Das klingt schon besser.«

Wieder die Aufforderung zum Lachen.

»Ich habe den Fall übernommen und würde von Ihnen gerne etwas hören, das mich weiterbringt. D. h. etwas, das den Verdacht bestärkt, daß Jaumá nicht so starb, wie es die offizielle Version vorgibt.«

Ruhig durchatmen. Überlegen. Den Kopf langsam nach hinten gegen die hohe Sessellehne sinken und gemächlich wieder in die ursprüngliche Position zurückkehren lassen. Ein prüfender Blick.

»Ich fürchte, da kann ich Ihnen nicht weiterhelfen. Alles, was ich von Jaumá weiß, habe ich längst der Polizei mitgeteilt, und alles, was ich der erzählt habe, läßt das unselige Ende Jaumás nur logisch erscheinen. Ich kannte ihn gut, ja, wirklich sehr gut ...«

Er holt eine Davidoff Spezial aus einem englischen Zigarrenkistchen mit Befeuchter Marke Dunhill, wärmt das eine Ende sorgfältig an einer Art Minifackel aus Zedernholz an und rollt, als die ersten Tabakbrösel zu glühen beginnen, die Zigarre so lange zwischen zwei Fingern hin und her, bis sie auf der vollen Fläche brennt. Erst jetzt kappt er das andere Ende mit einem Zigarrenschneider aus massivem Silber und saugt dann eine kompakte Rauchwolke ein.

»Bitte«, meint er plötzlich, wie über sich selbst entsetzt wegen eines unverzeihlichen Fehlers, und reicht Carvalho das Kästchen mit den Davidoffs. Carvalho ist überzeugt, daß die Show genau geplant war, als eine Art Test. Seine Augen sind auch nicht von Argemís Davidoff gewichen, seit er diese in seine Hände genommen hat. Ganz offensichtlich angenehm überrascht beobachtet Argemí, wie sein Gegenüber nun den Ritus des Anzündens wiederholt, und als die beiden Davidoffs mit einem makellosen Aschekegel brennen, eint die beiden Männer die Vertrautheit von Connaisseurs. Argemí klopft sich leicht auf sein Luxusbäuchlein.

»Jaumá rauchte nicht.«

»Aber er schätzte Essen und Trinken.«

»Und das Vögeln. Vergessen Sie das nicht! Er vögelte für sein Leben gern.«

Aus dem halbgeschlossenen Mund Argemís kommen zugleich Rauch und Lachen, während er seine Behauptung mit der Zigarre in der Hand unterstreicht und sich ein wenig zu Carvalho vorbeugt.

»Wir sind oft zusammen verreist. Manchmal nur zu zweit. Manchmal mit den Ehefrauen. Und auf Reisen lernt man die Menschen kennen. Ich könnte Ihnen einiges erzählen über die sexuellen Obsessionen Jaumás. Einiges! Unter anderem deshalb, weil ich sie teile.«

»Was waren das für Reisen? Geschäftlich, privat?«

»Sagen wir mal, teils, teils. Zwischen meinem Unternehmen und der Petnay bestehen ... nun, sagen wir, gute und einträgliche Beziehungen. Ich bekomme zum Beispiel einen Teil meiner Rohstoffe von der Petnay, nicht direkt, sondern über die Firma soundso. Sie verstehen?«

»Hatten Sie den Eindruck, daß Jaumá in letzter Zeit deprimiert war, daß er vor etwas Angst hatte?«

»Auf keinen Fall. Gut, es ging ständig auf und ab mit ihm. Heute himmelhoch jauchzend, morgen zu Tode betrübt. Das war seine Art, und das war in den letzten Wochen vor seinem Tod nicht anders. Wer hat Ihnen denn von den Depressionen erzählt?«

»Núñez, Vilaseca und Biedma.«

»Der linke Flügel also. Das ist bei denen schon zur fixen Idee geworden, nachzuweisen, daß Jaumá, ich oder Fontanillas uns auf die falsche Seite geschlagen haben.«

»Und haben Sie das?«

Feierlich hebt er die Davidoff und deutet mit dem Kinn auf Carvalhos Zigarre.

»Glauben Sie wirklich, daß ich mich auf die falsche Seite geschlagen habe? Sehen Sie, richtig erwachsen wird man erst, wenn man entdeckt hat, daß man nur einmal lebt. Und dann muß man sich entscheiden. Entweder man lebt materiell so gut wie möglich, oder man betäubt sich mit Transzendenz und weiht sich einer Religion, wie Núñez, Vilaseca, Biedma, die heilige Theresa und Jesus.

Wenn ich einen Anfall von Schwermut bekomme, nehme ich das nächste Flugzeug und quartiere mich in Acapulco ein, im *Hotel Princess*. Kennen Sie es? Vom Hörensagen. Gut. Es ist das luxuriöseste Hotel der Welt. Vor ewigen Zeiten, als ich noch arm wie eine Kirchenmaus war, schrieb ich Gedichte und kaufte mir Krawatten gegen meine Depressionen. Heute – Acapulco.

Núñez, Vilaseca und Biedma glauben an die Unsterblichkeit der Seele. Nicht an die Unsterblichkeit der individuellen Seele, sondern an die Unsterblichkeit der Klassenseele, der Seele der aufsteigenden Klasse. Aufsteigend! Meine Klasse dagegen ist auf dem absteigenden Ast – ihrer Meinung nach. Na, wunderbar. Dann wird die Seele des Bürgertums eben sterben – aber mit dem Bauch voll Champagner, 72er Krugg, wenn's geht, und die Augen umflort vom Rauch einer Davidoff.

Ich lasse mir zum Frühstück jeden Morgen drei Toasts mit persischem Kaviar anrichten, dazu französischen Champagner mit Orangensaft. Danach schwimme ich in meinem überdachten Pool oder spiele Tennis – auf meinem eigenen Platz. Manchmal gehe ich auch zum Golf. Während der warmen Jahreszeit verbringe ich die Wochenenden, ja, zuweilen ganze Wochen mit Freunden auf meiner Yacht und genieße das Gefühl aus ganzem Herzen, beneidet zu werden.

Ich esse nie routinemäßig. Nie, Carvalho! Keiner unserer Sinne darf auch nur eine Sekunde vernachlässigt werden, denn durch unsere Sinne leben wir. In meinem Haus wird täglich *à la carte* gegessen. Für jeden Gang gibt es mindestens fünf Auswahlmöglichkeiten. Meine Frau und ich halten Diät, um in Form zu bleiben, na und? Langusten vom Grill mit einer leichten Kapernsauce, ein zartes Filet, nur mit ein paar Kräutern angemacht, sogar Rinderbraten von Jungstieren, praktisch fettfrei zubereitet ... Diätküche kann durchaus schmackhaft sein. Ich habe meinen Koch allerdings auch in die Schweiz geschickt, zu Professor Bircher-Benner, dort werden Diätkurse abgehalten. Was glauben Sie, was mich allein dieser Koch kostet? Zunächst einmal sein Gehalt. Ich muß ihn so gut bezahlen, daß er nicht im Traum auf die Idee kommt, sich selbständig zu machen. Und dann brauche ich noch einen Extraköder, um ihn gegen Abwerbeversuche immun zu machen. Also arbeitet sein ganzer Clan in meinem Unternehmen. Aber ein Koch ist nun einmal der beste Freund eines Mannes, und wenn meiner eines Tages sterben sollte, werde ich untröstlich sein.

Noch etwas zum Thema falsche Seite, Carvalho. Allein in meinem Weinkeller in Ampurdán lagern fünftausend Flaschen, hier in Barcelona sind es noch einmal zweihundert. Alles erstklassige Lagen. Die besten Ernten aus Frankreich. Wenig Spanisches. Ein paar Weißweine von unserer Halbinsel, denn manchmal, vor allem im Sommer, habe ich zum Beispiel Lust auf einen kühlen *vino verde* aus Galicien. Morgen fliege ich nach Paris, um im *Tour d'Argent* zu speisen, danach fahre ich weiter nach Lyon, bei Paul Bocuse ist seit Wochen ein Tisch reserviert. Eine Reise zur gastronomisch-moralischen Aufrüstung. Und da glauben Sie, ich habe mich auf die falsche Seite geschlagen? Grotesk. Bei dem Leben, das ich führe. Ich muß mich nicht einmal allzu verbissen um meine Firma kümmern. Im Inland gibt es schon seit langem keinen ernsthaften Konkurrenten mehr. Wir exportieren sogar. Wir exportieren Joghurt – nach halb Europa!

Und was mein Gefühlsleben angeht, das könnte ich bei Lloyds für hundert Millionen Dollar versichern lassen. Eine ausgeglichene Ehefrau, nicht zu aufdringlich, die im Abendkleid ebensogut aussieht wie im Negligé. Die Kinder hätte ich mir etwas intelligenter gewünscht, aber sie sind alle gesund und wohlauf. Ich habe einen großen soliden Freundeskreis. Angefangen bei den ehemaligen Studienkollegen, von denen Sie ja einige kennen, bis hin zu den Spitzen der Gesellschaft, reiche, einflußreiche Leute.

Mindestens genauso vielfältig ist mein Liebesleben. Die alte Jugendliebe, die mich mit dem mütterlichen Körper einer Vierzigjährigen über meine Midlife-Crisis wegtröstet. Blutjunge Mädchen, die ich mit der vollen Brieftasche rumkriege, mit dem offenen Sportwagen oder auch dank einer leichten Ähnlichkeit mit Onassis, die ich zunehmend feststelle ... und entsprechend pflege. Zwischendurch die Frau eines meiner Angestellten, die mir die Möglichkeit bietet, durch den Geschlechtsakt zu erniedrigen und zu beleidigen, was bisweilen auch seinen Reiz hat, und die Frau oder Tochter eines Geschäftsfreundes. Ich glaube, ich entwickle auf diesem Gebiet eine richtige Sammlerleidenschaft.

Ich erzähle Ihnen das alles nur, weil Sie Detektiv sind – vor der Polizei soll man schließlich auch keine Geheimnisse haben – und weil Sie wissen, wie man eine Davidoff raucht. Letzte Woche habe ich in London 200 000 Peseten allein für Hemden ausgegeben. Im September werde ich wieder rüberfliegen, um Pullover zu kaufen. Sie sehen, ich habe alles, was ich will, und zudem bin ich, Gott sei Dank, frei von politischen Machtgelüsten. Wenn ich mich in meinem Bekanntenkreis umsehe, stelle ich eine wachsende Unruhe fest. Immer mehr Unternehmer wollen auf Teufel komm raus Abgeordnete oder wenigstens Senatoren werden. Die Erotik der Macht! In den Geschichtsbüchern werden schließlich einmal die Namen der Minister stehen, aber keine Zeile darüber, daß ich der Chef der Aracata S. A. war. Ich bin gegen solche Anfechtungen gefeit. Durch ein ganz probates Mittel. Ich habe mehrere Gedichtbände verfaßt, exzellente Lyrik in katalanischer Sprache, und die werde ich veröffentlichen, wenn ich um die Sechzig bin. Und sei's nur, damit sich die Päpste von der *Encyclopedia Catalana* vor Staunen auf den Arsch setzen und mir dann in ihrer neuesten Ausgabe zehn Zeilen widmen. In fünfzig Jahren werden es dann sicher dreißig Zeilen sein. Hier, sehen Sie! Ich habe einen Entwurf davon gemacht, wie die biographische Notiz über mich in fünfzig Jahren lauten könnte. Ich mache Ihnen eine Fotokopie, die Sie aufbewahren können, und wenn Sie die Geduld oder den Lebenswillen besitzen, noch fünfzig weitere Jahre zu leben, können Sie überprüfen, ob ich mich sehr vertan habe. ›Argemí Blanc, Jordi, 1932–2005, Palausator (Gerona). Spätberufener katalanischer Dichter. Sein erstes, 1980 veröffentlichtes Buch *Guardar fusta al moll* enthüllte die Existenz eines bislang unbekannten Bindegliedes zwischen der Poesie von Salvat-Passapeit und der von Gabriel Ferrater – Poesie persönlicher Erfahrung, manchmal gesellschaftlich vermittelt (Salvat-Passapeit), manchmal begrenzt auf die Hermetik einer ›Poesie für zwei‹ (Ferrater). *Pell de fruita* (1985) nimmt mit einer gewollten Annäherung an die poetischen Usancen Catulls traditionelle Themen der Liebesdichtung auf, die in der Art einer Rockoper inszeniert werden. Als Dichter ohne dichterische Vergangenheit, in keine der zeitgenössischen Strömungen eingebunden, erstrebte Argemí eine konstante Überwindung von Themen und formaler Gestaltung, die in seinem Werk *Joghurt* gipfelt, einem laokoontianischen Versuch, die Poesie zur Synthese der verschiedenen literarischen Genres zu machen. Einige Argemí-

Kenner meinen, in *Joghurt* (1990) symbolische Elemente zu finden, die weit über den Zweck einer formalen und expressiven Provokation hinausgehen. Laut Pere Gimferrer ist *Joghurt* ›... ein Versuch, die Essenz eines Landes, Kataloniens, poetisch zu begreifen, und zwar zu einem historischen Zeitpunkt, zu dem zum viertenmal sein Wunsch nach staatlicher Unabhängigkeit vereitelt wurde. In diesem Sinne gehört *Joghurt* zusammen mit *Atlantis* von Verdaguer und *Nabi* von Josep Carner zum großen Triptychon der nationalen katalanischen Poesie.‹ Von 1990 bis 2005, dem Jahr seines Todes, veröffentlichte Argemí nur einen ausgefallenen Band sogenannter ›Memoiren der Sinne‹ mit dem Titel *Die kapitalen Genüsse*. Ein Jahr nach seinem Tod erschien 2006 ein kleineres Werk, das vom schöpferischen Verfall des siebzigjährigen Poeten zeugt, obwohl er sich die Fähigkeit linguistischer Neuschöpfung bewahrt hat, die schon immer Kennzeichen seiner literarischen Produktion war: *Der Rauch der Davidoff* (2006). Grundlegende Bücher über sein Werk: *Argemí auf der andern Seite seines Spiegels*, Pere Gimferrer (Hrsg.), La Coqueluche, 1995; *Letzte Poesie*, Josep Maria Castellet, Edicions 62, 1983; *Argemí seulement*, Françoise Wagener, Edit. Gallimard, 1990.‹

Ich habe die Bücher schon fertig, allesamt.«

Damit schließt Argemí seinen Vortrag, halb verborgen hinter der letzten Rauchwolke der Davidoff.

In einer auf solide Weise modernen Wohnung in einem Stadtteil, der hoch genug liegt, um jenseits von Gut und Böse des demographischen Drucks zu sein, andererseits aber doch zentral genug, um einige der anspruchsvollen oder experimentellen Kinos sowie ein paar Restaurants für gebildete Minderheiten von bescheidenem Wohlstand zu Fuß erreichen zu können, lebt Juan Dorronsoro, jüngster Sproß einer Dichterfamilie, deren Ältester bereits in dreiundsiebzig Prozent der internationalen Anthologien spanischer Dichtung erwähnt wird. Ihm folgt auf dem Fuße Pedro Dorrondo Dorronsoro, der international renommierteste spanische Romancier. Er wurde sogar in der amerikanischen Fernsehserie *Mannix* erwähnt:

»Was liest du da?«

»Ich hab den Hemingway fertig; jetzt bin ich bei Pedro Dorronsoro. Ein sehr interessanter Schriftsteller.«

Ohne die soziokulturelle Bedeutung seines ältesten Bruders und den internationalen Ruf des nächstältesten zu besitzen, erreicht Juans Werk doch langsam, aber sicher Ruhm und Anerkennung; es besteht aus drei Romanen, die mehr Erfolg bei der Kritik als beim Publikum hatten. Als Verfasser von zehn Zeilen pro Tag lebt er ganz in dem Schreiben, in einer eigenen Zeit, die von einer nach seinen Bedürfnissen maßgefertigten Uhr gemessen wird, und in einem auf die Gegenwart begrenzten Raum – eingetaucht in die Rumpelkammer eines fotografischen Gedächtnisses, das genügend stark verzerrt, um romangerecht zu sein und nicht gegen die Pflicht des Vergessens zu verstoßen.

Er besitzt die Züge eines jungen Grafen mit infantilem Einschlag, »ganz die Mutter«, genauso, wie junge Grafen in Romanen auszusehen pflegen, die von unmöglichen Leidenschaften und tropischem Fieber angesteckt werden. Unter diesen zarten Zügen, die seit der Pubertät unberührt geblieben scheinen, schlummert die Leidenschaft des rationalistischen Schriftstellers, der entschlossen ist, die kollektive Mittelmäßigkeit der Stadt unter Franco festzuhalten, und zwar so, wie er sie von den diskreten Zinnen seines synthetischen Elfenbeinturmes aus sieht. Ein seidener Schlafrock über dem feinen Wollpullover, Lederpantoffeln, Kultur an allen Wänden und auf allen Tischen, überall Bücher, Hefte oder Zettelkästen, auf denen das Auge des Schriftstellers ruht, wenn es zwischen zwei Zeilen suchend umherschweift. Und vor allem dieses feine Licht der Klause eines seriösen Autors, in die ohne Sondererlaubnis einzudringen nur der Sonne gestattet ist – aber auch ihr nicht unbeschränkt: ihr Licht wird durch Filter dosiert, die ihr verwehren sollen, die Rolle des Autors beim Nachschaffen der Realität überflüssig zu machen.

»Ich kann Ihnen nicht viel sagen. Unsere Beziehung war eine sehr ungleiche. Er sprach, ich hörte zu. Ich schrieb, er las mich. Er war eine ergiebige Persönlichkeit: voller Possen, intelligent und reich. Aber gefährlich! Eine der Gestalten, die schließlich hinter dem Rücken des Schriftstellers die Sympathie des Lesers gewinnen.«

»Ist das etwa schlecht?«

»In jeder Beziehung! Verdankt er seine Sympathien dem Schriftsteller, dann hat dieser unzulässigerweise persönlich Partei ergriffen. Wird er aber gegen den Willen des Autors sympathisch, hat dieser sein Werk, seine innere Ausgewogenheit nicht genügend unter Kontrolle gehabt.«

»Für Sie war er eine bloße Romanfigur.«

»Letztlich ja. Ich habe die Quote meiner Empfänglichkeit für menschliche Wesen aus Fleisch und Blut auf die nächsten Angehörigen reduziert. Alle übrigen sind Romangestalten. Früher war Jaumá für mich etwas anderes. Jetzt ist er eine Figur.«

»Und sein Ende?«

»Nicht adäquat. Es wirkt wie aus einem erotischen Roman der zwanziger Jahre – Pedro de Répide, Alvaro de Retana oder López de Hoyos. Es erinnert mich stark an das Ende von *Auf der Suche nach der Fleischeslust* von Retana. Der lasterhafte Aristokrat stirbt erdolcht auf einem Abfallhaufen, nachdem er alle Abartigkeiten dieser Welt in alphabetischer Reihenfolge durchprobiert hat.«

»Welches Ende hätten Sie ihm zugedacht?«

»Ein gealterter Jaumá, siebzigjährig, verbringt seine Zeit damit, jeden Abend in Kinos zu gehen und zu versuchen, einem Mädchen unter den Rock zu greifen. Er macht Schlagzeilen in der Zeitung. Sein ältester Sohn schlägt ihm ins Gesicht, er geht in den Zoo und schaut den Affen beim Onanieren zu.«

»Was ist mit der Realität seines Todes?«

»Sein Tod war real.«

»Ich meine die realen Ursachen seines Todes.«

»Sein Tod hatte reale Ursachen. Ein Schuß, glaube ich.«

»Aber diesen Schuß hat auch jemand abgefeuert.«

»Das gehört bereits ins Genre des Kriminalromans. Ich selbst versuche, mich so weit wie möglich von naturalistischer Literatur fernzuhalten. Wenn Sie jetzt Detektiv spielen wollen, verteilen Sie die Rollen gerecht! Wollen Sie Phil Marlowe sein? Dann bin ich Sherlock Holmes. Das ist kein Witz! Ich kann Ihnen nicht weiterhelfen. Die andern Freunde sind in der Lage, Ihnen sogar bei der Imagination der realen Todesursachen behilflich zu sein. Ich muß andere Dinge imaginieren, sehr viele. Genau darin besteht meine Arbeit, Dinge zu imaginieren, aber innerhalb einer eigenen Logik, im Rahmen meines eigenen erzählerischen Diskurses. Jaumás Tod war ein tragischer Unfall, der mich damals tief betroffen machte, das können Sie mir glauben. Aber ich denke, wenn man sich jetzt weiter damit beschäftigt, ist es dasselbe wie die Debatte über die Geschlechtsteile der Engel oder die Frage, ob Cassius Clay damals nicht doch Rocky Marciano hätte besiegen können.«

Ende der Audienz. Dorronsoro hat die übereinandergeschlagenen Beine wieder nebeneinandergestellt und den Körper gestrafft, um aufzustehen und Carvalho wohlerzogen zur Tür zu bringen. Der Detektiv tut, als habe er nichts davon bemerkt. Der Schriftsteller wird unsicher, seine Haltung spannt sich noch etwas mehr. Er schaut ins Leere, damit der Detektiv die Ungeduld in seinen Augen nicht sieht, greift wie zerstreut nach einem Buch und blättert darin. An der Wand hängt eine offensichtlich gut gepflegte Jagdflinte.

»Sie sind Jäger?«

»Ja.«

»Ein guter?«

»Kommt darauf an. Bei Rebhühnern bin ich erfolgreich, aber nicht bei Kaninchen.«

»Etwas Größeres jagen Sie nie?«

»Ich habe im Maresme jagen gelernt, in den Hügeln von San Vicente de Montalt und Arenys de Munt. Dort gibt es kein größeres Wild.«

»Ihr Intellektuellen lehnt Gewalt doch ab.«

»Aber nicht die Aggression. Wir sind so aggressiv wie jeder andere, und das Jagen befreit mich von meinen Aggressionen. Es gestattet mir, die Aggressionen anderer wie ein Schauspiel zu betrachten und zu beschreiben.«

»Aber Sie töten.«

»Ich jage.«

»Sie töten.«

»Töten ist etwas anderes, beispielsweise einem Huhn im Käfig die Kehle durchschneiden, oder den Nachbarn mit dem Beil erschlagen. Bei der Jagd gibt es Spielregeln.«

»Die der Jäger einem Tier aufzwingt, das keine Waffe zu seiner Verteidigung besitzt.«

»Wäre es Ihnen lieber, wenn die Rebhühner Flinten trügen? Bei der Jagd herrscht eine ästhetische und deshalb auch moralische Gerechtigkeit. Aber Sie sind ein Puritaner. Ich liebe Tiere. Hunde sind meine Leidenschaft. Sie, mein Herr, reden mir Schuldgefühle ein und vermitteln mir das Gefühl, ein Verbrecher zu sein. Wenn wir weiterreden, gestehe ich Ihnen noch, daß ich Jaumá umgebracht habe, mit diesem Gewehr hier.«

»Aus welchem Grund?«

»Zum Beispiel, weil ihm mein letzter Roman nicht gefallen hat.«

Jetzt ist der Schriftsteller derjenige, der das Gespräch nicht beenden will. Er studiert Carvalhos Möglichkeiten als Romanfigur.

»Haben Sie noch nie getötet?«

»Doch, das habe ich.«

»Tiere?«

»Menschen.«

»Waren Sie bei einem Erschießungskommando? Henker? Denn für die Teilnahme am Bürgerkrieg sind Sie zu jung.«

»Ich war Geheimagent beim CIA.«

»Das wird ja immer amüsanter! Doppelagent?«

»Dreifach.«

»Das sind die Besten. Haben Sie mit den Händen oder mit Geräten getötet?«

»Ich kann mit den Händen töten. Es gibt fünfundzwanzig tödliche Punkte am menschlichen Körper, die eine feindliche Hand erreichen kann. Aber ich benutzte vorzugsweise technische Hilfsmittel.«

»Chinesen? Sowjets? Koreaner? Vietnamesen?«

»Von allem etwas.«

»Mit diesen Händen?«

Carvalho streckt sie nach ihm aus, und der Schriftsteller betrachtet sie mit einem Entsetzen, das komisch sein soll.

»Sie sehen gar nicht besonders aus.«

»In letzter Zeit töte ich nicht mehr.«

»Dann kommen Sie aus der Übung.«

Damit ist die Audienz wirklich beendet. Dorronsoro hat sich erhoben und geht Carvalho voraus zur Tür. Der Detektiv erhebt sich, geht zur Wand, nimmt die Flinte vom Haken, prüft sie, legt an und zielt auf den Schriftsteller, der kurz vor einem Tobsuchtsanfall steht.

»Das ist überhaupt nicht witzig!«

»Keine Angst, Chef, ich stell mir das Klappbett neben das Telefon.«

Biscuter ist bereit, das Telefon die ganze Nacht zu hüten, falls Rhomberg nicht doch noch während der Abendstunden anrufen sollte. Carvalho wählt Jaumás Nummer und muß sich von Concha Hijar auf neun Uhr vertrösten lassen. Vorher geht es auf keinen Fall. Die Kinder sollen in Ruhe essen.

In den Zeitungen dieselben Widersprüche wie jeden Tag. Man hat ein paar Linksextreme verhaftet und ein paar andere Linksextreme freigelassen. Abends werden die Rechtsradikalen verfolgt, nachts spielen sie sich auf wie die Herren im eigenen Hause. Die Faschistische Internationale hat ihren Sitz in Spanien. Die Parteien bereiten sich auf den Wahlkampf vor. Vom

Fahrer des BMW, den man im Río Tordera gefunden hat, fehlt noch immer jede Spur. »Der mysteriöse Fall Peter Herzen. Der Fahrer hat den Wagen vermutlich mit falschen Papieren gemietet …«

»Also, ich geh dann, bevor es auf den Ramblas wieder losgeht.«

»Aber das Abendessen ist gerade fertig, Chef. Nierchen in Sherry, mit Reis.«

»Was für Reis?«

»Amerikanischer, der, der nicht anbrennt.«

»Laß es für morgen! Und spitz die Ohren, damit du Rhombergs Anruf nicht verpaßt.«

»Also wirklich, Chef! Hab ich schon je mal was vermasselt?«

Die Vorbereitungen auf den Ramblas versprechen einen ähnlichen heißen Abend wie am Vortag. Die Polizei erwartet die Demonstranten, und die Demonstranten scheinen nur darauf zu warten, bis die Polizei ihre Plätze eingenommen hat. Ein Besoffener, schwarz vor Dreck, lockt ein paar imaginäre Hühner: »Put, put, put …«, dann besingt er den Wein von Asunción.

El vino que tiene Asunción
ni es claro ni es tinto
ni tiene color.[21]

Carvalho fröstelt zwischen Brust und Rücken, und er versucht, sich daran zu erinnern, welches seiner jüngsten Erlebnisse ihm Angst eingejagt hat. Ohne Zweifel der Betrunkene. Aber nicht der konkrete hier.

El vino que tiene Asunción
ni es claro ni es tinto
ni tiene color.

Kleingeld prasselte auf den Gehweg. Fünf- oder Zehn-Centimo-Stücke. Der Nickel glänzte auf den buckligen Pflastersteinen oder in den Ritzen dazwischen. Die Sänger früher sammelten ihre Beute ein und verachteten auch den Nickel nicht, der in die Pferdeäpfel gefallen war.

»Dem da, dem wirf was runter!«

»Warum dem und dem andern nicht?«

»Der da ist ein Alter.«

Alte und Kriegsversehrte. Die Leute im V. Distrikt traten auf den Balkon hinaus und wählten aus, wem sie etwas Gutes tun wollten.

»Es muß ein Kriegsversehrter sein.«

So sagte seine Mutter. Alte und Kriegsversehrte. Alte was? Alte Bürgerkriegskämpfer. Wer war damals kein Bürgerkriegskämpfer? Kein Kriegsversehrter?

»Oh, besten Dank, Caballero.«

Der Betrunkene greift nach den hundert Peseten, die ihm Carvalho aus dem Seitenfenster seines Wagens reicht. Er versucht, so etwas wie Dankbarkeit in sein verkrustetes Gesicht, in die wimpernlosen Augen zu legen, schafft es aber nicht einmal mehr, geradeaus zu schauen. Nur sein Körper und seine Lippen richten sich nach Carvalho aus. Er riecht nach billigem, süßlichem Wein und nach Tod.

»Der schläft. Total besoffen.«

»Nein, er ist tot.«

Jemand zerrte ihn aus der Menge weg, die den am Boden Liegenden umringte.

»Es ist der Sohn von den Leuten aus Murcia.«

Vor kurzem aus dem Konzentrationslager gekommen, lebte der Sohn der Leute aus Murcia von den wenigen Kohlköpfen, die seine Eltern auf dem Schwarzmarkt verhökern konnten, wenn der Sergeant sie nicht erwischte und den Alten solange in den Hintern trat, bis er über das ausgekippte Gemüse fiel. Wenn der Sohn betrunken war, stellte er sich mitten auf die Kreuzung von Calle de la Cera und Calle de la Botella, grüßte militärisch und schrie: »Franco, ich scheiß auf dich!«

Die Mutter hielt ihm dann den Mund zu, der Vater versuchte

ihn wegzuzerren und die Zigeunerkinder vor der Bar *Moderno* vergaßen ihre nie versiegende Fröhlichkeit und verfolgten mit entsetzten Blicken das Drama.

»Er war tot.«

»Der Junge hört dich!«

Warum sie sich so viel Mühe gaben, den Tod vor ihm zu verbergen? Stunden später stieg eine schweigende Menschenschlange zur Wohnung der Leute aus Murcia hinauf.

»Hundert Leben wiegen das Verbrechen nicht auf, das sie begangen haben.«

»Wer?«

»Die Faschos.«

Manchmal kamen ihm Zweifel an der Realität dieses Viertels. In der Erinnerung erschien es ihm wie eine arme, in süßsaurem Sirup versunkene Stadt. Erniedrigte und Beleidigte mit der täglichen Pflicht, für ihr bloßes Dasein um Verzeihung zu bitten. Als Carvalho zum erstenmal aus diesen Straßen herausgekommen war, hatte er geglaubt, die Situation eines in historischer Melancholie erstickten Tieres für immer hinter sich zu lassen. Aber er schleppte sie überallhin mit wie eine Schnecke ihr Haus, und nachdem er – sehr spät – beschlossen hatte zu akzeptieren, was ihn zu dem gemacht hatte, was und wer er war, kehrte er an den Schauplatz seiner Kindheit und Jugend zurück. Diese Stadtviertel waren Vorzimmer des Friedhofs für die Alten geworden, die verdammt waren, in ihrer Feuchtigkeit zu sterben während ihre Kinder in die Sozialhöhlen der Schlafstädte am Stadtrand auswichen. Neben den Überlebenden der Nachkriegszeit lebte hier eine mittlere Generation in dem Gefühl, zu den Verlierern zu gehören, weil sie der engen, satanischen Umklammerung der besiegten Stadt nicht rechtzeitig entkommen konnten. Dazu kamen Leute, die nicht lange blieben, Neueinwanderer aus Marokko, der eine oder andere Exillatino, notgedrungen, wegen der billigen Mieten. Carvalho bremst. Er parkt ein, ohne nachzudenken warum.

»Hier gehörst du her, Junge!« sagt er zu sich selbst, nimmt in sich hineinlächelnd ein Kistchen Montecristo aus dem Handschuhfach und zündet sich auf die schnellstmögliche Art eine Zigarre an, als wolle er die Gasflamme durch die Havanna inhalieren. Wenn ich sterbe, verschwindet die Erinnerung an die Zeiten und die Menschen, die mich seit meiner Geburt zum Zuschauer ihrer eigenen Tragödie gemacht haben. Carvalho hat sich nicht aufs Zuschauen beschränkt, sondern versucht, das Drama zu seinem eigenen zu machen und es der jungen Generation zu vermitteln. Auf den Ramblas hatten Alt und Jung ihre letzte Angst ausgelebt, an dem Tag, als der Diktator gestorben war. Freude in Köpfen und Herzen, Schweigen auf den Lippen. In den Läden war der Billigsekt ausverkauft; Straßen und Dachterrassen wimmelten von Menschen, die ohne den erdrükkenden, riesigen Schatten zusammensein wollten, aber sie schwiegen. Immer noch war Schweigen der Garant für mickriges Überleben; letztes Resultat der Erziehung des Terrors. Und doch war dies seine eigene Vergangenheit. Er verstand ihre Sprache. Die Zukunft dagegen, die Francos Tod eröffnete, schien ihm fremd wie das Wasser eines Flusses, aus dem man nicht trinken muß und auch nicht trinken will. Gausachs, Fontanillas – das waren die Glücksritter der neuen Situation. Wenn es zu einem neuen Bürgerkrieg käme, würden diese beiden nach Burgos[22] gehen. Und Argemí? Über die Schweiz nach Tahiti ... Und du, Pepe Carvalho, wo zum Teufel würdest du hingehen? Nach Vallvidrera, und dann mache ich mir Lammschulter à la Périgord und *escudella i carn d'olla*[23]. Ob ich den Kohl mit dem Fleisch zusammen kochen würde? Wenn es eine schnelle Suppe sein soll, ist das erlaubt, oder wenn man wenig Kohl nimmt. Sonst erschlägt der Kohlgeschmack alles andere. Und wenn ich nicht die nötigen Zutaten für die *escudella* habe? Dann gibt's eben Stockfischreis. Stell dir vor, du hättest nicht mal Stockfisch im Haus! Dann würde ich zu Fuß nach Barcelona hinuntermarschieren und mich von einem Tiefflieger abknallen lassen. Und wenn eine Neutronenbombe fällt? Dann sind die Ramblas leer, und die einzigen Überlebenden sind die Gesichter auf den Titelseiten der Zeitschriften, die an den Kiosken hängen. Danach werden die Sieger einmarschieren, und mit ihnen der Keim ihres eigenen Todes, der sie nach fünfzig bis hundert Jahren vernichten wird. Wirklich zum Kotzen. Alles.

»Nein, nichts Neues.«

Carvalho hat keine Lust gehabt, Jaumás Witwe von sich aus über die bevorstehende Ankunft Rhombergs zu informieren, und mit seiner Frage herauszufinden versucht, ob sich Rhomberg auch mit ihr in Verbindung gesetzt hat.

»Und bei Ihnen?«

»Ein paar Dinge. Erstens: Stimmt es, daß Ihr Mann in letzter Zeit mit den Nerven ziemlich fertig war, mehr als üblich?«

»Eigentlich nicht. Er hatte immer wieder mal eine depressive Phase. Das schon. Dann hatte er Angst vor allem und jedem. Und vor allem davor, daß der Umsatz rückläufig sein könnte und damit die Prämie, die ihm die Firma zahlt. Natürlich alles Unsinn, unbegründete Ängste, die er sich selber einredete. In letzter Zeit waren es vor allem die Folgen des politischen Wandels für die Wirtschaft, die ihn umtrieben. Die Demokratie wird ein teurer Spaß, meinte er, die Zeiten werden härter. Solche Gedanken beschäftigten ihn schon. Meinen Sie das?«

»Ihr Gatte war nicht gerade das, was man einen selbstsicheren Mann nennen könnte. Wußten Sie, daß er sich nicht einmal auf seine eigenen Angestellten verließ, sondern zusätzlich eine ganze Reihe privater Berater beschäftigte?«

»Er versuchte, sich so gut es ging abzusichern. Er haßte diesen ewigen Kampf um die Macht. Vielleicht, weil er seine eigenen Fähigkeiten unterschätzte. Vor Gausachs zum Beispiel hatte er regelrecht Angst. Der mit all seinen Beziehungen, meinte er immer, und dazu ist er auch noch ehrgeizig ...«

»Ihr Mann hatte auch einen eigenen Buchhalter engagiert.«

»Ach ja. Sein Alemany-Tick.«

»Alemany-Tick?«

»Alemany gehört praktisch zur Familie Jaumá. Die Eltern meines ... verstorbenen Mannes sind aus Gerona, und dort lebt auch heute noch fast der ganze Clan. Mein Schwiegervater war ebenfalls Jurist, aber er hat schon vor dem Krieg eine kleine Firma aufgezogen. Ich glaube, ursprünglich haben sie Flaschenkorken hergestellt. Na, jedenfalls, als er in Barcelona sein erstes Büro aufmachte, nahm er sich einen Buchhalter, der damals einen ausgezeichneten Namen hatte. Alemany. Der reinste Glücksbringer. Ein Unternehmer, dem er die Bücher führte, mußte einfach Erfolg haben. Aber dann kam der Krieg, und Alemany ging ins Exil, weil er irgendein sozialistisches Zentrum geleitet hatte, ich glaube, das für Angestellte. Mein Schwiegervater ging auch ins Exil, allerdings nur für kurze Zeit. Ich weiß nicht, wie das alles zu einem Buchhalter paßt. Er hatte auch Ämter beim FC Barcelona, als dieser politisch am aktivsten war. Kurz und gut. Alemany ging ins Exil, und prompt ging es mit den Geschäften meines Schwiegervaters bergab. Jahre nach dem Krieg kam Alemany dann zurück, und sofort sicherte sich die ganze Familie Jaumá seine Dienste. Er ist ein alter Choleriker, nicht mehr ganz bei Trost und ein fanatischer Francohasser. Er arbeitet immer noch als Buchhalter und wird's wohl auch auf dem Totenbett noch tun. Aber jetzt hat er nur noch ein paar kleine Firmen an der Hand. Und trotzdem kommen meine Verwandten manchmal extra aus Gerona angereist, um Alemany zu konsultieren.«

»Und Antonio?«

»Der erst recht. Er machte sich zwar dauernd über den Alten lustig, behauptete aber gleichzeitig, daß er das beste Buchhaltergehirn der Welt habe.«

»Hat er ihn in letzter Zeit wieder einmal aufgesucht?«

»Möglich. Aber über solche Einzelheiten haben wir uns nie unterhalten.«

»Und wo finde ich diesen Alemany?«

»Warten Sie, ich gebe Ihnen seine Adresse.«

Die Frau nimmt vor einem sündhaft teuren englischen

Schreibtisch Platz und notiert aus einem kleinen Büchlein eine Adresse. Sogar für ihr einsames Abendessen zu Hause hat sie übertrieben elegante Trauerkleidung angelegt, und der Lidstrich bringt die Trauerränder unter den Augen pathetisch zur Geltung.

Carvalhos Frage stoppt sie mitten im Raum, so als wäre sie gegen eine Glaswand geprallt.

»Ihr Mann hat Sie doch sicher gut versorgt zurückgelassen?«

»Man hat mir zwei ziemlich hohe Versicherungssummen ausbezahlt, und die Pension der Petnay ist für heutige Verhältnisse nicht schlecht. In ein paar Jahren kann das anders aussehen, bei der Inflation. Ich muß jetzt als erstes das Geld von der Versicherung anlegen, und da bin ich ziemlich hilflos. Aber Fontanillas kümmert sich darum. Er meint allerdings, es wären derzeit schlechte Zeiten, um in Spanien Geld zu investieren. Keiner investiert jetzt. Alle warten ab, wie es politisch weitergeht.«

»Fontanillas? Warum nicht Argemí?«

»Fontanillas macht öfter solche Sachen. Argemí hat zwar ein riesiges Unternehmen aufgebaut, aber er ist kein Anlageberater. Fontanillas schon eher. Und ich habe vier Kinder, Señor Carvalho, alle in dem Alter, in dem sie am meisten ausgeben. Ich muß mich um das Finanzielle kümmern.«

»Wie haben denn die Kinder den Tod ihres Vaters aufgenommen?«

»Am Anfang waren sie natürlich alle sehr niedergeschlagen. Jetzt haben sich die beiden Jungen wieder einigermaßen gefangen. Aber den Mädchen fehlt er schrecklich. Das ist ja auch nur normal.«

»Und Sie?«

»Was glauben Sie?«

»Ich glaube gar nichts. Darum frage ich ja. Es gibt ein französisches Lied, in dem heißt es so ungefähr: Ich liebe dich, und wir sind in derselben Partei, und trotzdem, wenn du eines Tages gehst, wird mir mehr Zeit zum Lesen bleiben, kann ich endlich zu mir selbst finden ...«

»Überhaupt nicht witzig.«

»Das muß ich mir heute schon zum zweitenmal anhören.«

»Antonio hat mich aufgesaugt. Er war ein Egozentriker, wie er im Buche steht. Es war ein anstrengendes Leben mit ihm, aber auch ein erfülltes. Natürlich ging mir seine Geschwätzigkeit manchmal auf die Nerven, seine Maulhurerei, ständig dieses Gerede über Frauen, über Sex ...«

»Nur Gerede?«

»Ja. Davon bin ich immer ausgegangen. Und wenn es anders gewesen sein sollte, na bitte, meinetwegen. Er hat mit seinem Gerede Dampf abgelassen, und ich hatte wenigstens meine Ruhe. Mit der Zeit habe ich mich sogar daran gewöhnt. Auch wenn es manchmal nur schwer zu ertragen war, wenn er in aller Öffentlichkeit so ordinär daherredete.«

»Was ist Ihre Meinung? Warum hat man ihn umgebracht?«

»Es war ein Racheakt. Es gibt eine ganze Menge Geschäftsleute, Emporkömmlinge, die nicht die Feinfühligkeit Antonios haben, in geschäftlichen Dingen meine ich jetzt. Auch Fontanillas und Argemí sind da eher Ausnahmen. Es gibt da die reinsten Gangster. Antonio zeigte mir auf Empfängen oder Cocktailparties immer wieder mal einen und meinte: ›Der da wäre glatt imstande, für einen Fünfer seinen Vater umzubringen, oder der da, ein unglaubliches Schwein, und der dort – der gehört eigentlich hinter Gitter.‹ Und Antonio war ein sehr harter Manager. Er machte sich immer darüber lustig. Beim Rasieren schnitt er sich dann selbst eine Grimasse und knurrte in den Spiegel: ›Ich bin der wilde Mann der Petnay ... grrrh!‹ Und dann brüllte er wie der Löwe von MGM.«

Die Witwe Jaumás lacht und weint gleichzeitig. Carvalho erregt der Kontrast zwischen den welkenden Brüsten, den breiten mütterlichen Hüften und dem Gesicht eines kastilischen Fräuleins mit Mantilla, die zur Musik von Hernández und Berruguete in der Osterprozession schreitet. War Ihr Mann eifersüchtig?«

»Unheimlich.«

»Und ... hatte er Grund dazu?«

»Ich bin keine Sexfanatikerin, Señor Carvalho. Ich führe

einen Haushalt und habe vier Kinder großzuziehen, und zwar ganz allein, denn darum hat sich Antonio nie gekümmert. Mir blieb ganz einfach nicht die Zeit für einen Seitensprung.«

»Haben Sie keine Freunde von früher?«

»Meine Freunde waren die von Antonio. Ich war fast noch ein Kind, als ich aus Valladolid wegging. Und dann zogen wir ständig um, wegen der Karriere meines Vaters.«

»Von Jaumás Freunden hat Ihnen nie einer Avancen gemacht?«

»Worauf wollen Sie eigentlich hinaus? Daß es ein Verbrechen aus Leidenschaft war? Können Sie sich Vilaseca vorstellen, wie er mir den Hof macht? Oder Biedma, wie er mir Liebesgedichte schickt?«

»Um ehrlich zu sein, das kann ich mir durchaus vorstellen.«

»Dann haben Sie zu viel Phantasie.«

Aber Concha Hijar ist jetzt beunruhigt. Sie wirft einen unmißverständlichen Blick auf die französische Empire-Uhr und unterdrückt gerade noch den Ausruf: Es ist jetzt Zeit für mich zum Abendessen, weil sie Angst hat, Carvalho könnte das als Einladung auffassen.

»Es ist spät geworden. Ich muß Vera noch bei den Hausaufgaben helfen.«

»Ich gehe schon.«

»Und Sie haben wirklich nichts herausgefunden bis jetzt?«

»Ich sehe eine Menge Möglichkeiten. Sogar eine kleine Pforte in der Mauer. Aber heute war ein grauenhafter Tag. Ich komme mir vor wie ein Meinungsforscher, der sich den ganzen Tag die Hacken abgelaufen hat. Gausachs, Fontanillas, Biedma, Vilaseca, Sie – und Argemí. Unglaublich, der Typ.«

»Unglaublich? Ich glaube, er ist der normalste von allen.«

»Seien Sie mal ganz ehrlich: Was halten Sie von den Freunden Ihres Mannes?«

»Sie erinnern mich an ein Gedicht, das wir in der Klosterschule lernten. Drei Mädchen malen sich ihre Zukunft aus, und siehe da, alle drei wollen Königin werden.«

Pedro Parra sträubt sich mit Händen und Füßen.

»Was glaubst du denn, wer ich bin? Tamames? Solche Stammbäume haben überhaupt keinen Wert. Reine Show!«

»Ich brauche ganz einfach einen Überblick über die vielen Verzweigungen innerhalb der spanischen Petnay. Und zwar nicht nur über die Tochtergesellschaften, sondern auch über die Unternehmen, die von der Petnay abhängig sind. Das muß doch mit einer Graphik am einfachsten gehen.«

»Aber das kann ich nicht unter der Hand machen. Ich kann die Daten zusammensuchen, das schon, aber für das Diagramm brauche ich einen Graphiker. Und den mußt du bezahlen.«

»Ich habe ein Spesenkonto. Vielleicht bleibt sogar genug übrig, um dir ein Militärzelt zu kaufen.«

»Hol dich der …!«

Nach dem Anruf bei Parra wählt er die Nummer seines Büros.

»Nichts Neues auf meinem Posten, Chef. Der Deutsche hat noch nichts von sich hören lassen.«

Ein Tag Verspätung. Komisch. Das Hippieleben hat unseren Dieter Rhomberg ganz schön verändert, denkt Carvalho. Er hat das Bedürfnis, sich von den Gesprächen und von sich selbst zu entgiften, und darum macht er sich auf den Weg ins Kino. Dann wird er entspannt nach Hause kommen, bereit, etwas Aufwendiges zu kochen, etwas, das ihn reizt und voll schwieriger Feinheiten steckt. *Die Nacht ist in Bewegung* ist ein Film mit Gene Hackman, ein exzellenter Gangsterstreifen in der Art alter Bogartfilme. Carvalho bewundert Gene Hackman in seiner Rolle als Privatdetektiv mit Innenleben, wie Marlowe oder Spade. Von der großen, eckigen Erotik Susan Clarkes fühlt er sich außerordentlich angezogen, und obendrein bekommt er eine reife Blondine von der spontanen Schönheit einer flüchtenden Antilope. Noch ein Verhaltensmodell. Wen soll ich imitieren? Bogart in den Chandlerfilmen? Allan Ladd in Verfilmungen von Hammett? Paul Newman in *Harper*? Gene Hackman? Während sich sein Auto die Flanken des Tibidabo hinaufwindet, spielt Carvalho alle ihre Ticks durch. Den feuchten Hundeblick und die verächtlich herabgezogene Unterlippe Bogarts, den übertrieben aufrechten Gang von Ladd, der seinen Zwergenwuchs kaschieren will und ständig das blonde Köpfchen reckt, damit der Hals länger wird. Paul Newman, der völlig von seiner eigenen Schönheit überzeugt ist, Gene Hackman – die unendliche Müdigkeit eines Mannes, der Hörner trägt und hundert Kilo wiegt.

»Noch immer nichts, Chef. Kein Pieps von dem Deutschen.«

»Wenn er doch noch anruft, sag ihm, er soll sich bei mir melden, ganz gleich, wie spät es ist.«

Um ein Uhr nachts eine Ente zuzubereiten gehört wohl zu den herrlichsten Verrücktheiten, die ein menschliches Wesen begehen kann, das nicht verrückt ist.

Carvalho verschreibt dem Jungtier zunächst eine Schlankheits- und Bräunungskur im Backofen, bei der es all sein Fett einbüßt. Währenddessen läßt er in einer Kasserolle ein paar Speckwürfel aus, in deren Fett er Zwiebeln und Champignons schmort. Weißwein dazu, Salz, Pfeffer, eine gehackte Trüffel samt einem Schuß von dem Cognac, in dem sie eingelegt war.

Die Trüffel kommen aus Villores, einem Dorf im Maestrazgo[25], und er bezieht sie von einem lateinbegeisterten, alleinlebenden Steuerberater, der in der Nachbarschaft wohnt. In einer Kammer neben der Küche hortet er Büchsen, Gläser und Körbe mit Köstlichkeiten, die ihm Verwandte aus Villores mitbringen oder die er selbst bei seinen vierzehntägigen Besuchen im Dorf seiner Väter einheimst.

Wie die Chaldäer glaubten, die Welt höre hinter den letzten ihnen bekannten Bergen auf, so glaubt der wackere Steuerberater Fuster gefühlsmäßig, mit einem urchristlichen Glauben, daß die Welt hinter Villores aufhört. Schon benachbarte Dörfer, wie etwa Morella, sind für ihn fremde Planeten, von seltsamen Wesen bevölkert.

Beide alleinlebend, eifrige Trinker und leidenschaftliche Esser, haben Carvalho und Fuster so manchen Sonntag mit gastronomischen Wettbewerben verbracht. Fusters Stärke ist zweifellos Paella mit Kaninchen, die er fast ohne *sofrito* zubereitet.

»Weil die Zwiebeln das Reiskorn zu weich machen.«

Wenn er guter Laune ist, pflegt der Berater aus dem *Gallischen Krieg* zu rezitieren. Carvalho läßt das Latein über sich ergehen, während er seinen eigenen Gedanken nachhängt, singt sogar mit, wenn sein Nachbar sein Repertoire von *Jotas* aus der Gegend zwischen Castellón und Aragón oder Lieder von Conchita Piquer zum besten gibt.

Ojos verdes, verdes como la albahaca
verdes como el trigo verde
el verde verde limón[24]

Sieben Stunden nach Beginn des Kochens gibt es entweder beim einen oder beim andern stets noch etwas zu probieren, und wenn dann der Morgen dämmert, ziehen sie sich zurück, Carvalho mit dem Kopf voller Geschichten aus dem Maestrazgo und der Steuerberater mit einer summarischen Bilanz der Fälle, hinter denen Carvalho die Woche über her war.

Die Ente ist durch. Carvalho löst Schenkel, Flügel und Brust und zerkleinert das übrige Fleisch samt den zarten Innereien. Zu dem Gehackten kommen nun der Bratensaft und eine Handvoll entkernte Oliven. Das alles wird kräftig durchgemischt und dann mit den Speckwürfeln, den Champignons und der gehackten Trüffel vermengt. Einige Eßlöffel Semmelbrösel darüber, die Mischung kurz aufkochen lassen und über die Fleischstücke geben, die in einem feuerfesten Tontopf liegen. Das gevierteilte Tier labt sich an dem Balsam, über seiner gebräunten Haut liegt eine Geographie von Pilzen, Schinken, Oliven, Bröseln und dem kleingehackten äußeren und inneren Fleisch.

Carvalho stellt die Form fünf Minuten aufs Feuer und läßt das Gericht weitere fünf Minuten im Herd. Der feine dunkle Duft des Gerichtes attackiert seine Nase, als er die Tür des Backofens wieder öffnet. Der Wunsch nach einem sachverständigen Mitgenießer wird übermächtig, wie immer, wenn ein Hobbykoch glaubt, daß ihm etwas besonders gut gelungen sei.

Halb drei Uhr morgens. Nur nicht zweimal überlegen. Er schiebt den Topf zurück in die erlöschende Ofenhitze und springt die taufeuchten Stufen zum Garten hinunter. Die Nacht hat eine Glocke von absoluter Kälte und Einsamkeit über den kleinen Vorort gestülpt, von dem aus man Barcelona und das Meer überblickt, aber auch das Katalonien der Pilger, das sich über das Vallés bis zu seinen heiligen Bergen erstreckt.

Er sprintet die paar Meter hinüber zu der riesigen Villa, die zwar von drei Mietern bezahlt, aber nur von dem Berater ganzjährig bewohnt wird. Er klingelt ein paarmal, dann erscheint hoch oben auf der weißen Balustrade der Dachterrasse ein erschrocken zitterndes Licht, gefolgt von Fuster. Sein blonder Ziegenbart ist ebenso schlafzerwühlt wie das spärliche, sonst strategisch über die kahlen Stellen gekämmte Haar, und die Brille hängt schief – ein Bügel sitzt noch auf dem Ohr, während der andere verzweifelt nach seinem verlorenen Halt sucht.

»Um diese Zeit! Was ist denn los? Brennt es?«

»Es gibt eine Ente aus der Röhre!«

»Wie bitte?«

»Ich habe eine Ente zubereitet. Nicht besonders groß, aber allein schaff ich sie sicher nicht.«

»Es ist halb drei Uhr früh!«

»Eine süße kleine Ente aus dem Ofen.«

»Jung?«

»Geradezu ein Küken.«

»Vertrauenswürdige Herkunft?«

»Absolut vertrauenswürdig.«

»Du kannst schon mal die Weinflaschen öffnen. Ich komme sofort.«

Entweder ist Carvalho extrem langsam zu seinem Haus zurückgegangen, oder Fuster ist, getrieben von dem so überraschend geweckten Appetit, gerannt, jedenfalls hat Carvalho, als er kommt, noch nicht einmal Zeit gehabt, die Flasche Montecillo zu öffnen. Er stellt einen kleinen Korb auf den Küchentisch, Trockenfrüchte aus Villores, ein Glas naturbelassenen

Honigs aus Villores sowie ein paar merkwürdige Gebäckteile aus der Familie des traditionellen Trockengebäcks, bei dem unbedingt Eier und Mandeln verwendet werden.

»Das Gebäck hat meine Schwägerin gemacht. Sie wohnt in Villores.«

»Das hab ich befürchtet.«

»Nach der Ente gibt es nichts besseres als ein paar Haselnüsse mit Honig und etwas Gebäck, um die Essenssäfte im Magen aufzusaugen.«

Der Steuerberater öffnet die Klappe des Backrohres und zieht die spitze Nase voll Entzücken zurück, wobei er die Augen schließt.

»Du hast dich wieder mal selbst übertroffen.«

Ein Selleriesalat erfrischt den Schlund der beiden Männer, dann stürzen sie sich auf das duftende Fleisch.

»Ah, das hier schmeckt auch nach Villores! Du hast Trüffel drangetan.«

»Stimmt.«

»Unorthodox. Zur Ente gehören keine Trüffel.«

»Zur Ente gehört genau das, worauf man gerade Lust hat!«

»Eins zu null für dich.«

Zwei Gläschen kalten *orujos* versuchen, die Berliner Mauer im Magen der Männer zu durchbrechen.

»Wenn es mit dem *trou normand* nicht hinhaut, dann schläft heute nacht nur meine Tante.« Der Steuerberater fährt sich zärtlich über den Bauch. »Wir sind aber auch verrückt. Es ist vier Uhr.«

»Wenn du schlafen willst, dann geh und steck dir zwei Finger in den Hals. Die Hauptsache ist, daß du gut gegessen hast. Das Verdauen ist völlig unwichtig.«

»Ich werde jetzt ganz still und leise zu mir hinübertappen, und wenn ich fünf Minuten später nicht schlafe, dann lasse ich einfach das Lokal in London Revue passieren, in dem ich während meiner Studienzeit mal gearbeitet habe. Mir wird schon fast übel, wenn ich nur davon spreche. Also, vielen Dank, Pepito, du hast mir eine Nacht geschenkt. Ich hätte sie glatt verschlafen, und jetzt habe ich sie mit Leben erfüllt.

Quan ve la nit i espandeix ses tenebres,
pocs animals no cloen les palpebres
i los malalts creixen en llur dolor.[26]

Mein Landsmann Ausias March hätte diese Verse nicht geschrieben, wenn er einen Nachbarn wie dich gehabt hätte!«

Wieder allein, hat Carvalho das Gefühl, als würden die Dinge im Raum näher um ihn zusammenrücken, beschützend oder doch eher bedrohlich.

»Biscuter? Ich weiß, es ist eine Sauerei, um diese Zeit anzurufen, aber es ist wirklich wichtig. Hat er sich gemeldet?«

»Nein, Chef, kein Ton! Ich habe kein Auge zugemacht, Chef. Damit ich das Telefon nicht überhöre, habe ich angefangen, ein Buch zu lesen, ganz hinten aus Ihrem Bücherregal. Es ist sehr traurig, aber toll!«

»Was liest du?«

»*Corazón*[27]. Hören Sie, ich habe eine Erzählung gelesen, die ist ganz ähnlich wie die Fernsehserie *Marco*. Ganz ähnlich, aber nicht dasselbe. Ich mußte heulen, Chef! Hören Sie es nicht an meiner Stimme? Und dann noch eine, die Geschichte von dem kleinen sardischen Trommler. Erinnern Sie sich? So 'ne Gemeinheit, Chef! Es muß ein Junge wie der Trommler von Bruch gewesen sein. Stimmt es eigentlich, daß der Trommler von Bruch niemals stirbt?«

»Ja, solange er nicht aufhört zu trommeln. Aber danach ganz bestimmt.«

»Jetzt bin ich da, wo die Mutter von Garrone stirbt. Schon wieder so was Schlimmes. Das Buch ist wirklich schön, aber darin sterben sie wie die Fliegen.«

Irgendwann muß ein Designer sich gefragt haben, warum Katalonien, wenn es schon seine Daseinsberechtigung in Politik und Kultur wiedererlangt hat, dasselbe nicht auch auf dem Gebiet der Inneneinrichtung tun sollte, und machte sich daran, einen, wie er fand, ländlichen Möbelstil zu kreieren, der die den Katalanen zugeschriebene Nüchternheit mit der praktischen Leichtigkeit modernen Mobiliars kombiniert. So entstanden die *Renaixença*-Möbel, zweifellos graziös, aber genealogisch eine schlimmere Promenadenmischung als eine Kreuzung zwischen Wespe und Wolfshund. Schon der Flur von Alemanys Wohnung wirkt wie eine Weihestätte der katalanischen Unabhängigkeitsbewegung. Über einer Fahne Kataloniens hängen die gerahmten Fotos von Macià, Companys und Tarradellas, der drei Präsidenten der *Generalitat de Catalunya* im 20. Jahrhundert. Neben dem Bild Maciàs verwandelt ein schwerer Rahmen einen Brief Companys' an den Wohnungsinhaber in Reliquie und Proklamation zugleich. »Mein lieber Alemany, ich höre von unserem Freund Rodoreda, daß Sie nicht wohlauf sind ...« Natürlich auf katalanisch. Ein liebenswürdiger Brief, der der Sucht unserer älteren Generation nach protokollarischen Gefühlen entspricht.

Der Brief gewinnt bestürzende Aktualität, als Señora Alemany, zwanzig Jahre jünger als ihr weit in den Achtzigern stehender Gatte, leise mitteilt, daß Alemany krank sei, schwer krank.

Nur noch Haut und Knochen, liegt er in einem Berg von Kissen, die weißen Haare straff aus dem fahlen Gesicht gekämmt. Er atmet schwer durch den Mund, heftet seine scharfen Augen auf Carvalho und bittet ihn, neben dem Bett Platz zu nehmen. Ein kurzer Blick hinüber zu seiner Frau, und schon verläßt sie geradezu überstürzt das Zimmer. Der Blick wandert wieder zurück zu Carvalho, wird drängend, und der Detektiv erklärt, warum er hier ist. »Jaumá hat Sie manchmal mit Arbeiten für die Petnay betraut. Warum? Worum ging es dabei?«

Der Alte schweigt. Carvalho fängt noch einmal von vorne an, betont, daß ihn die Witwe Jaumás schickt, und da werden die starren Adleraugen plötzlich weich, sie schließen sich für einen Moment, der Adamsapfel des Alten wandert geräuschvoll auf und ab, und ein leichtes Zittern deutet darauf hin, daß Alemany sprechen will, so wie eine Hydraulikpumpe leicht bebt, bevor das Wasser aus dem Hahn schießt.

»Señor Jaumá, ich nenne ihn Señor Jaumá, seit dem Tod seines Vaters, mit dem mich eine tiefe Freundschaft verband; er stammte aus Vidrera, einem Dorf in Gerona ganz in der Nähe von meinem. Ich bin aus Santa Cristina de Aro. Señor Jaumá also bekam einen Riesenschreck, als er vor einer Weile feststellen mußte, daß die Bilanz, die ich für die Petnay aufstellte, nicht aufging, wohl aber die offizielle Bilanz der Gesellschaft.«

»Wie groß war der Unterschied?«

»Zweihundert Millionen. Ja, ja! Da staunen Sie. Zweihundert Millionen Peseten.«

»War das das erste Mal?«

»Nein! Unterbrechen Sie mich nicht! Ich bin gerade dabei, Ihnen alles zu erklären. Es war nicht das erste Mal. Von 1974 an stimmten die Bilanzen, die ich aufstellte, nicht mehr mit der offiziellen Petnay-Buchhaltung überein. Aber der Unterschied war immer relativ gering. Es ging um fünf oder sechs Millionen Peseten. Señor Jaumá informierte jedesmal die Zentrale der Petnay über die Unstimmigkeiten und bat um eine Untersuchung. Und in den ersten beiden Jahren kam dann nach ein paar Wochen die Antwort, es sei alles geklärt. Aber diesmal ging es ja um ganz andere Summen. Ich riet Jaumá, noch einen andern Buchhalter heranzuziehen, weil mir die Verantwortung zu groß war. Aber nein, er ließ mich meine Zahlen fünfmal durchrechnen. Jedesmal dasselbe Ergebnis, es fehlten zweihundert Millionen.«

»Und was sagte die Petnay dazu?«

»Señor Jaumá rief mich eines Tages an und meinte: ›Alemany, Sie brauchen sich den Kopf nicht mehr zu zerbrechen. Die Sache ist geklärt.‹ Das war eine Woche vor seinem Tod.«

»Haben Sie nach Jaumás Tod mit jemandem über den Vorfall gesprochen?«

»Darf ich Sie daran erinnern, daß es so etwas wie ein Berufsgeheimnis gibt? Und außerdem verbot mir schon die Freundschaft mit Señor Jaumá, darüber zu reden.«

»Gibt es eine Kopie Ihrer Bilanzen?«

»Natürlich. Aber die werde ich nur dem ältesten Bruder Jaumás aushändigen, und auch das nur, wenn er schwört, hören Sie, schwört, daß er die Unterlagen auf keinen Fall gegen seinen Bruder verwenden wird.«

»Aber das Geld hat sich doch nicht etwa Jaumá in die Tasche gesteckt?«

»Ich bitte Sie!«

»Haben Sie nicht daran gedacht, daß zwischen Jaumás Tod und dem Verschwinden dieser Summe ein Zusammenhang bestehen könnte?«

»Natürlich habe ich daran gedacht. Dieses Land ist ein einziger Misthaufen. Dieser Hurensohn von einem Diktator, dieser Verbrecher ...« Der Alte schimpft auf katalanisch weiter, und sein Zorn verleiht ihm Kraft genug, um mit Hilfe dünner, weißer Muskelstränge, die jeden Moment zu brechen scheinen, den Kopf aus dem Kissen zu heben, nur ein paar Sekunden lang, dann läßt er ihn wieder sinken, weiterhin vor Wut schnaubend.

»Nach Jaumás Tod vergingen ein paar Tage, dann kam die offizielle Erklärung. Gut, dachte ich mir, das alles geht mich nichts an. Wenn man in Zusammenhang mit seinem Tod von Geld gesprochen hätte, oder auch nur von der Petnay, dann wäre Oriol Alemany hingegangen und hätte den Herrschaften ein paar Dinge um die Ohren gehauen. Aber so ... und außerdem wurde ich krank. Ich bin jetzt sechsundachtzig und führe immer noch für vier Firmen die Bücher. Da drüben, sehen Sie ...«

Auf einem *Renaixença*-Tischchen liegen vier Hauptbücher mit Soll und Haben, ein Buchhalterheft zwischen dicken Dekkeln aus lila Karton, ein Waterman-Füllfederhalter aus der Zeit vor dem Bürgerkrieg, ein Tintenradiergummi und frisch angespitzte Bleistifte.

»Abends, wenn ich den Kopf klar habe, legt mir meine Frau

die Zuschneideplatte aus der Schneiderei aufs Bett, und dann arbeite ich ein bißchen, bis meine Hand müde wird. Wenn ich nichts mehr zu tun hätte, würde ich auf der Stelle sterben. Gerade bevor Sie kamen, hat Señor Robert angerufen und sich nach seinen Konten erkundigt. Er ruft jeden Tag an. Nicht daß er mich hetzen will. Nein, er weiß, daß mir das Auftrieb gibt. Ich habe schon seinem Vater die Bücher geführt, das war noch ein Unternehmer, einer vom alten Schlag. Er gehörte zur *Lliga*[28], aber nicht zu dem Flügel, der nach Burgos marschiert ist. Ich verbürgte mich während des Krieges mehr als einmal für ihn, und als ich sah, daß sie ihn trotz aller Bürgschaften eines Tages abholen und ihm etwas antun würden, ging ich zu ihm und sagte: ›Señor Robert, ich kann ein Auto organisieren und Sie nach Camprodón bringen. Ich weiß auch schon, wie ich Sie über die Pyrenäen bringe.‹ Wir waren immer ein Herz und eine Seele, weil wir beide aufrechte Patrioten waren. Er bei der *Lliga* und ich bei der *Unió Socialista* von Comorera, aber beide Katalanen von echtem Schrot und Korn. Señor Robert glaubte nicht, daß das gutgehen würde, und ein paar Tage später fand man ihn tot auf einem unbebauten Gelände, bei Horta. Seine Witwe sagte immer: ›Ach, Alemany! Hätte er doch auf Sie gehört!‹ Verstehen Sie? Nicht jeder, der wollte, wurde mein Klient, sondern die, die *ich* wollte, und es waren eher Freunde als Klienten. Denn wenn der Buchhalter nur ein Söldner ist, dann geht es bergab!«

Er schlägt seine Decke zurück, und vorn auf seinem Pyjama prangt ein goldenes Abzeichen des *FC Barcelona*. Ein Auge ruht auf Carvalho, das andere auf dem Abzeichen.

»Wenn sich bloß nach dem Bürgerkrieg diese Banditen den Verein nicht unter den Nagel gerissen hätten! Während der Republik war ich im Vorstand von *Barça*, damals, als es noch mehr als ein Verein war. Aber heute, diese Gauner, diese Halsabschneider … da soll einer behaupten, es sei mehr als ein Verein! Natürlich ist es mehr, es ist eine Verlängerung des *Valle de los Caídos*[29], solange sie den Abschaum von der *Federación*

Española de Fútbol nicht abschütteln. In den dreißiger Jahren sagte ich in Madrid zu einem Journalisten – diesem Hernández Coronado, der später im Vorstand von Atlético Madrid landete, denn gleich und gleich gesellt sich gern – ich sagte also zu ihm: ›Wenn es nach mir ginge, dann sollte *Barça* aus der spanischen Liga austreten und in der französischen oder australischen oder sonst einer spielen!‹ ›Mensch, Alemany, stellen Sie sich nicht so an!‹ Stellen Sie sich nicht so an, stellen Sie sich nicht so an ... Wie sollte man sich denn anstellen, wenn sie uns einen Sieg nach dem andern klauten? Die Zentralgewalt weiß nichts besseres als die andern zu beklauen, und nach dem Bürgerkrieg wollten sie uns zu einem Volk von Hirten und Ackerbauern machen, wie Churchill die Deutschen. Obwohl, mit Deutschland hätte ich es so gemacht. Die werden bald wieder genauso anfangen wie damals, jawohl! Das wird keine fünf Jahre dauern. Gauner und Halunken finden immer zusammen, und was hat denn das ausländische Kapital gebracht? Nichts anderes als die Diktatur gestärkt, die Katalonien ruiniert hat!«

»*Oriol, no parlis de política, que t'exaltes!*«

»*Veste-n a fer punyetes!*[30] Ich soll nicht von Politik reden! Alles ist Politik!«

Die Frau bringt ihm ein kleines Tablett mit nichts weiter darauf als einer Tablette und einem halben Glas Wasser. Der Alte konzentriert sich und schluckt umständlich die Pille; dann schickt er die Frau wieder mit einem Blick aus dem Zimmer.

»Nicht von Politik reden! Alles ist Politik. Jetzt heißt es, wir bekommen Demokratie. Von wem? Von denselben *xarnegos*[31], die den Franquismus fett gemacht haben. Erst die Demokratie, die autonomen Regionen ... Das werden genau solche Hurensöhne sein wie alle andern!«

»Señor Alemany, es ist möglich, daß das verschwundene Geld sehr wohl eine Rolle bei Jaumás Tod gespielt hat. Würden Sie als Zeuge aussagen, wenn dies nötig sein sollte?«

»Junger Mann, wenn es wirklich so weit kommen sollte, dann würde ich mich mit dem ältesten Bruder Jaumás beraten, er ist jetzt das Familienoberhaupt und trägt die moralische Verantwortung für seine Angehörigen. So sehe ich das zumindest.«

»Dann bleibt mir nur noch, Ihnen gute Besserung zu wünschen, daß *Barça* in die Liga aufsteigt, und daß Katalonien die Autonomie erreicht!«

»Das erlebe ich nicht mehr. Sind Sie Katalane?«

»Ich weiß nicht, eher ein *xarnego*.«

»Die wirklichen *xarnegos* in Katalonien sind Katalanen wie Samaranch, Porta und andere Verräter, die den Franquismus fett gemacht haben. Das sind die schlimmsten *xarnegos*!«

Unter der Tür wirft Carvalho einen letzten Blick auf den Alten, der verbittert vor sich hin starrt. Auf dem Flur wartet die angehende Witwe, Tränen in den Augen.

»Er wird uns verlassen. Er ist sehr krank, der Ärmste.«

»Aber er scheint doch noch ganz gut bei Kräften zu sein?«

Das Gesicht der Frau versucht, Alemanys Gesichtsaudruck nachzuahmen.

»Es ist das Feuer, die Leidenschaft, was ihn aufrechterhält. Er hat nur ausgehalten, weil er Francos Tod erleben wollte.«

Der Goldene Hammer verhält sich am Telefon, als wäre weiß Gott was passiert. Aber als Carvalho am vereinbarten Treffpunkt eintrifft, stochert der Zuhälterboß seelenruhig in einem Teller Herzmuscheln herum, zu dem er Tomatensaft trinkt, und fordert den Detektiv auf, Platz zu nehmen.

»Jetzt reicht's mir allmählich!«

»Was?«

»Seit achtundvierzig Stunden hackt die Polizei auf uns herum, sie schleppen einen nach dem anderen aufs Revier und versuchen uns den Mord von Vic in die Schuhe zu schieben. So ein kleiner Stinker, der ins Geschäft kommen will, soll auch schon gesungen haben. Er hat natürlich nicht gesagt, daß er selbst Jaumá alle gemacht hat, aber er hätte im Milieu gehört, daß es einer von uns war. Alles, was ihnen jetzt noch fehlt, ist eine arme Sau, aus der sie ein Geständnis rausprügeln können. Da macht jemand verdammt viel Druck, damit die Sache vor den Richter und vom Tisch kommt. Und zwar jemand, der sie alle in der Tasche hat. Zivilgouverneur, Polizeichef, bis runter zum letzten Nachtwächter.«

»Also, Sie glauben immer noch nicht an die offizielle Version?«

»Offizielle Version! Scheiße! Ich bin doch nicht auf den Kopf gefallen. Aber ich warte ab, bis der Kerl im Knast sitzt, dann krieg ich schon raus, ob er die Aussage unterschrieben hat, weil sie die Scheiße aus ihm rausgeprügelt haben oder weil er wirklich was weiß. Jetzt sitzt er noch im Palacio de Justicia, heute abend bringen sie ihn in den Modelo-Knast, und morgen schicke ich ihm einen Anwalt vorbei, dann wissen wir Bescheid.«

»Und wenn sie ihn abschirmen?«

»Dann schick ich einen von den Prominentenanwälten. Die wissen alles, dürfen sogar in die Strafzellen. Morgen wissen wir mehr, glauben Sie's mir.«

»Und wer da Druck macht, können Sie das auch herausfinden?«

»Mein Revier sind die Ramblas und reicht bis zur Plaza de Catalunya. Was weiter oben passiert, ist Ihre Sache. Aber es muß schon 'ne wirklich große Nummer dran sein, wenn sie uns ohne Grund dermaßen die Eier quetschen. Und jetzt gehen Sie besser. Es braucht uns niemand zusammen zu sehen.«

Die Bar liegt außerhalb der kriminellen Zone der Stadt und sieht verdächtig danach aus, als würden dort nur Tomatensäfte und Kamillentees für Damen über vierzig serviert, die sich in der Nachmittagswüste verlaufen haben.

Carvalho schlendert die Ramblas hinab zu seinem Büro, genießt die Sonne und läßt sich treiben in der Menge der harmlosen mittäglichen Passanten, Studenten, Angestellten, die aus ihren Büros strömen, und Rentner, die alle die kostenlose Wärme der Frühlingssonne genießen.

Im Büro erwartet ihn – in einer Ecke kauernd wie ein Hund, den man aus seiner Hütte gezerrt hat – ein völlig verstörter Biscuter. Der Rest des Zimmers scheint fast völlig ausgefüllt zu sein von einem der jungen, langhaarigen Polizisten, die schon einmal vorbeigeschaut haben, und einem hünenhaften Inspektor, der mehr als hundert Kilo wiegen muß und nicht nur auf der Oberlippe einen buschigen Schnäuzer trägt, sondern auch zwischen den Brauen.

»Ihr Schnüffler habt scheinbar den ganzen Tag nichts anderes zu tun, als auf Kosten eurer Kunden spazierenzugehen.«

Ohne ihn auch nur eines Blickes zu würdigen, nimmt Carvalho in seinem Sessel hinter dem Schreibtisch Platz, schwenkt einmal nach links und einmal nach rechts und flößt so Biscuter langsam wieder soviel Selbstvertrauen ein, daß er sich aus seiner Ecke herauswagt und neben Carvalho aufstellt.

»Wir wollen Ihnen überflüssige Arbeit ersparen.«

Als Carvalho schweigend in seinen Sessel versunken bleibt, wechseln die beiden Polizisten einen schnellen Blick. Dann wölbt der Ältere seinen zentnerschweren Brustkorb über den Schreibtisch und stemmt die Hände auf die Kante.

»Der Fall ist jetzt endgültig geklärt. Wir haben einen Zeugen. Man hat Jaumá um die Ecke gebracht, weil er bei einem der Mädchen zu weit gegangen ist. Unser Zeuge war es nicht, er weiß auch nicht, wer es war, weil er neu ist im Milieu. Aber es ist viel darüber getratscht worden bei den Ganoven. Der Chef läßt Ihnen jedenfalls ausrichten, sie sollen schleunigst Urlaub machen. Um alles andere kümmert sich die Polizei, Ihr Freund und Helfer.«

»Sie vergeuden doch nur Ihre Zeit«, mischt sich der Jüngere ein. »Der Fall ist wirklich so gut wie geklärt, was wollen Sie eigentlich noch herausfinden? Den Namen des Täters? Den servieren wir Ihnen demnächst auf einem silbernen Tablett.«

Jetzt ist der Grizzly wieder dran.

»Wenn Sie weiter in der Sache rumstochern, dann doch nur, weil Sie seiner Witwe noch ein paar Peseten mehr aus dem Kreuz leiern wollen. Oder Sie sind einer von diesen Workaholics.«

Carvalho sitzt weiter da wie eine Sphinx, sagt kein Wort.

»Heh ... Sie wollen sich doch nicht mit uns anlegen? Nicht einmal guten Tag hat er gesagt. Oder hast du gehört, daß er uns begrüßt hat?«

»Wenn er sich zu fein ist, muß er's eben lassen.«

»Ich will seine Stimme hören. Wenn ich mit jemandem spreche, verlange ich eine Antwort.«

Der zentnerschwere Brustkorb schiebt sich noch weiter über den Schreibtisch, und der Drehstuhl steht plötzlich still.

»Biscuter, hast du den Herren noch nichts zu trinken angeboten? Möchten Sie etwas? Mit einem Glas in der Hand redet sich's leichter.«

»Na sehen Sie! Es geht doch. Sie können ja, wenn Sie wollen. Haben Sie auch alles schön mitgekriegt, was wir Ihnen erzählt haben?«

»O ja. Ich verstehe, daß Sie manchmal verdammt unangenehme Aufträge zu erledigen haben, wie in diesem Fall, und nicht immer genau wissen, warum Sie das tun. Befehl ist eben Befehl.«

»So ist es, Señor.«

»Außerdem habe ich verstanden, daß jemand sehr interessiert daran ist, daß der Fall Jaumá mit dem Geständnis eines armen Teufels abgeschlossen wird, der sich vor Angst in die Hosen macht.«

»Ach! Jetzt kommen Sie mir bloß nicht mit der Tour. Glauben Sie, wir würden die Wahrheit aus den Leuten rausprügeln oder sie ihnen mit der Pistole rauskitzeln?«

»Na ja, es gibt genug Leute, denen schon beim Betreten des Polizeipräsidiums der Schließmuskel versagt und die sogar ihren eigenen Erschießungsbefehl unterschreiben würden.«

»In welcher Zeit leben Sie eigentlich? Wissen Sie überhaupt, wie die Polizei heute ausgebildet wird? Ich selbst war auf einem Kurs, wo man neue wissenschaftliche Verhörmethoden lernt. Nichts mehr von wegen Brutalität. Früher ja, das muß ich zugeben ... aber heute, die Zeiten haben sich geändert.«

Der Ältere scheint über die versteckte Kritik seines langhaarigen Kollegen nicht gerade begeistert zu sein.

»Jetzt tu nicht so, als hättet ihr den Polizeidienst neu erfunden. Du kannst auf noch so viele Kurse gehen, Gauner bleibt Gauner, das war so, das ist so, und das wird bis in alle Ewigkeit so bleiben. Basta!«

»Aber es gibt welche, die bessern sich.«

Carvalhos Anmerkung gibt dem Jungen Mut nachzuhaken: »Ich kenne selbst ein paar.«

Der Schwergewichtige fegt ihre Argumente mit einem Kopfschütteln beiseite.

»So wirst du nie was im Leben, und schon gar nicht bei der Polizei. Alles, was du damit erreichst, ist, daß dich jeder kleine Eierdieb verarscht.«

»Es gibt ja offensichtlich zwei grundverschiedene Auffassungen«, mischt sich Carvalho mit ausdrucksloser Stimme ein. »Aus Ihnen scheint mehr die Stimme der Erfahrung zu sprechen, die langen Dienstjahre ...«

»Fünfundzwanzig!«

»Eine lange Zeit. Und Sie halten es wohl eher mit der Theorie, was ja auch eine gewisse Berechtigung hat.«

»Ich hab ja gar nichts gegen die Theorie, im Gegenteil, aber eines muß doch klar sein: Ein Gauner bleibt immer ein Gauner.«

»Also, wie ist es nun, meine Herren, möchten Sie etwas zu trinken?«

»Vielen Dank, aber es ist noch ein bißchen früh.«

Beruhigt vertauscht das Super-Schwergewicht mit dem Doppelschnäuzer das Image des wilden Mannes mit dem des väterlichen Kollegen, lächelt in die Runde und belehrt den Jüngeren.

»Eins kann ich dir sagen: Mach so weiter, und in Null Komma nichts tanzen dir die Verbrecher auf der Nase rum. Du darfst keinem trauen, dann baust du vor und hast hinterher nicht das Nachsehen. Mein Vater war bei der Guardia Civil, in einem kleinen Ort damals nach dem Krieg, in den Hungerjahren. Mann, das waren Zeiten. Kein Tag, in dem im Dorf nicht etwas gestohlen wurde. Hühner, Weizen, Kaninchen, Kartoffeln. Und jeden Tag kamen die Bestohlenen und jammerten der

Guardia Civil die Ohren voll. Wenn mein Vater einen in Verdacht hatte, nahm er ihn mit aufs Revier, klemmte ihm die Finger in die Tür und drückte zu. Was glauben Sie, wie schnell die gesungen haben. Klar, daß es auch mal den Falschen erwischt hat und daß mehr als einer nachher die Hand kaputt hatte, obwohl er sich noch nie an fremden Hühnern vergriffen hatte: Aber es wurden keine Hühner mehr gestohlen. So ist das nun mal. Und so wird es auch bleiben.«

Biscuter knetet seine Hände und schließt die Augen, als erreichte ihn durch den Tunnel der Zeit der Schmerz jener armen Teufel, oder als fürchtete er, man könnte ihm jeden Moment die Hände zwischen Tür und Rahmen zerquetschen.

»Na, wer war es? Wer hat versucht, Sie davon zu überzeugen, daß Antonios Tod nun endgültig aufgeklärt ist?«

»Woher wissen Sie das?«

»Hat man Ihnen auch empfohlen, mich von dem Fall abzuziehen?«

»Ja, aber machen Sie sich keine Sorgen! Was das Finanzielle angeht, da werden wir uns sicher einigen.«

»Oh, da mache ich mir ganz und gar keine Sorgen. Ich kann jetzt am Telefon nicht offen reden, nur soviel: Wer auch immer mit Ihnen gesprochen hat, hat Sie angelogen.«

»Aber man hat mir versichert, daß irgendein Verrückter die Tat gestanden hat.«

»Stimmt aber nicht. Unter Drohungen hat ein armer Teufel tatsächlich eine ganze Oper gesungen, und zwar Bariton, Tenor und beide Sopranstimmen gleichzeitig, verstehen Sie?«

»Ich glaube, ja.«

»Lassen Sie mir drei Tage Zeit. Dann sage ich Ihnen, was wirklich passiert ist. Aber wer hat Sie eigentlich angerufen?«

»Gausachs, Fontanillas und Argemí.«

»In dieser Reihenfolge?«

»Nein. Gausachs hat als letzter angerufen. Fontanillas und Argemí haben sich schon gestern abend gemeldet.«

»Aber in den Zeitungen stand doch gar nichts über die neue Entwicklung. Woher wußten die drei denn von dem angeblichen Geständnis?«

»Sie haben mich während der ersten Ermittlungen vertreten. Ich war in den ersten Tagen nach Antonios Tod zu nichts zu gebrauchen. Die Polizei steht in Verbindung mit ihnen.«

»Die Polizei wird sich in den nächsten Stunden sicher auch an Sie wenden und Sie drängen, den Fall für abgeschlossen zu erklären.«

»Was soll ich denn jetzt machen?«

»Noch mal: Geben Sie mir drei Tage Zeit, und ich bin sicher, dann kann ich beweisen, daß die Sache nicht so einfach ist, wie einige Leute sie gerne darstellen möchten.«

Carvalho hängt auf und wählt die nächste Nummer.

»Drei Tage! Es geht doch nur um drei Tage!«

Aber Núñez bleibt skeptisch. Er glaubt nicht, daß er die Witwe Jaumá überzeugen kann.

»Mag ja sein, daß sie Vilaseca, Biedma und mich lieber mag, aber wenn's ernst wird, verläßt sie sich doch auf Fontanillas und Argemí. Die haben's schließlich zu was gebracht. Aber ich bemüh mich.«

Biscuter kommt keuchend und mit einem Korb voller Schätze vom Markt zurück. Auf dem Weg in die winzige Einmannküche neben der Toilette liefert er die Zeitungen auf Carvalhos Schreibtisch ab. Der Detektiv überfliegt die Schlagzeilen und bleibt plötzlich wie von einer Kobra hypnotisiert an einer Stelle hängen:

»Phantombild von Peter Herzen.«

Die Bonner Avisleute haben eine Beschreibung des Mannes übermittelt, der den Wagen aus dem Río Toldera gemietet hatte. Zwei Kellner einer Autobahnraststätte, nur wenige Kilometer von der Stelle, wo man das Auto gefunden hatte, haben sich an einen Mann erinnert, der so aussah, und die Beschreibung ergänzt. Dieter Rhomberg. Die Ähnlichkeit ist besorgniserregend.

Eine halbe Stunde entnervendes Wählen, dann kommt endlich die Verbindung mit Berlin zustande. Rhombergs Schwester scheint anfänglich nicht beunruhigt zu sein.

»Haben Sie vom Verschwinden eines Deutschen gehört, hier in Spanien?«

»Ich glaube, in der Zeitung steht sowas.«

»Hat man in Deutschland kein Phantombild des Verschwundenen veröffentlicht?«

»Ich weiß nicht. Ich kümmere mich nicht um solche Sachen.«

»Ihr Bruder hat sich vor vier Tagen von Ihnen verabschiedet, oder?«

Das langandauernde Schweigen zeigt, daß sie begriffen hat.

»Señora, lassen Sie uns hier nicht Katz und Maus spielen, dazu ist die Geschichte zu ernst! Es geht um Leben und Tod. Vielleicht sogar für Ihren Bruder.«

»Also gut. Kurz nachdem Sie das erste Mal angerufen hatten, kam Dieter vorbei. Er war ganz durcheinander und verabschiedete sich von seinem Kind und von mir. Er wollte eine lange Reise machen.«

»Haben Sie ihm von meinem Anruf erzählt?«

»Er schien ihn erwartet zu haben und wußte über alles Bescheid. ›Das bringe ich schon in Ordnung‹, meinte er.«

»Ich will Sie ja nicht unnötig beunruhigen, aber holen Sie sich bitte die Zeitungen von heute oder gestern, suchen Sie das Bild von diesem Herzen, und machen Sie sich mit einem Foto von Rhomberg auf zum nächsten Avis-Büro.«

»Was wollen Sie damit sagen? Daß Herzen und Dieter identisch sind?«

»Tut mir leid, Señora, aber für mich ist das ziemlich sicher.«

»Aber warum sollte er bei Avis einen Wagen mieten? Er hat selber einen. Fast neu.«

»Tun Sie bitte, was ich Ihnen gesagt habe, und hoffentlich haben Sie recht, nicht ich.«

»Ich finde Sie haben ein schrecklich spanisches Temperament, so richtig tragisch. Telefonieren in der Weltgeschichte herum und erschrecken Leute zu Tode!«

Sie weint jetzt fast.

»Señora, bitte tun Sie, was ich Ihnen rate. Besorgen Sie sich die Zeitungen und ein Foto von Dieter! Im übrigen würde ich höchstens Soloharfe spielen, Kastagnetten habe ich mein ganzes Leben noch nie in der Hand gehalten und ...«

Die Frau bricht in Tränen aus. »Der Teufel soll dich holen«, denkt Carvalho empört darüber, daß ihm die patriotischen Klischees übergestülpt werden. »Herein!« ruft er so ärgerlich, daß das Pärchen über die Schwelle stelzt, als beträten sie vermintes Gelände.

»Wohnt hier ein Detektiv?«

»Hier hängt sich höchstens einer auf. Nein, hier wohnt kein Detektiv, aber er hat sein Büro hier.«

»Aha, also doch!«

Als erster kommt ein junger Mann herein, mit kurzen Haaren, Musketierschnauzbart, weißer Wollweste aus Mexiko, Jeans und dicken Wollsocken in Sandalen aus Ibiza. Das Mädchen reicht ihm kaum bis zur Taille, weist aber trotz ihrer geringen Größe eine beeindruckende Geographie von Hügeln, Tälern und Vertiefungen unter ihrem Blondhaar auf, das wie ein chinesischer Spitzhut aufgetürmt ist, unter dem einzelne Locken hervorquellen. Alles in allem ist die Frisur ein blondgefärbter Endivienkopf, aufgestülpt wie ein Hut in der dezidierten Absicht, den Betrachter die Wunder des Miniaturkörpers vergessen zu lassen – was nicht gelingt. Carvalho läßt seinen Blick über das Mädchen wandern, bis er ihrem Blick begegnet, der den seinen spöttisch funkelnd erwartet hat.

»Wir wollen Sie wegen eines Falles konsultieren.«

»Sie haben wohl einen Koffer mit Haschisch verloren, und ich soll ihn wiederfinden.«

»Die Sache ist komplizierter.«

Sie überläßt ihm die aktive Rolle. Er spricht sehr korrekt, mit wohlerzogener Stimme und angemessener Intonation. Seine Mimik ist ebenso überzeugend wie ihre Aufmerksamkeit, mit der sie gleichzeitig die Ausführungen ihres Begleiters und Carvalhos verstohlene Blicke verfolgt, die der Linie zwischen ihren Brüsten im rechteckigen Ausschnitt ihrer hautengen Tunika gelten.

»Mein Bruder ist seit zwei Monaten in psychiatrischer Behandlung. Wenn es sich um einen normalen Fall handeln würde, hätten wir Sie nicht aufgesucht, denn wer braucht heutzutage keinen Psychiater? Zumindest all diejenigen, die im Getriebe eines auf Produktion und Reproduktion beruhenden Systems stecken. Mein Bruder war stets Rationalist, Mitglied der PSUC, also Kommunist, und bestimmt keiner von denen, die an Hexen und Geister glauben, verstehen Sie? Brot ist Brot, Wein ist Wein, und zwei und zwei sind vier. Um Ihnen nur ein Beispiel zu nennen: Er legte sich mit mir an, weil er mich für einen Vagabunden hält, der nichts Nützliches leistet. Meine Freundin und ich, wir sind Schauspieler. Bestimmt haben Sie uns schon bei Demonstrationen auf den Ramblas unter Ihren Fenstern vorbeimarschieren sehen. Sie haben uns wohl nicht bemerkt, weil es so viele Demos gibt.«

Unmöglich, daß ich diese Miniatur übersehen hätte, denkt Carvalho mit Blick auf das Mädchen, und sie weiß, was er denkt, denn sie versucht, sich das Lachen zu verbeißen, indem sie die Wangen einzieht, aber das Lächeln strahlt aus ihren Augen.

»Diese Trutzfeste des Rationalismus und Marxismus liegt nun in Trümmern.«

»Hat Ihm seine Frau mit dem örtlichen Zellenleiter Hörner aufgesetzt?«

Das Mädchen hält mit der Hand das Lachen zurück; er will sich einer Ironie gewachsen zeigen, die ihn beleidigt hat. »Nein, nichts dergleichen. Das ist etwas Materielles, und wovon ich rede, ist etwas Immaterielles, Übernatürliches.«

»Schade, daß ich nicht mit Spezialeffekten dienen kann. Wenn Sie vorher Bescheid gesagt hätten, hätte ich für Windgeheul, Kettengerassel und unheimliche Klagelaute gesorgt.«

Biscuter steckt den Kopf aus der Küche, wo ein *sofrito* brutzelt. Er hat das Wort »übernatürlich« aufgeschnappt, und seine Augen schielen noch mehr als sonst, während sich seine Lippen in völliger Hingabe zu einem winzigen O runden. »Mein Bruder ist Bauführer, ein unbestreitbar materialistischer, realistischer Beruf. Er ist den ganzen Tag mit dem Auto unterwegs, von einer Baustelle zur andern. Vor zwei Monaten war er auf der Rückfahrt von Sant Llorenç del Munt, als es schon dunkel wurde. In Sabadell holte er seine Verlobte ab; sie wollten in Barcelona essen und ins Kino gehen. Dann fuhr er mit ihr Richtung Molins del Rei, wo er den letzten Tagestermin hatte, und sah eine Frau am Straßenrand stehen, die das Anhalter-Zeichen machte. ›Fahren Sie nach Molins?‹ – ›Ja.‹ – ›Ich auch.‹ – ›Steigen Sie ein!‹ Sie stieg ein, setzte sich nach hinten, und mein Bruder fuhr wieder los. Es regnete ein wenig, und beide, mein Bruder und seine Verlobte, achteten aufmerksam auf die Straße. Die Mitfahrerin auf dem Rücksitz sagte keinen Piep. Am Ende einer langen Geraden aber bemerkte sie: ›Achtung, diese Kurve ist sehr gefährlich.‹ Er ging sofort auf die Bremse, trotzdem kam das Auto etwas in Schleudern. ›Tatsächlich ganz schön gefährlich‹, sagte mein Bruder, als es vorbei war. Als die Frau nicht antwortete, drehte er sich um und wollte es wiederholen, erstarrte aber beinahe zu Stein. Die Frau war verschwunden, stellen Sie sich vor! Beide wurden hysterisch.

›Sie ist rausgefallen! Sie ist rausgefallen!‹ schrie die Verlobte. Unmöglich, die Tür war geschlossen. Trotzdem fuhr mein Bruder zum Anfang der Kurve zurück, hielt an, beide stiegen aus und untersuchten jeden Quadratzentimeter. Sie leuchteten alles mit den Autoscheinwerfern und einer Campinglampe ab, die mein Bruder immer griffbereit hat. Nichts. Die Frau blieb verschwunden. Vielleicht war sie einen Abhang hinuntergestürzt. Sie hatten nicht die nötige Ausrüstung, um sie dort zu suchen. Also fuhren sie zum nächsten Posten der Guardia Civil. Ein Sergeant nahm sie in Empfang und hörte sich die Geschichte an, die mein Bruder so realistisch wie möglich erzählte, das heißt, es stand für ihn fest, daß die Frau aus dem Auto gefallen war und die Tür durch den Fahrtwind oder etwas anderes von selbst wieder zugefallen war. Der Sergeant sagte zunächst gar nichts, antwortete nicht einmal. Dann ging er zu einem Tisch, zog eine Schublade auf, nahm ein Foto heraus und gab es den beiden. ›Ist sie das?‹ Sie sahen sich das Bild an und schauten noch mal hin. Ja. Sie hatten sie ja nicht so genau angesehen, aber es gab keinen Zweifel, das war die Frau, die ins Auto gestiegen war. ›Das ist das siebte Mal, daß mir jemand diese Geschichte erzählt‹, sagte der Sergeant. ›Das Erstaunliche an der Sache ist, daß diese Frau vor vier Jahren genau in dieser Kurve bei einem Autounfall ums Leben kam.‹«

»Verdammt!« entfährt es dem halb versteckten Biscuter, und das Pärchen sieht sich erschrocken um.

»Das ist mein Assistent. Er ist aus Fleisch und Blut, nicht viel, aber echt.«

Carvalho zündet sich eine unbezweifelbar reale Condal Nummer sechs an, seine Lieblingszigarre.

»Weder mein Bruder noch seine Verlobte kannten die Geschichte. Eine mögliche Einbildung scheidet also aus. Ein absolut vertrauenswürdiger Anwalt hat die Erklärung des Sergeanten überprüft. Mein Vater und ich selbst machten die sieben Leute ausfindig, die diese Anhalterin mitgenommen hatten. Sie war jedesmal verschwunden, genau wie bei meinem Bruder. Alle sind sich darüber einig, und nur einer von ihnen kannte die Geschichte schon vorher, weil er aus demselben Dorf wie die Erscheinung stammt.«

»Und was ist mit Ihrem Bruder und seiner Verlobten?«

»Sie ist in einer psychiatrischen Klinik, und mein Bruder ist völlig zusammengebrochen, in Behandlung bei Geistesklempnern aller Art, von logischen Psychologen über die mit der Couch bis hin zu Pillenpsychiatern.«

»Ich bin weder Geistesklempner noch Medizinmann.«

»Wir wollen, daß Sie die Sache analysieren, in einem logischen Denkprozeß, und zu Schlußfolgerungen kommen.«

»Sie sagen, Ihr Bruder sei Kommunist. Gehört er zum rationalistischen oder zum katholischen Flügel?«

»Zu Hause waren wir nie katholisch, und mein Bruder am wenigsten von allen.«

»Ist er mystisches Parteimitglied?«

»Wie meinen Sie das?«

»Glaubt er an die Gemeinschaft der marxistischen Heiligen und die Auferstehung des Leibes im irdischen Paradies?«

»Mein Bruder ist, vielmehr war, immer ein Mann, der mit beiden Beinen fest auf dem Boden steht.«

»Las er die Märchen von Andersen oder Hoffmann?«

»Mein Bruder las die Bücher fürs Abitur, dann die in der Schule für Bauingenieure, *Was kommt nach Franco?* von Carrillo und die Parteizeitungen.«

»Schreibt er Gedichte, spielt er Flöte oder Gitarre?«

»Ich weiß nicht, ob es die Sache ganz klärt, wenn ich Ihnen sage, daß wir Antithesen sind: ich könnte Flöte spielen oder Verse schreiben, obwohl ich weder das eine noch das andere tue. Er niemals.«

»Kurz und gut, ein vernünftiger Mensch, dem mitten im Ausverkauf des Franquismus eine Tote erscheint. Ein Komplott. Der Fall ist ein Leckerbissen, unbestritten, aber ich kann ihn im Moment nicht übernehmen. Vielleicht, wenn ich den vom Hals habe, an dem ich gerade arbeite. Wenn ich dann noch am Leben bin. Biscuter, schreib alle Möglichkeiten auf, wie ich die Herrschaften erreichen kann!«

Biscuter notiert sich Adressen und Telefonnummern des Mannes.

»Und Sie, haben Sie keine Adresse?«

»Sie hat mit der Geschichte nichts zu tun, sie kam nur mit. Sie finden uns jedenfalls fast jeden Abend im *Sot*.«

»Sie sind also Studenten von Marcos Núñez, stimmt's?«

»Er gab uns Ihre Adresse.«

Núñez hat also aus der Ferne diese Farce inszeniert und lacht wahrscheinlich gerade wie ein Irrer über mich.

»Ich arbeite nur auf Rechnung.«

»Das dachte ich mir.«

»Bezahlen Sie?«

»Mein Vater.«

»Was arbeitet Ihr Vater?«

»Baugeschäft. Solvent. Keine Bange!«

»Wäre er damit einverstanden, wenn ich den Fall übernähme?«

»Ich kann ihn hierherbringen; Sie können sich selbst überzeugen.«

»Ich melde mich bei Ihnen!«

Eine Frau im Taschenformat. Als sie hinter ihrem Begleiter zur Tür hinausgeht, stellt sich Carvalho vor, wie sie auf seinem Penis reitet, die Hände auf seine Brust gestützt, den Kopf mit geschlossenen Augen in den Nacken geworfen, die Zunge zwischen den Zähnen, um ein leichtes Keuchen zu unterdrücken. Der Endivienkopf schwingt hoch und runter, als blase ihn jemand aus dem Innern des Köpfchens mit dem kleinen Gesicht an.

»Was glauben Sie, Chef?«

»Nichts. Ich glaube gar nichts.«

»Ist denn sowas möglich?«

»Eine Wintergeschichte. Paßt nicht in den Frühling. Wie Geschichten von Bären und Wasserleichen, die am Grund von Meeren, Seen, Flüssen und Tümpeln hausen.«

»Also, ich bekam eine Gänsehaut.«

»Für mich ist das Ganze ein Komplott des Bischofs und der Christen für den Sozialismus, mit dem Ziel, den Untergang der Kirche zu verzögern. Laß mich in Ruhe damit, Biscuter! Ich will was essen.«

»Soll ich Ihnen das von gestern aufwärmen? Wissen Sie noch? Nierchen in Sherry und Pilaf.«

»Was brutzelst du da jetzt gerade?«

»Hähnchen mit Artischocken.«

»Das schmeckt morgen gut, wenn es aufgewärmt ist. Gib mir die Nieren und den Reis, aber wenn er hinüber ist, wirfst du ihn weg und machst einen neuen!«

Als er ein paar Stunden später wieder in Berlin anruft, ist nicht Rhombergs Schwester am Telefon, sondern ihr Mann. Ja, es stimmt, Peter Herzen und Dieter Rhomberg sind identisch. Der Avis-Angestellte, der ihm das Auto vermietet hat, hat ihn wiedererkannt.

»Sie werden verstehen, daß wir großen Kummer haben. Wie sollen wir es bloß dem Jungen beibringen, daß sein Vater tot ist?«

»Es ist ja möglich, daß Dieter sein Verschwinden selbst arrangiert hat.«

»Selbst arrangiert? Aber wie denn? Warum denn?«

»Was meint denn die deutsche Polizei?«

»Nichts. Wir haben der Polizei alles erzählt, was wir von Ihnen erfahren haben. Ich glaube, sie wollen jetzt über Interpol die Spanier einschalten, damit Sie ihnen alles erzählen, was Sie wissen.«

»Ich wäre Ihnen dankbar, wenn Sie mich auf dem laufenden halten könnten.«

»Sicher. Aber jetzt muß ich Schluß machen. Ich ... Die Sache hat uns sehr mitgenommen.«

Der Nachgeschmack der Nieren wird schal, und vor Aufregung, beinahe Angst, steigen Sherrydünste aus seinem Magen auf. Als sei ihm plötzlich klargeworden, daß er sich zu weit vorgewagt hat, auf Wege, von denen es kein Zurück gibt, nur überraschende Unwetter. Carvalho muß mehrmals tief durchatmen, um die verlorene gute Laune wenigstens teilweise wiederzufinden. Er sieht jetzt die Dimensionen eines gigantischen Falles klar vor sich, ebenso das Mißverhältnis zu ihm selbst, dem kleinen Privatdetektiv, dem Hosenschlitzschnüffler, der an kleinen unbedeutenden Fällen arbeitet. Nein, er ist wirklich nicht mehr der CIA-Mann voller Verachtung und Zynismus, der imstande war, auf den Präsidenten zu schießen und sich in die Höhle größerer Löwen zu wagen.

Dieter saß damals am Steuer, als sie nach L. A. fuhren und in Beverly Hills ein Hotel suchten. Sie waren beinahe mit einem ins Schleudern geratenen Buick zusammengestoßen und kurvten nun im Schneckentempo die Berge hinauf, völlig entnervt von der langen Fahrt und der soeben erlebten Gefahr. Lokale, Kinos, Supermärkte bildeten eine schon schlafende Stadt, verlassen aus Angst vor der Nacht. Plötzlich tauchte ein Mann im Trainingsanzug auf dem Gehweg auf, der wie ein Langstreckenläufer lief, die Haare auf null zurückgeschnitten und rhythmisch atmend.

»Ein Medizinmann, der trainiert, um in Form zu bleiben«, erklärte Jaumá, und die Atmosphäre entspannte sich. Dieter parkte, um zu sehen, welche Route der Sportler nehmen würde. Wenige Meter hinter ihm tauchte ein Streifenwagen aus der Nacht auf.

»Er wird eskortiert.«

»Eher beschattet.«

Als er auf der Höhe ihres Wagens war, lief der Leichtathlet ohne mit der Wimper zu zucken vorbei, und der Beifahrer im Streifenwagen tippte sich mit dem Finger an die Schläfe, um zu zeigen, daß der Läufer nicht ganz richtig im Kopf sei. Wie um ihre Autorität vor den unerwarteten Zeugen zu demonstrieren, überholten sie ihn und bremsten quietschend, stiegen gleichzeitig aus und wandten sich barsch an den Sportler.

»Halt! Bleiben Sie stehen!«

Der Leichtathlet machte keinen Schritt mehr vorwärts, trippelte aber weiter auf der Stelle, wohl um die Muskeln warm zu halten.

»Was machen Sie hier?«

»Ich laufe.«

»Das sehe ich selbst. Aber wieso? Ist das die richtige Zeit zum Laufen?«

»Bei Tag arbeite ich und nachts laufe ich.«

»Sind Sie Mitglied eines Sportvereins?«

»Ich laufe nicht in Gesellschaft. Immer allein. Gibt es irgendein Gesetz, das es mir verbietet, um diese Zeit auf dem Gehweg zu laufen?«

»Nein.«

»Also?«

»Sie riskieren, daß man auf sie schießt. Die Leute mögen es nicht, wenn jemand um zwei Uhr früh läuft.«

»Haben Sie das überprüft?«

»Was?«

»Daß die Leute es nicht mögen.«

»Das sagt einem der gesunde Menschenverstand.«

Der Mann sprang immer noch von einem Fuß auf den andern. Die Polizisten musterten ihn sekundenlang streng, warfen dann einen flüchtigen Seitenblick auf Dieters Auto und gaben die Bahn frei. Der Läufer beschleunigte sein Tempo im Stehen, als säße er auf einem Heimtrainer, und startete dann bergauf, wieder im alten Schritt und Rhythmus. Die Polizisten kamen zu dem parkenden Auto und verlangten die Papiere. Während der eine sie überprüfte, hielt der andere die Hand am Revolver und runzelte die Stirn über Augen, die den unermüdlichen Langstreckenläufer verfolgten.

»Wollen Sie im Auto schlafen?«

»Nein, wir fahren zum *Golden Hotel.*«

»Diese Straße runter und dann links. Bitte halten Sie unterwegs nicht mehr an! Es ist nicht die richtige Zeit, um auf der Straße frische Luft zu schnappen.«

»Macht der jede Nacht einen kleinen Lauf, so wie heute?« fragte Jaumá und deutete auf den Leichtathleten, der gerade hinter einer Steigung verschwand.

»In diesem Viertel habe ich ihn noch nie gesehen. Er spinnt! Er kann jederzeit aus irgendeinem Fenster abgeknallt werden.«

»Warum?«

»Die Leute mögen es nicht, wenn etwas Ungewöhnliches passiert. Solche Dinge machen ihnen Angst, und dann ziehen sie den Colt oder holen das Gewehr aus dem Schrank.«

Jaumá stieg die Treppe zum Hotel hinauf wie ein Marathonläufer und betrat die Eingangshalle, schnaufend wie ein geübter Leichtathlet. Der Nachtportier verzog keine Miene. Er half ihnen, das Gepäck zum Lift zu tragen, und zeigte ihnen die Zimmer, in denen lediglich Gloria Swanson oder Mae West im

Negligé fehlten. Verschnörkelte Bettgestelle aus Holz in silberbronze und cremefarbenem Lack, gedrechselte Füße und über dem Kopfteil ein gewölbter Betthimmel, der in der Mitte eine riesige illuminierte Alabasterrosette mit einer Königskrone freiließ. Himmelblauer Kitschteppich, kombiniert mit rosa- und bronzefarbenen Möbeln, Bad mit Empire-Badewanne, Marmor und Chrom in Form exotischer Tiere und Gewächse. Ein Farbfernseher wie eine Luxustruhe.

»Ist die Bar in Betrieb?«

»Wenn ich will, schon«, antwortete der Nachtportier, Page, Liftboy, Telefonist und Barkeeper.

»Ich hoffe, Sie werden uns mit Vergnügen bedienen! Ich möchte kalten Champagner und ein heißes Girl.«

»Den Champagner kann ich Ihnen sofort servieren, das Girl erst in zwei Stunden.«

»Dann will ich nur Champagner.«

Lange Reisen machten sein Geschlecht reizbar, und der Lieblingssohn jeden Mannes rührte sich hinter seinem Hosenschlitz und verlangte aufzustehen. Wenn einer der beiden andern mit ihm wach bleiben würde, um sich die zwei Stunden zu vertreiben ... Dieter schlief bereits in der kubischen Tiefe seines riesigen Körpers. Jaumá hatte einen viel zu weiten Seidenpyjama angezogen und war damit beschäftigt, die verschiedenen geometrischen Muster der einzelnen Fernsehkanäle zu begutachten.

»Kommen Sie, Carvalho! Ich suche Bilder, die hypnotisch genug sind, um mich schläfrig zu machen. Das Rauschen hilft sehr. Ich bin nervös.«

Er erzählte ihm das mit dem Champagner und dem Mädchen.

»Zwei Stunden? Kein seriöser Service. Die müssen ja am andern Ende von L. A. wohnen!«

Der Nachtportier brachte den Champagner und ein Glas, und es gefiel ihm gar nicht, daß sie noch eins wollten. Sein Ärger verflog allerdings, als ihm Jaumá fünf Dollar Trinkgeld gab.

»Und wieso dauert es so lange mit den Girls?«

»Um diese Uhrzeit kommen höchstens Schwarze oder Chicanas, und die wohnen siebzig Kilometer von hier, bei Watts, am andern Ende von Los Angeles.«

Jaumá betrachtete seinen Hosenschlitz und philosophierte:

»In zwei Stunden kann so viel in der Seele eines Mannes vor sich gehen!«

Das Telefon spielt verrückt. Die Polizei: er möge so schnell wie möglich vorbeikommen. Gausachs: er würde ihn gerne sprechen. Fontanillas: er müsse sich dringend mit ihm unterhalten. Concha Hijar: sie würde auch in seinem Büro vorbeikommen.

Gausachs empfängt ihn in seinem Chefsessel aus gepunztem Leder, flankiert von drei Ausländern, in deren Gehirn es ganz offensichtlich zu klickern beginnt, sobald Carvalho den Raum betreten hat. Menschliche Computer, die ihn abschätzen und berechnen.

»Was haben Sie da nur angerichtet?«

Trotz des Tadels und des aufgebrachten Tonfalls betont Carvalho, es sei an der Zeit, ihm respektvoller zu begegnen.

»Wenn Sie sich nicht so aufgeführt hätten, könnte Rhomberg noch leben.«

»Ich habe sein Auto nicht in den Fluß geschubst, und ich habe ihn auch nicht verschwinden lassen.«

»Niemand hat das Auto in den Fluß geschubst. Er ist da runtergestürzt, und früher oder später wird man auch seine Leiche finden. Aber Dieter kam doch nur hierher, weil Sie Himmel und Hölle in Bewegung setzten, um mit Ihren absurden Nachforschungen voranzukommen.«

Gausachs wendet sich an die Männer neben ihm und sagt auf englisch: »Möchten Sie selbst mit ihm reden?«

Einer der drei, man sieht ihm an, daß er keinen Widerspruch gewohnt ist und beinahe Pastor von Wakefield geworden wäre, wendet sich in weichem, gepflegtem Englisch an Carvalho.

»Sie verstehen ja Englisch. Nun, meine Gesellschaft ist offen gesagt ziemlich beunruhigt über diese Angelegenheit und möchte so schnell wie möglich einen Schlußstrich ziehen. Im Interesse aller. Sie wissen ja, wie das ist. Wenn der Milchmann an der Ecke in einen kleinen Skandal verwickelt wird, weiß es am nächsten Tag die ganze Straße, und der Mann verliert seine Kunden. Kommt eine Gesellschaft wie die Petnay ins Gerede, dann macht das weltweit Schlagzeilen. Es kann doch niemand ernsthaft daran interessiert sein, weiter in der Sache herumzustochern, doch nicht jetzt, wo bereits indirekt ein unschuldiges Opfer Ihrer absurden Nachforschungen zu beklagen ist. Wir haben natürlich Verständnis für Ihr geschäftliches, sagen wir ruhig finanzielles Interesse an diesem Fall und sind bereit, Sie angemessen zu entschädigen, wenn Sie sich zurückziehen. Wären zweitausend Pfund Sterling angemessen? Wieviel ist das in Peseten?«

Gausachs verkündet den Wechselkurs mit freudigem Tremolo in der Stimme.

»300 000 Peseten. Ein ausgezeichnetes Angebot, Señor Carvalho.«

»Was würden Sie sagen, wenn ich zehntausend Pfund verlangen würde?«

»Vielleicht nichts, aber wir würden das schlimmste von Ihnen denken«, antwortet der englische Pfarrer ironisch.

»Würden Sie mir die zehntausend geben?«

»Diese Forderung ist schlicht und einfach unmoralisch.«

»Die Petnay ist ja wohl nicht gerade berufen, über Moral und Unmoral zu richten.«

Der Pastor zwinkert mit den Augen und studiert die Mienen seiner Kollegen. Die zucken wortlos die Achseln. Gausachs mischt sich ein.

»Lassen Sie mich bitte einen Moment mit Señor Carvalho allein.«

Drei Paar auf Hochglanz polierte Schuhe verlassen den Raum, und Gausachs bietet Carvalho einen Malt Whisky an.

»Sie können natürlich mehr Geld rausholen, als man Ihnen gerade geboten hat, aber sicher nicht die Summe, die Sie angedeutet haben. Verstehen Sie? Wir wollen, daß Gras über die Sache wächst, Sie wollen an der Sache soviel Geld wie möglich verdienen. Gut, einigen wir uns auf einen Kompromiß: 4000 Pfund, Verzeihung, 500000 oder auch 600000 Peseten. Übertreiben Sie's nicht, Carvalho! Die Petnay hat eine Menge Verständnis gezeigt, aber sie kann auch anders. Ich darf Sie daran erinnern, daß die spanische Polizei im Moment nicht besonders gut auf Sie zu sprechen ist.«

»Warum wurde Dieter Rhomberg so plötzlich von der Gehaltsliste der Petnay gestrichen? Warum hat er sich mir gegenüber verhalten, als wäre er auf der Flucht? Warum kommt er inkognito nach Spanien, im Auto, noch dazu in einem Leihwagen? Wie kommt der Wagen in den Fluß, weit weg von der Autobahn? Warum wurde der Ertrunkene in dem fast ausgetrockneten Flußbett nicht gefunden? Warum bestehen Sie so eifrig darauf, daß es ein Unfall war? Warum bieten Sie mir 600000 Peseten an, damit ich den Fall aufgebe? Das sind die Fragen, die mich bewegen.«

»Ich will Ihnen sagen, was in ein paar Stunden als offizielle Version gelten wird, mit gutem Grund, weil es sich nämlich tatsächlich so zugetragen hat: Rhomberg steckte in einer schweren Krise, persönlich und beruflich. Er hat den Tod seiner Frau wohl nie so recht verwunden. Er hat nicht nur die Petnay verlassen, er hatte auch beschlossen, rund um die Welt zu reisen, auf der Suche nach sich selbst. Sie scheinen den Fall Jaumá und den Fall Rhomberg miteinander verquicken zu wollen, ohne irgendwelche Beweise für eine Verbindung zwischen den beiden zu haben. Rhomberg war auf dem Weg nach Barcelona, um die Sache abzuschließen und damit seinem Freund Jaumá gegenüber eine letzte Pflicht zu erfüllen, aber unterwegs kam er, weiß Gott wie, von der Straße ab und stürzte in den Fluß. Er verschwand auf Nimmerwiedersehen. Genausogut ist es allerdings möglich, daß er wieder auftaucht, in ein paar Monaten, ein paar Jahren, die er, durch den Trick mit dem verunglückten Wagen vor Nachforschungen sicher, auf der Suche nach sich selbst verbracht hat. Das wär's, aus unserer Sicht. Und ich glaube, daß unsere Erklärung um einiges wahrscheinlicher klingt als Ihre Phantastereien. Jedenfalls wird sich die Öffentlichkeit damit zufriedengeben, um so mehr, als es niemanden gibt, der großes Interesse daran hat, Gespenster zu sehen, wo keine sind.«

»Und die Witwe Jaumás? Und Rhombergs Familie?«

»Halten sich an die Version der Petnay. Die einzig mögliche. Ich erwarte Sie morgen um zehn hier in meinem Büro. Mit einer unterschriebenen Erklärung, in der Sie den Fall Jaumá und den Fall Rhomberg für abgeschlossen erklären und die offizielle Version anerkennen. Und ich werde hier auf diesem Schreibtisch, neben meiner Hand hier, einen Scheck über eine halbe Million Peseten bereithalten.«

»Wissen Sie, daß Jaumá in der letzten Bilanz ein Loch von zweihundert Millionen Peseten entdeckt hatte?«

»Sie sind wirklich phantastisch. Das muß man Ihnen lassen. Wo haben Sie denn das jetzt wieder her? Von Jaumás Haus-und-Hof-Buchhalter?«

»Die Petnay war über die zweihundert Millionen informiert. Sie nicht? Vielleicht fragen Sie mal den Pastor von Wakefield danach.«

»Von welchem Pastor sprechen Sie?«

»Na dieser Vogel, der als erster versucht hat, mich zu bestechen. Fragen Sie ihn, und morgen um zehn möchte ich die Antwort, neben Ihrer Hand hier, auf diesem Schreibtisch liegen sehen.«

Gausachs ist jetzt wirklich beunruhigt. Carvalho macht auf dem Absatz kehrt, dreht ihm den Rücken zu und marschiert raus. Dabei murmelt er: »Na denn, Prost Mahlzeit!«

Draußen schüttelt er sich vor Lachen. Und dieses Lachen steigt ihm immer wieder die Kehle hoch, während er zu Fuß Fontanillas' Büro zustrebt.

»Welch Glanz in meiner Hütte! Nichts als Schwierigkeiten hat man mit Ihnen.«

»Regen Sie sich nicht auf, Notarchen!«

»Ich bin kein Notar.«

»Sie sehen aber aus wie ein notorischer Notar. Und die Aufregung tut Ihnen gar nicht gut. Das Herz. Ganz ruhig bleiben. Nur keine Aufregung.«

Er setzt sich, ohne um Erlaubnis zu fragen, und stützt die Hände auf die Knie.

Fontanillas spielt nervös mit den Tasten seines Diktaphons, es sieht so aus, als versuche er einen Hilferuf zu morsen. Nur langsam erholt er sich von der Überraschung, die Carvalhos respektloses Auftreten bei ihm hervorgerufen hat.

»Sie werden mir jetzt gleich sagen, daß der Fall Jaumá abgeschlossen ist, daß ich die Finger von der Sache lassen soll und daß Sie meine Dienste nicht länger benötigen.«

»Sie bekommen natürlich das vereinbarte Honorar.«

»Natürlich! Und mehr als das.«

»Und mehr als das, daran soll's nicht liegen.«

»Warum?«

»Weil die Leute endlich ihre Ruhe haben wollen. Weil niemand mehr ruhig schlafen kann, seit Sie an der Sache dran sind. Die arme Concha zum Beispiel, und dann ist da der Unfall von Rhomberg, den praktisch Sie auf dem Gewissen haben.«

»Und Sie? Wollen Sie sich auch Ihren Seelenfrieden erkaufen? Waren Sie es, der Staranwalt und, wie ich den Zeitungen entnehme, kommende Mann der UCD[32], der den Zivilgouverneur unter Druck gesetzt hat, damit sie Jaumás Mörder finden, koste es, was es wolle, irgendeinen, egal, ob der Mann wirklich schuldig ist oder nicht?«

»Wenn ich meinen Einfluß geltend gemacht habe, dann nur, um die Dinge etwas zu beschleunigen. Schon Conchas wegen. Sie muß endlich einmal wieder zur Ruhe finden. Und ich kenne sie, sie gibt keine Ruhe, bevor sie nicht hundertprozentig sicher weiß, was mit Jaumá wirklich passiert ist. Die Polizei hat ja nun, Gott sei Dank, eine hieb- und stichfeste Erklärung. Jaumá ist, zu Conchas Unglück, mit Höschen ums Leben gekommen, Sie wissen ja, was ich meine. Und Rhombergs Verschwinden hat mit dem Ganzen nichts, aber auch gar nichts zu tun!«

»Hat Ihnen Jaumá erzählt, daß die Bilanzen der Petnay seit ein paar Jahren kleine Schönheitsfehler haben? Nun ja, was heißt klein. Heuer fehlten zum Beispiel zweihundert Millionen.«

»Kein Wort. Und ich kann mir auch nicht vorstellen, daß die Petnay von solchen Unregelmäßigkeiten nichts gewußt haben sollte.«

»Aber natürlich haben die Bescheid gewußt. Jaumá selbst hat die Zentrale jedes Jahr aufs neue davon informiert.«

»Völlig absurd. Warum sollte eine Gesellschaft wie die Petnay solche Verluste decken?«

»Genau das ist die Frage.«

»Setzen Sie sich und warten Sie!«

Das Licht scheint die Augen zu beschmutzen, oder vielleicht bereiten sie sich auch nur auf die Wirklichkeit vor, die sie befürchten. Büromöbel aus drei Epochen: vom Historismus mit lackiertem Holz bis zur hohl klingenden Metallzeit, zwischendurch der vergebliche Versuch, alle Büros wie aus Hollywoodfilmen der vierziger Jahre aussehen zu lassen. Schreibmaschinen auf kleinen Rolltischchen. Aber vor allem Leute; Leute, die durchgeschleust werden, und Leute, die mit dem Gefühl bleiben, es sei für immer.

Aus drei Epochen stammen auch die Polizisten in Zivil, die sich in dem Raum aufhalten. Da sind die Alten, pensionsreif, gebeizt von der Düsternis endloser Dienstjahre. Im Gesicht einen Schnurrbart, den sie sich während des Bürgerkrieges wachsen ließen und an dem sie seither Woche für Woche sorgfältig jedes graue Härchen gestutzt haben, bis er sich in jenes seltsame Insekt mit grauen rechteckigen Flügeln verwandelte, das ihnen nun über der ledrigen Schnauze klebt.

Dann die Vierzigjährigen. Verfettete Athleten, Polizisten, die ihre Ideologie noch unter Franco eingeimpft bekamen und seither nichts mehr dazugelernt haben. Die meisten von ihnen haben noch einen zweiten Job, um das Gehalt aufzubessern, verfluchen jede Stunde, die sie hier zwischen lauter Verlierern und Besiegten zubringen müssen, unter dem Abschaum, den es endlos durch die Büros spült.

Und schließlich sind da die Jungen, der Nachwuchs. Langhaarig oder mit sorgfältig getrimmten Haaren wie vielversprechende Banklehrlinge, metallisch ihre gewollte Natürlichkeit, Provinzadvokaten, deren Noten keine andere Karriere zuließen, und Jüngelchen aus Falange-Kreisen, die ihre mystische Pflichtauffassung zum Beruf gemacht haben. Ein paar der Jungen sehen so aus, als hätten sie ihr Handwerk vor dem Fernseher gelernt, von amerikanischen Krimihelden, oder als seien sie FBI-Agenten gefolgt wie Kinder dem listigen Flötenspieler von Hameln. Sie bewegen sich wie Büroangestellte, mit einer mechanischen Aggressivität, ebenso mechanisch wie die Geschicklichkeit eines Installateurs oder Zimmermanns. Und diese Aggressivität verleiht ihnen die Fähigkeit, hart zuzuschlagen und danach sofort wieder entspannt zur Tagesordnung überzugehen, zu vergessen, immer in der Sicherheit, daß von den Geprügelten, den Getretenen keine Gefahr droht. Halbwüchsige Autoknacker, Penner, Ladendiebinnen, Nutten, depilierte Schwuchteln mit falschen Wimpern, zerstrittene Nachbarinnen mit verweinten Augen und zerkratzten Wangen; der Alte, der gerade seine halbwüchsige Nichte niedergestochen hat; ein Jäger, der auf seine Frau schoß, bevor die Jagdsaison eröffnet war. Nicht alle haben im großen Buch unterschrieben, wo alles aufgezeichnet wird. Mancher bleibt am Ende des Flurs, und aus einer Tür, die nur angelehnt ist, hört man Schreie, Protest, Drohungen in einem fensterlosen Zimmer mit keiner andern Lichtquelle als der, die über dem Verlierer hängt wie ein Strick. Wenn sie vom Ende des Flurs wiederkommen, zerschlagen oder auch nicht, in Handschellen und zerknirscht, könnte man meinen, man hätte sie mit Gewalt zur Kommunion gezwungen. Carvalho sieht ihnen durch die offene Tür des Büros nach, bis sie hinter einer Glastür verschwinden.

Er weiß, wie es hinter der Tür weitergeht, kennt den plötzlichen, erschreckenden Übergang von der geschäftigen Welt der

Büros zur dumpfen, kalten Zone aus Beton und Eisen. Die nackte Treppe, die hinunterführt in ein feuchtkaltes Inferno, das mit einer Gittertür geöffnet oder verschlossen wird. Dahinter der lange Gang, an dessen Seiten die Zellen aufgereiht sind. Diesen Gestank nach Scheiße und jahrzehntealter Pisse. »Tür auf!« ruft es von oben. Dann öffnet unten einer die Tür, gemächlich wie ein Nachtwächter, in Erwartung des Häftlings und der zugehörigen Instruktionen. Nachrichtensperre! Nicht in die vier! In der Zelle findet der Häftling seine Identität wieder und überblickt das Ausmaß seiner Niederlage. Dabei weiß er genau, daß er bei diesem Spiel nicht gewinnen kann. In diesen vielleicht nur ein paar Stunden wurde dir etwas genommen, was dir niemand mehr zurückgeben wird. Wie vor und nach der ersten Vergewaltigung.

»Sieh da, Carvalho höchstpersönlich.«

Jemand schlägt ihm so fest auf die Schulter, daß man es kaum noch freundschaftlich nennen kann, und als er den Kopf hebt, sieht er vor sich das rote Gesicht eines Kommissars, der aus einem ausländischen Film stammen könnte, den *Radio Nacional de España* als antispanisches Machwerk bezeichnet hätte, einfach weil es ein Film gegen Franco war. Der zweitklassige Hollywoodschauspieler verschwindet. Das Warten kann wie ein Laken sein, schwarz wie die Nacht, die man absitzen muß zwischen der kantigen Rückenlehne eines antianatomischen Stuhls und der Möglichkeit, zwischen zwei Türen ein paar Schritte über den Flur zu gehen. Sie lassen Carvalho wie ein aufgegebenes Gepäckstück bei dem Jäger sitzen, der Jagd auf seine eigene Familie gemacht hat. Ein mickriger Sonntagstäter, der auf seine Handschellen starrt und völlig ungeübt weint, als müßten gleich seine Nasenflügel bersten.

»Remei! Arme Remei!«

»Ja, ja, arme Remei! Hättest du das mal vorher gedacht, bevor du geschossen hast!«

»Remei! Arme Remei!« Der Jäger lamentiert weiter, ohne auf die Vorhaltungen des jungen Inspektors zu hören, der gerade vorbeigeht. Er hebt die geröteten Augen zu Carvalho.

»Fünfundzwanzig Jahre verheiratet und nie was gewesen! Hier war ich noch nicht einmal, um einen Reisepaß abzuholen. Wozu hätte ich auch einen gebraucht. Ich hab ein kleines Häuschen, und da fahren wir sonntags immer hin.«

»Haben Sie sie umgebracht?«

Er schüttelt das gesenkte Haupt und windet sich in Krämpfen, die Tränen aus unbekannten Tiefen zutage fördern wollen.

»Das Mädchen! Ich habe auch das Mädchen getroffen!«

Jetzt gelingt das Weinen schon besser, wenigstens hat es an Flüssigkeit und Nasenschleim gewonnen. Er sucht ein Taschentuch, das er nicht hat. Carvalho nimmt ein weißes Blatt Papier vom Tisch und reicht es ihm.

»Sie werden Ärger kriegen!«

»Schneuzen Sie sich!«

Der Gefesselte schneuzt sich mit einer lebendigen Hand, während die andere daneben wie leblos herabhängt.

»Die Ärmste! Sie war mit nichts zufrieden. Ich wollte im Garten eine kleine Grillstelle bauen, um mal Fleisch zu grillen, weil drinnen haben wir Butan, und Fleisch auf Butan grillen, na ja, jedenfalls ist es nicht dasselbe. Ich hab also Backsteine gekauft, die feuerfesten. Wie heißen die noch mal?«

»Schamott.«

»Genau, Schamott. Und dann hab ich einen guten Eisenrost beim Schmied geholt, so groß, daß man Steaks für ein ganzes Regiment grillen kann. Wir sind ja manchmal zwanzig oder fünfundzwanzig Leute. Mal kommt der Freund von der Tochter, mal mein Bruder mit seinen Kindern. Ja, und man kann auch Paella darauf machen! Die Herde heutzutage, ich weiß nicht, was die sich dabei gedacht haben. Keiner denkt daran, daß man auch mal Paella machen will. Auf welcher Flamme denn, bitte schön? Remei sagt immer, wenn sie für mehr als sechs Leute Paella machen will, taugt die Herdflamme nichts. Dann muß man dauernd umrühren, oder die Reiskörner werden ungleich gar. Also gut, ich bau dir draußen eine Feuerstelle! Ich fange also an zu mauern. ›Nein, nicht dorthin, sonst kommt der ganze Qualm ins Haus, ich bin es hinterher wieder, die alles waschen muß.‹ Verflucht noch mal; paßt dies nicht, paßt das nicht, und ich komme ins Schwitzen; der Mörtel ist angemischt, und die halbe Mauer steht schon. Ich gebe der Mauer einen Tritt, und sie sagt, ich sei verrückt. ›Du bist ganz schön plemplem, genau wie deine Mutter!‹ Dann sprudelt es nur so aus ihr raus, und sie zieht über meinen Vater und meine Mutter her. Die Tochter mischt auch mit. Himmelherrgottshurenscheiße! Ich wollte dann ... ich weiß auch nicht, ich wollte einfach, daß sie aufhören, daß das Gedröhne aufhört, mit dem sie mir meinen Kopf vollschwallen. Ich gehe auf sie los, sie rennen zum Gartentor, und das Bla bla bla geht immer weiter. Ich schwör's Ihnen, Señor, bei Gott und allen Heiligen – ich habe keine Ahnung, wie ich ins Haus kam und das Gewehr vom Haken gekriegt habe! Ich wollte bloß, daß sie still sind. Sonst nichts. Remei schreit am Gartentor: ›Jetzt kommt der Hurensohn mit der Knarre!‹ Ich drücke zweimal ab, sie rennen weg; ich will nicht, daß sie weglaufen, und halte drauf und schieße und schieße ... bis sie hinfallen. O *madre mía, madre mía*!«

»José Carvalho Larios?«

»Ja.«

»Kommen Sie mit.«

Es ist elf Uhr nachts. Man hat ihn drei Stunden warten lassen.

»Hat er wirklich Frau und Tochter umgebracht?«

»Verletzt.«

»Schwer?«

»Das Mädchen schon. Die Frau ist mit einer Schramme und dem Schrecken davongekommen. Gehen Sie rein!«

Der Kommissar, der ihm am frühen Abend auf die Schulter geschlagen hatte, sitzt hinter einem Schreibtisch am anderen Ende des Zimmers.

»Es hängt einzig und allein von Ihnen ab, wie lange das hier dauert. Ich möchte von Ihnen wissen, was Sie mit Rhomberg zu tun hatten, und warum er unter falschem Namen nach Spanien einreiste. Ich will alles von Ihnen hören, was Sie über diesen Fall wissen!«

Carvalho fängt bei Adam und Eva an, das heißt in den Vereinigten Staaten, während der Kommissar über seine Brille weg ein paar Unterlagen studiert, die todsicher mit Carvalho zu tun haben.

»Ist Ihnen eigentlich bekannt, daß es spanischen Bürgern verboten ist, in einer Organisation wie dem CIA ohne entsprechende Genehmigung mitzuarbeiten?«

»Ich habe als Spanischlehrer angefangen, ohne zu wissen, daß der CIA mein Arbeitgeber war. Als ich es dann rauskriegte, hatte die Sache schon angefangen, mir Spaß zu machen. Aber als ich den Dienst quittierte, habe ich gleich zwei spanische Ministerien über meinen Exjob informiert: Innen- und Außenministerium.«

Er fährt mit seiner Geschichte fort, endet mit dem Gespräch, das er mit Rhombergs Schwager geführt hat, und reicht das Telegramm, das Rhomberg ihm aus Bonn geschickt hat, über den Tisch.

»Sie kommen noch in Teufels Küche, wenn Sie nicht endlich aufhören, in der Sache rumzustochern! Der Fall Jaumá ist abgeschlossen. Ein für allemal. Wir haben den Mörder. Wir haben ihn hier, ein paar Zimmer weiter, und er hat gestanden. Ein Typ aus Vic. Jaumá tauchte in der Bar auf, die seiner Schwiegermutter gehört, und machte sich an seine Frau ran. Die Schickse verdient das Taschengeld für ihren Mann im Bett, aber Jaumá ging wohl zu scharf ran. Jedenfalls beschwerte sie sich bei ihrem Mann, es gab eine Rauferei, und den Rest können Sie sich selber ausmalen. Und was Rhomberg angeht, den hat entweder der Fluß mitgeschleift, oder er hat sich heimlich aus dem Staub gemacht, um in Ruhe auf Weltreise gehen zu können.«

»In diesem Fluß könnte nicht einmal eine Konservenbüchse untergehen.«

»Jetzt hören Sie schon auf. Es hat eine Menge geregnet, entsprechend tief ist der Fluß jetzt. Aber darauf kommt's gar nicht mehr an. Ich soll Sie nur informieren, daß alles geklärt ist, hieb- und stichfest. Sie geben mir jetzt Ihre Erklärung zu Rhomberg schriftlich. Ich lese mir das dann durch, und wenn es mit dem übereinstimmt, was Sie mir gerade erzählt haben, dann können Sie gehen. Aber noch mal: seien Sie vernünftig! Der Tip kommt übrigens nicht von mir, sondern von ganz oben.«

Er zeigt mit einem Finger zur Decke, und alle blicken nach oben. Dann kämpft ein junger Polizist im Zwei-Finger-Suchsystem gegen die Tasten seiner Schreibmaschine und seine Formulierungsprobleme an, um Carvalhos Erklärung zu Papier zu bringen. Von Seite zu Seite wächst seine Wut über die vielen Tippfehler. Carvalho diktiert ihm schließlich wörtlich, mit Punkt und Komma, und eine Stunde später, es ist nach Mitternacht, studiert der Kommissar das Opus unter der gespannten Anteilnahme von Carvalho und dem jungen Beamten.

»Gut. Sie können gehen. Aber denken Sie daran, was ich Ihnen gesagt habe!«

»Ist Jaumás Mörder immer noch hier?«

»Das Verhör ist gerade zu Ende. Haben Sie ihn nach unten in eine Zelle gebracht?«

»Noch nicht. Er spricht gerade mit seiner Schwiegermutter.«

»Kann ich ihn sehen?«

»Sehen ja, sprechen nicht.«

In einem Büro am anderen Ende des Gangs sitzt der weinerliche Jäger mit einer Frau im reifen Alter. Er stellt sie als seine Schwester vor. Eine Frau um die Fünfzig, noch hübsch und frisch, mit zwanzig Kilo zuviel, die ausgezeichnet verteilt sind. In einer andern Ecke plaudert Paco der Viehdieb entspannt und fröhlich grinsend mit seiner Schwiegermutter. Er steckt in einem alten Jeansoverall. Das lange Haar lockt sich um den Kopf, ein hübscher Bursche, wie von einem Kitschbild, der gelassen Carvalhos Blick pariert. Der Mann ist von sich überzeugt und die Ruhe selbst.

»Der Viehdieb? Wo hat er denn den Namen her?«

»So hat man ihn angeblich schon als Kind genannt. Als er noch in seinem Dorf in Andalusien Hühner klaute. Später sind seine Eltern dann nach Katalonien gezogen. Er hat ein schmales Vorstrafenregister, Gewohnheitsverbrecher. Dann hat er in die Bar eingeheiratet und sich seither anscheinend zurückgehalten. Alles, was die Guardia Civil ihm vorwirft, ist, daß er seine eigene Frau verkuppelt.«

»Ein Zuhälter auf dem Dorf!«

»Kommt öfter vor, als man denkt.«

Der junge Polizist wünscht Carvalho übertrieben höflich gute Nacht, und dann schlüpft der Detektiv unter den mißtrauischen Augen der Wache in die kalte Nacht hinaus. Er fühlt sich so ausgehungert und durstig, als hätte er mehrere Tage lang nichts zu sich genommen Er fühlt sich, als hätte er sich mindestens eine Woche lang nicht rasiert. Und das alles nach nur vier Stunden auf dem Präsidium.

Er geht sein Auto holen, das er in der Nähe seines Büros geparkt hat, aber er hat kaum fünfzig Meter in der Freiheit zurückgelegt, da hört er in seinem Rücken schnelle Schritte und Stimmen. Biscuter und Charo stürzen hysterisch auf ihn zu.

»Ist alles in Ordnung, Chef? Hat man Sie gut behandelt?«

»Pepe! O Pepe. Mein Pepito!«

Charos Lippen bedecken sein ganzes Gesicht mit kleinen Küssen.

»Jetzt habt euch doch nicht so! Ich war schließlich nur vier Stunden drinnen.«

»Bei dem Haus weiß man zwar, wann man reingeht, aber nie, wann man wieder rauskommt.«

»Biscuter hat recht. Er hat mich abends angerufen, und ich habe fast durchgedreht, als es immer später wurde.«

»Und deine Kunden?«

»Die können mich mal ...«

»Ich hab ein Essen auf dem Herd, Chef, Sie werden sich die Finger lecken.«

Biscuter und Charo treiben Carvalho mit ihren Fragen vor sich her. Aufgeräumt erreicht er sein Büro, wenn auch die Erzählung seiner Erlebnisse unterwegs eine Art Frage-und-Antwort-Spur hinterlassen hat. Es gibt Sepia mit Kartoffeln und Erbsen, die sie mit einer Flasche Montecillo begießen. Charo nimmt nur Sepia, verschmäht Sauce und Beilagen, trinkt aber genüßlich Wein, was ihr einmal mehr Carvalhos Kritik an ihrer Art, Diät zu halten, einträgt. Nach dem Essen stecken sich Biscuter und Carvalho eine Montecristo Special an.

»Die Witwe hat angerufen. Ich weiß nicht wie oft.«

»Welche Witwe? Die von Franco?«

»Von Jaumá, Chef. Immer wieder. Sie müsse Sie heute unbedingt noch sprechen.«

»Morgen ist auch noch ein Tag.«

»Und Núñez. Der ist auch ungeduldig. Er hat gesagt, er wartet auf Sie im *Sot*, wenn Sie vor drei Uhr aus dem Gefängnis kommen sollten.«

»Ich war nicht im Gefängnis, Biscuter.«

»Für mich macht das keinen Unterschied. Ich war noch nie auf dem Kommissariat, ohne daß ich anschließend nicht mindestens sechs Monate hinter Gittern saß.«

»Ich werde mir jetzt anhören, was Núñez auf dem Herzen hat, und dann fahre ich auf dem schnellsten Weg nach Hause. Ich will endlich meine Ruhe haben.«

»Nicht heute nacht, Pepiño. Heute nacht komme ich mit.«

»Wenn du unbedingt willst.«

Charo küßt ihn in Schulterhöhe aufs Jackett und legt den Arm um seine Taille, als sie die Treppe hinuntergehen. Er läßt sie vor dem *Sot* im Auto warten und verzieht sich mit Núñez in eine Ecke der Bar. Carvalho informiert ihn über die Niederlagen des Tages. Jemand hat der Polizei einen wunderschönen Mörder geliefert, und Rhombergs Leiche bleibt wahrscheinlich immer verschwunden.

»Jetzt hängt alles von der Witwe ab. Wenn sie einen Rückzieher macht, habe ich kein Recht, an der Sache dranzubleiben.«

»Ich versuche sie rumzukriegen.«

»Nur ein paar Tage. Eine Woche. Ich brauche nur noch eine Woche. Dann weiß ich zumindest, ob ich mich geirrt habe.«

In einem Grüppchen entdeckt er das Mädchen, das den Erzähler der unheimlichen Begegnung auf der Landstraße begleitet hat.

»Wo ist dein Freund?«

»Ich habe keinen Freund. Er ist höchstens ein Bekannter, aber er ist nicht da.«

»Wie schade! Ich würde gerne die Gelegenheit nutzen, aber ich bin die ganze Nacht beschäftigt.«

»Das Jahr hat noch über zweihundert Nächte.«

»Essen wir morgen zusammen?«

»Hui, einer von der schnellen Truppe! Ich weiß nicht. Ich überleg's mir.«

»Ruf mich an!«

Das Mädchen wendet ihm ihr lächelndes Gesicht zu, als er sich umdreht. Núñez wirkt wie ein Gastgeber, der hinter dem sich verabschiedenden Gast hergeht.

»Stellen Sie sich tot! Rufen Sie Concha nicht an. Gehen Sie nicht ans Telefon, wenn sie anruft, lassen Sie sich verleugnen! Ich werde ihr erzählen, daß Sie sich ein paar Tage außerhalb von Barcelona umsehen.«

« Das stimmt sogar.«

»Sie fahren weg?«

»Nur ein kleiner Ausflug. Ich möchte mir einen Fluß ansehen und eine beschauliche Kleinstadt.«

»Vic?«

»Genau.«

Charo wirft sich mit vorgeheizter Leidenschaft über ihn, die die ganze Fahrt über anhält. Im dunklen Flur seines Hauses streifen ihm kundige Hände die Kleider ab, sein Penis wird zunächst von zwei festen Lippen umschlossen und dann von einer kleinen Zunge zur Erektion getrieben, bis er den Zähnen begegnet, die ihm den Weg freigeben. Die nackte Frau läßt sich auf alle viere nieder und bewegt sich rückwärts, langsam und vorsichtig, um ihren verwöhnten Leckerbissen nicht zu verlieren. Beim Sofa angelangt, veranlaßt sie den Mann, sich zu setzen, während sie darauf achtet, daß der Kontakt nicht verlorengeht. Nun tauscht sie mit zwei schnellen Bewegungen die Geborgenheit ihres feuchten, heißen Mundes mit der des Geschlechts, das sich in einer weichen Kerbe geöffnet hat. Carvalho verströmt sich, während sein Bewußtsein gespalten bleibt zwischen dem Unterleib und dem Gemurmel kreisender Gedanken, die nicht Gestalt annehmen können.

»Hat's dir gefallen?«

Charo flüstert die Frage in sein Ohr, sicher, gute Arbeit geleistet zu haben.

»Na ja ...«

»Du unverschämter Fiesling!«

Um zu der Stelle am Fluß zu kommen, muß Dieter Rhomberg die Autobahn an der Ausfahrt 6 verlassen haben und auf der Landstraße weiter Richtung Barcelona gefahren sein. Nach ein paar Kilometern hätte er sich dann durch ein Gewirr kleiner Sträßchen zum Fluß durchschlagen können. Warum? Oder, was noch absurder gewesen wäre: Er nahm die Ausfahrt 5 und fuhr in die Gegenrichtung, nach Gerona. Er kann nicht einmal auf der Suche nach einem Imbiß gewesen sein, denn er hat an der Autobahnraststätte kurz vor der Ausfahrt 7 gegessen. Und zwar nicht allein.

»Und die beiden sind gemeinsam weggegangen?«

»Keine Ahnung. Ich kann Ihnen auch nicht mehr erzählen als der Polizei. Da war zunächst dieser Deutsche. An den erinnere ich mich genau, weil ich mir noch dachte, na, heuer kommen sie aber früh. Später setzte sich dann ein anderer Mann an seinen Tisch, so ein kleiner, schmächtiger, dunkler Typ. Ich glaube, er hat den Deutschen gefragt, ob er sich setzen darf.«

»War denn kein anderer Tisch frei?«

»Doch, doch. Wir hatten zwar ein paar Busse, irgendein Dorfverein, der einen Ausflug machte, und das Restaurant war ziemlich voll, aber es gab schon noch freie Plätze. Ah ja, der andere zahlte auch die Rechnung.«

»Und der Deutsche, hat er keinen Versuch gemacht, zu bezahlen?«

»Das hab ich nicht mitgekriegt. Der Kleine kam ziemlich entschlossen an, verlangte die Rechnung, zahlte und ging zum Tisch der beiden zurück. Als ich das nächste Mal hinschaute, waren sie weg.«

»Aber sie sind nicht zusammen hereingekommen?«

»Das weiß ich ganz sicher. Aber ob sie gemeinsam weggegangen sind, weiß ich nicht. Schauen Sie selbst, von hier aus kann man den Parkplatz nicht sehen, gerade mal das Auto, das direkt vor der Tür steht.«

»Hat die Polizei irgend etwas über den Begleiter des Deutschen gesagt?«

»Gesagt nicht, aber sie hatten eine Menge Fragen. Ich konnte ihnen nicht mehr sagen, als daß es ein kleiner, schmächtiger Bursche war, mit viel Bart, er war zwar rasiert, aber man sah, daß er viel Bart hatte, vielleicht, weil er viel Gesicht hatte. Also, ich meine damit, er hatte so ein Gesicht mit großen Flächen, verstehen Sie? Er war kein Katalane. Er sprach so ein ganz trokkenes Spanisch, sehr kastillisch.«

»Trinkgeld?«

»Ein Bein hat er sich nicht gerade ausgerissen. Fünfzig Peseten.«

»Kein Stammkunde? Haben Sie ihn vorher schon mal hier gesehen?«

»Nein. Und ich bin schon 'ne ganze Weile hier in dem Restaurant. Fast drei Jahre. Die andern Kellner wechseln ständig.«

Carvalho nimmt von der Raststätte aus den Weg, den Dieter auf seinem Ausflug zum Fluß eingeschlagen haben muß, und je länger er hin und her kurvt, desto absurder kommt ihm der Umweg vor. So etwas hätte nur ein Geiger des 19. Jahrhunderts gemacht, um das Wasser unter Pappeln rauschen zu hören, deren helle Blattspitzen in der leichten Brise rascheln. Außerdem hätte ein Riese wie Rhomberg in dem Rinnsal in der Flußmitte nie ertrinken können. Und wenn man mal annahm, daß der Deutsche einen Unfall nur vortäuschte, um sich abzusetzen, hätte er ein paar Kilometer weiter nördlich den Río Ter gehabt, einen viel größeren Fluß, ganz zu schweigen von all den Flüssen von europäischen Dimensionen, die er auf seiner schnellen Fahrt von Bonn zum Río Tordera passiert hatte. Obwohl die Wege zum Fluß schlammig sind und seit den letzten Regenfällen von kleinen Sturzbächen als Bett genutzt werden, gelangt Carvalho ohne größere Schwierigkeiten zu der Stelle am Ufer, von wo das Fahrzeug des Deutschen abgestürzt ist. Er kann noch die Spuren des Kranwagens sehen, der den Wagen aus dem Flußbett gezerrt hat, und an den geknickten Zweigen des Ufergebüsches den Sturz des Autos verfolgen.

Carvalho macht kehrt und fährt zurück auf die Hauptstraße, die ihn auf der Nordflanke des Montseny hinüberbringen soll nach Vic. Er ist ein Großstadttier und genießt die klare Luft und das üppig wuchernde Grün der Wälder, die täglich dichter werden, seit der Nachweis der Wirkungslosigkeit pflanzlicher Kohle die kleine lokale Köhlerindustrie vernichtet hat. Die allgegenwärtigen drei Hauptgipfel des Montseny, deren Form und Umfang sich mit dem Auf und Ab der Straße ständig ändern, und der Wasserreichtum der Gegend mit ihren Sturzbächen, die eilig ihrer eigenen Vernichtung oder Auflösung in größeren Wasserläufen entgegensprudeln, lassen ihn geradezu euphorisch werden. Er kommt sich vor wie Robinson bei der ersten Erkundung seiner Insel und verspürt ein angenehmes, wenn auch unerklärliches Heimweh, denn er hat nie auf dem Land gelebt und sein Kontakt zur Natur beschränkt sich auf seinen Garten in Vallvidrera und einen schnellen Blick aus dem Fenster seines Hauses, hinunter auf die grünen Hänge des Vallés.

Das hier ist etwas anderes. Eine richtige Landschaft mit Gehöften, Wald und Ackerland, dazwischen das eine oder andere

Sommerhaus, wo Leute, die glauben, das Gebirge sei gesünder als das Meer, wie auf einer Insel ihren Sommerurlaub verbringen. Manche haben sich ein Schweizer Chalet erbaut, mit fast senkrechtem Schieferdach gegen Schneefälle, die in dieser Gegend nie über den optischen Effekt eines dünnen Films auf dem Erdreich hinauskommen. Natürlich fehlt die Villa à la Ibiza genausowenig wie das Demonstrationsobjekt für alle erdenklichen Materialien, die der Mensch zum Bauen verwenden kann: vom Klinker über Holz und Kunststein bis zum Schiefer. Das Kleinbürgertum hat überall einen schlechten Geschmack, aber dem 20. Jahrhundert gebührt das Verdienst, einen absolut idiotischen Bürger hervorgebracht zu haben, wohlhabend genug, um mit der kulturellen Prägung des waschechten Massenmenschen sein individuelles Einfamilienhaus zu bauen. Die Kurverei zur Hochfläche von Vic hinauf macht ihn fast betrunken, und oben angekommen, lenkt er den Wagen zwischen den erdgrauen Vulkanhügeln hindurch zu den strengen großen Häusern im Kern der alten Stadt, an den elende moderne Wohngegenden anschließen, vorwiegend Einfamilienhäuser aus Backstein oder zweigeschossige Häuser. Er parkt auf der Plaza Mayor und verliert sich in den Winkeln und Gäßchen, in deren kleinen Geschäften riesige Räucherwürste, *fuets*[33] und Lendenschinken von der Decke hängen, so perfekt geräuchert, daß sie wie handsignierte Keramik wirken. Er ersteht zwei ungeheure Räucherwürste, fünf kleinere *fuets* und einen Lendenschinken und widersteht der Versuchung, auch noch ein halbes Dutzend *butifarras*[34] zu kaufen, da er seiner Gewohnheit treu bleiben will, dies in La Garriga zu tun. Er ersteht noch eine Schachtel *pa de pessic*[35] für Charo und fragt sich dann nach *La Chunga* durch, der Bar, die der Schwiegermutter des angeblichen Mörders von Jaumá gehört.

»Aber die ist doch geschlossen. Wissen Sie denn nicht, was passiert ist?«

»Doch.«

»Als die beiden Frauen so plötzlich allein dastanden, haben sie beschlossen, den Laden dichtzumachen.«

»Wohnen sie hier in Vic?«

»Nein, sie haben ein paar Zimmer über der Bar. Zu wem wollen Sie denn? Zur Mutter oder zur Tochter?«

»Was empfehlen Sie mir denn?«

»Nehmen Sie die Mutter. Göttlich. Sie hat einen Arsch, da brauchen Sie keine Matratze.«

Carvalho kann sich nicht mehr recht an die Frau erinnern, die in einer Art Kittelschürze neben Paco dem Viehdieb gestanden hat. Während seine Augen und die Schnauze seines Wagens die Landstraße nach der Bar absuchen, füllt er die Gedächtnislücke mit allerlei weiblichen Formen aus. Dann taucht am Ende einer langen Geraden, gegenüber eines Möbelgroßmarkts, *La Chunga* auf, ein geducktes, frisch gekalktes Gebäude mit Ziegeldach. Eine Leuchtreklame, die für Tío Pepe wirbt, die bunten Zeichen von Coca-Cola und Pepsi, ein Fliegenvorhang aus Plastikröhrchen. Die Tür dahinter ist verrammelt. Aber von der Rückseite des Gebäudes her hört man Geräusche, und auch im ersten Stock, über der Bar, rührt sich jemand. Carvalho geht um das Haus herum und steht vor einem kleinen Lieferwagen, dessen Türen weit aufstehen, bereit, den Plunder zu verschlucken, der vor einer Tür aufgereiht steht. Ein Mann belädt den Lieferwagen, von der Schwiegermutter des Viehdiebs unablässig zur Vorsicht gemahnt, die ihm die Sachen anreicht. Die Frau hat wohl an die fünfundzwanzig Lenze auf jeder ihrer üppigen Brüste und die fünfzig zusammen auf einem Musterexemplar von Hintern. Als sie dem Eindringling ihr Gesicht zuwendet, zeigen großflächige, faltige, aber immer noch schöne Gesichtszüge die kokette Boshaftigkeit jüngerer Zeiten, besonders ausgeprägt in einem unverschämten Lippenpaar.

»Wir haben geschlossen.«

»Ich komme nicht wegen der Bar. Ich habe mit Ihnen und mit Ihrer Tochter zu reden.«

»Wenn Sie Journalist sind, dann können Sie gleich wieder abhauen. Die Geschichte steht mir bis hier oben. Verschwinden Sie, und lassen Sie uns endlich in Ruh!«

»Das ist es. Lassen Sie uns einfach in Ruhe! Nicht mehr und nicht weniger!«

Der Mann springt von der Ladefläche des Wagens und baut sich drohend und breitbeinig zwischen der Frau und Carvalho auf.

Carvalho reicht ihm seinen Ausweis, und als er das Wort Detektiv liest, entspannt sich der Mann.

»Ein Polizist.«

Auf dem Balkon des Hauses erscheint ein Mädchen, das wie fünfzig Prozent der Mutter aussieht.

»Schon wieder die Polizei?«

Es ist keine Beschwerde, eher ein resigniertes Aufschluchzen. Carvalho läßt den Kopf auf die Brust fallen, um seinem Auftritt ein Höchstmaß an Überzeugungskraft zu verleihen und geht auf die Tür zu.

»Wie lange soll denn das noch so gehen?«

Die Frau hat eine finstere Miene aufgesetzt.

»Es ist doch alles gesagt und unterschrieben. Was wollen Sie denn jetzt noch?«

Der Mann rät ihr mit einem beschwörenden Blick zur Vorsicht, während das etwa zwanzigjährige Mädchen die Treppe herunterkommt. Die kleinen Brüste traben unter einem leichten Wollpullover.

»Ihr Mann?«

»Mein Bruder. Ich bin Witwe. Aber wenn Sie glauben, daß Sie mit einer armen Witwe leichtes Spiel haben, dann haben Sie sich getäuscht. Ich stehe meinen Mann. Mir kann keiner kommen, ich hab mich mein Leben lang allein durchgeschlagen, wie, ist egal, aber ich hab's geschafft, und zwar allein.«

»Señor Antonio Jaumá war ...«

»Señor Jaumá! Heute nennt sich jeder Señor. Meinen Sie den Toten? Der war alles andere als ein Señor. Jedenfalls verstehe ich unter Señor etwas anderes.«

»War er oft bei Ihnen?«

»Nein. Alles, was ich von ihm weiß, haben mir die Kinder erzählt.«

« Welche Kinder?«

»Die Kleine da und Paco, ihr Mann.«

»Sie selbst haben also Jaumá nie gesehen?«

»Nie. In der Nacht, in der er vorbeikam, war ich oben und hab ferngesehen, *Bonanza*, ich laß keine Folge aus.«

»Es heißt, daß sich Jaumá mit Ihrer Tochter in eins der Zimmer verzogen hat, und nach einer Weile kam dann das Mädchen halbnackt herausgerannt und rief ihren Mann zu Hilfe.«

»So heißt es.«

»Und? Stimmt das?«

Das Mädchen schaut zu Boden.

»Du sagst gar nichts! Sie ist minderjährig. Gerade erst achtzehn.«

»Und wer macht dann den Mund auf?«

»Ich, wenn ich Lust habe.«

Carvalho baut sich vor der Frau auf und tippt ihr mit dem Zeigefinger auf die Nasenspitze.

»Nicht diesen Ton, verdammt! Das verträgt mein Trommelfell nicht. Sprich langsam und anständig mit mir, sonst kriegst du einen Tritt genau dahin, wo du angeblich deinen Mann stehst!«

Die Wut treibt ihr ohnmächtige Tränen in die Augen.

»So ist das also? So redet man neuerdings mit einer Frau?«

»Ich rede mit dir genauso wie du mit mir. Wie ein Lastwagenfahrer. Und jetzt ist Schluß mit dem Theater. Du da, warum bist du schreiend aus dem Zimmer gerannt?«

»Weil er mit so Sauereien anfing.«

»Was für Sauereien?«

»So Sachen halt. Er wollte mich schlagen. Und mir beim Pinkeln zuschaun. Da hab ich dann meinen Mann gerufen. Der hat ihn aus dem Zimmer geprügelt, und mehr hab ich nicht gesehen. Später hab ich dann einen Schuß gehört. Paco kam ganz nervös zurück und sagte, der Kerl hätte eine Pistole gezogen.«

»Eine Pistole? Aus dem Bauchnabel oder woher? Ich denke, er war nackt, als er aus dem Zimmer kam?«

»Nein, er hatte was an.« Das kommt scharf und entschieden von der Mutter.

»Ja, er hatte was an«, bestätigt die Tochter und blickt wieder zu Boden.

»Und dann? Was passierte dann?«

»Keine Ahnung. Das hat alles Paco erledigt. Er fuhr mit dem Lieferwagen weg und kam erst nach drei Stunden wieder.«

»Genau«, die Mutter ist wieder an der Reihe, »ich hörte, wie der Wagen wegfuhr und dachte mir noch, wo will der Verrückte denn hin um die Zeit? Er ist ja ein Gauner, dieser Paco. Obwohl das, was er gemacht hat, richtig war. Solche Schweine haben kein Recht zu leben. Wenn einem die Frauen gefallen, soll er rangehn, aber auf dem direkten Weg. Ohne lange Schweinereien.«

»Warum ziehen Sie weg?«

»Weil's uns reicht hier. In aller Herrgottsfrühe tauchen die ersten Schreiberlinge auf, dann Polizisten, Neugierige, und so geht das den ganzen Tag. Wie im Zoo.«

»Meine Schwester hat die Bar verkauft. Sie geht weg von hier, ist das Beste, was sie tun kann.«

Die Frau wirft ihrem Bruder einen mörderischen Blick zu.

»Die Bar verkauft? Ist ja interessant. Gestern hat man Ihren Schwiegersohn hochgenommen. Heute stand es in der Zeitung. Die ersten Neugierigen tauchen am Morgen auf, und jetzt, kaum Mittag, haben Sie die Bar verkauft und Ihren Haushalt aufgelöst. Wer hat sie denn gekauft?«

»Also verkauft ... da ist noch nichts unterschrieben.«

»Wer soll denn unterschreiben?«

»Ich kenne ihn nicht. Jemand hat angerufen und gesagt, er wird sich mit mir in Kontakt setzen. Ich habe ihm die Adresse von einer Cousine gegeben, die in Barcelona wohnt. Bei der wohnen wir die nächste Zeit. Dann sind wir näher bei Paco, und später, je nachdem, wie die Sache läuft, ziehen wir wieder nach Andalusien.«

»Hat die Polizei auch die Adresse von dieser Cousine?«

»Wozu denn. Es genügt doch, daß sie unser Anwalt hat, falls die Arme hier mal als Zeugin auftreten muß.«

»Los jetzt, her mit der Adresse!«

Der Mann holt einen Kugelschreiber aus der Jeansjacke und kritzelt die Anschrift auf den weißen Rand einer Zeitung.

»Wie viele Kunden haben Sie denn pro Tag? Zwei?«

»Das geht Sie gar nichts an.«

»Und wieviel haben Sie verlangt für die Nummer?«

Das Mädchen fängt hysterisch zu weinen an. Zwei Ohrfeigen der Mutter treiben sie in eine Ecke des Zimmers. Wie eine Furie schießt die Alte dann auf Carvalho los.

»Warum hat sich denn keiner von euch Schlaumeiern für mich interessiert, als mich der Dreckskerl damals sitzenließ mit der Kleinen? Warum kam denn da keiner vorbei und hat mich gefragt, wieviel Geld ich in der Kommode habe? Aber jetzt, äh? Hier läuft gar nichts. Hier vögelt keiner mit niemand. Die da mit ihrem Mann, und ich mit mir selber. Dabei bleibe ich, egal, wer es wissen will.«

»Aber mit Jaumá hat sie wohl gevögelt. Sowas nennt man Prostitution.«

»Gevögelt? Aber was sagen Sie denn da? Er hat zu ihr gesagt: ›Komm, Hübsche, ich zeig dir was Schönes.‹ Und dieses Unschuldslamm ist ihm auf den Leim gegangen. Sind Sie damit zufrieden? Nein? Mehr gibt's aber nicht! Bitte, schlagen Sie zu, machen Sie, was Sie wollen, aber von mir hören Sie nichts anderes.«

»Caballero!«

Der bedächtige, schlanke Mann räuspert sich, peinlich berührt, und reibt sich die mörtelverklebten Pranken.

»Caballero, so hören Sie doch! Wie Sie sehen, haben es die Frauen schwer gehabt, sehr schwer. Meine Schwester ist so geworden, weil sie von klein auf für sich selber sorgen mußte!«

»Spar dir die Mühe, Andrés, diese Typen haben doch alle ein Herz aus Stein!«

»Nein, Fuensanta, nein! Durchs Reden kommen die Leute zusammen. Hab ich recht, Caballero? Sie verstehen, was die beiden Frauen durchmachen!«

Carvalho geht zwischen den beiden Geschwistern durch, der eine voll Furcht, die andere voll Wut.

»Ich gehe jetzt. Aber damit ist die Sache noch nicht zu Ende. Jeden Schritt, den ihr tut, habt ihr zu melden. Und morgen will ich wissen, wer diese Luxusherberge hier erwerben will. Name, Vorname, Adresse und Kragenweite. Ihr seid gewarnt!«

Im Möbelgeschäft gegenüber erfährt er, daß *La Chunga* seit fünf Jahren in Betrieb ist. Damals hatte die Kleine noch Zöpfe, und die Mutter lebte mit einem katalanischen Zigeuner zusammen, der sich sein Geld mit Pilzesammeln verdiente. Er trocknete sie oder verkaufte sie frisch an die Konservenfabriken in Granollers. Eines schönen Tages war der Zigeuner dann verschwunden, und ein paar Wochen später tauchte ein Spediteur auf, der im Akkord für eine Kunststeinfabrik in Aiguasfredas arbeitete. Danach gab es dann keinen Festen mehr. Die Bar ging einigermaßen zu der Zeit. Ein paar Zuwanderer aus dem Süden hockten rum und rührten in ihren *carajillos*. Manchmal verirrte sich einer hierher und bestellte eine Limonade oder ein Sandwich. Da ließ die Besitzerin dann probeweise mal den Busen über die Theke baumeln. Und siehe da, das Geschäft kam in Schwung. Und eines Tages machte es die Tochter der Mutter nach. Da ging es dann wild zu. Ständig Ärger. Blaue Flecke. Huren ohne Glück, kommentierte einer der Nachbarn. Bis die Kleine dann diesen Gauner anschleppte. Ein wirklich übler Kerl. Aber er hielt wenigstens die Gäste im Zaum.

»Den beiden standen die Schulden bis zum Hals. Einer der Kerle muß die Frau übel reingerissen haben. Sie konnte machen, was sie wollte, es reichte nicht, um auch noch Schulden zu zahlen.«

In der Tankstelle erfährt er noch ein paar weitere Einzelheiten. Der Bruder Fuensanta arbeitet als Maurer bei einer großen Firma in Centelles.

»Er war der erste, der aus Andalusien kam. Dann kam ein Bruder nach dem anderen, zum Schluß dann die Eltern. Die sind aber schon gestorben. Der Maurer ist der einzige, der noch ab und zu bei seiner Schwester vorbeischaut. Die anderen wollen nichts mehr von ihr wissen. Die schämen sich zu Tode. Aber der Maurer hat mir mal gesagt: ›Was soll ich denn machen. Ich bin ihr ältester Bruder. Ich bin für sie verantwortlich.‹ Was halten Sie davon?«

Er wartet in der Tankstelle, bis der Lieferwagen vorbeikommt. Der Alte mit seinen zementzerfressenen Händen sitzt am Steuer. Neben ihm, starr und im vollen Bewußtsein ihrer Leibesfülle, Fuensanta. Zwischen den beiden das verzerrte Gesicht der halbwüchsigen Hure. Der Maurer grüßt mit einem leichten Kopfnicken, Fuensanta schleudert einen Jupiterblitz, der die Windschutzscheibe erzittern läßt.

Carvalho kauft seine *butifarras* in La Garriga: frisch gekocht, mit Blut und Ei. Nach den Deutschen verstehen es in Europa die Katalanen am besten, das Hausschwein für die gastronomische Kultur zu nutzen. Abgesehen von dem kraftlosen, faden Schinken gebührt den Schweinen des Landes die Ehre, wahre Wunderwerke der Phantasie in Gestalt von Würsten hervorzubringen. Eine Mustersammlung von Beweisen für Carvalhos Theorie prangt auf dem Anrichtetisch des *Fonda Europa* in Granollers, das manchmal Ziel seiner Eskapaden ist. Jedesmal stellt er überrascht und bewundernd fest, daß man hier der guten gastronomischen Tradition treu geblieben ist. Auf dem Anrichtetisch türmen sich die Würste der in der Speisekarte sogenannten *matança del porc de Llerona*[36]. Wie jedes gute Mineral hat aber auch dieses Gericht seinen Anteil an taubem Gestein. Neben den hervorragenden heimischen Würsten – wohl aus Llerona – finden sich industriell hergestellte *chorizo* und der feuchte Schinken des Landes, der eher in Meerwasser eingelegt als an der Luft getrocknet zu sein scheint. Er ist ein mißratener Verwandter des Parmaschinkens, dessen delikate Zartheit er aber nie erreicht.

Die *matança del porc de Llerona* als Entrée zu bestellen, ist ein pantagruelischer Einfall, der bei der Auswahl der nachfolgenden Speisen großes Fingerspitzengefühl verlangt. Man muß auf Schinken und *chorizo* verzichten und im Spektrum der *butifarra* bleiben, das von der soliden Konsistenz des *salchichón*, einer dicken Salami, bis zur ätherischen Leichtigkeit der *butifarra al huevo* und des *fuet* reicht. Der Kellner stellt eine Tonne ausgesuchter Würste vor ihm auf den Tisch und legt ein Messer und ein Brett zum guillotinieren der Wurst dazu. Sobald er dann die pantagruelische Angst beschwichtigt hat, er könnte sterben, bevor er alles gekostet hat, was dem Menschen zusteht, bestellt Carvalho im *Fonda Europa* wie gewohnt *peu i tripa*, Kutteln und Schweinsfüße von ähnlich süßlichem Geschmack wie die andalusische Variante, zu der im Unterschied zur strengen kastilischen Version noch Schweineschnauze gehört. Carvalho wird bestärkt von den übrigen Gästen, die in der deutlich spürbaren Absicht herkommen, soviel sie können zu verzehren, vor allem an Markttagen, wenn Händler und Vertreter in die *Fonda* strömen, um das umfangreichste und gehaltvollste Gericht herauszufinden. Außerdem ist es ein Restaurant mit viel Raum, wo jeder Tisch sein eigenes Umfeld schafft, und die dort Speisenden sich selbstgenügsam dem Geschäft des Essens widmen können, ohne von der Loge des Nebentisches mit jenem Spannerblick beäugt zu werden, mit dem neidische Menschen auf das Essen der andern starren. Die naive Wandbemalung in einem inflationären Jugendstil ist ebenfalls gastronomischer Art. Themen und Farben fördern die Verdauung – entweder weil eins wie das andere metaphysisch existieren könnte oder weil der gesättigte Gast zu kompromißloser Zuneigung gegenüber Wandbemalungen in inflationärem Jugendstil fähig ist.

Der Wein entspricht nicht dem Niveau des Essens, und obwohl er den Rioja für das kleinere Übel hält, denkt Carvalho einmal mehr über das Mißverhältnis nach, das in Katalonien zwischen der exzellenten traditionellen Küche und dem mangelhaften Ausbau der populären Weine besteht. Das Dessert, *mel i mató*[37], ist so gut wie im *Ampurdán*; Carvalho bestellt es eher aus Respekt vor der gastronomischen Kultur als aus Appetit. Als gläubigem Anhänger des tragischen Eßgefühls erscheint ihm ein Dessert, das nicht aus Früchten besteht, stets als verwerfliche Frivolität, und Desserts aus der Konditorei annullieren schließlich immer den Geschmack der tragischen Gerichte, den man sich unvergänglich wünscht.

Nach der vollständigen Vernichtung seines Hungers beißt Carvalho einer Montecristo Spezial die Spitze ab, und mit den ersten Rauchwölkchen steigen die ersten Gedanken über den Stand der Dinge auf. Jemand versucht, Jaumás Tod auf seine Weise zu erklären – und zwar mit handfesten Tatsachen. Die Konsequenz, mit der dieser Jemand vorgeht, ist geradezu bewundernswert.

Aber wer ist es? Und warum das Ganze? Natürlich könnte das Loch in der Petnay-Bilanz ein Motiv sein. Aber die Petnay weiß ja davon und hat ganz offensichtlich nicht nach den Urhebern des Betrugs gefahndet, ganz im Gegenteil, man scheint sie hinter Jaumás Rücken gedeckt zu haben. Wer hat das Geld beiseite geschafft? Und was ist damit geschehen? Alles, was Carvalho letztlich weiß, ist, daß von ganz oben massiver Druck ausgeübt wird, um den Fall so schnell wie möglich abzuschließen, daß man nicht einmal die Kosten gescheut hat, einen Mörder einzukaufen, der auf gekränkte Ehre plädieren wird und in zwei Jahren mit ein paar Millionen in der Tasche wieder auf der Straße steht. Selbst vor dem gnadenlosen Mord an Rhomberg ist man nicht zurückgeschreckt. Und dieser massiven Mauer, die sich bedrohlich auf Carvalho zuschiebt, hat er nur den Auftrag der Witwe entgegenzusetzen, der jeden Moment zurückgezogen werden könnte – er kann sich vorstellen, welcher Seelenmassage Concha Hijar gerade ausgesetzt ist. Wenn die Witwe das Handtuch wirft, dann bleibt ihm nur noch die Möglichkeit, einen politischen Skandal anzuzetteln. Mit

Hilfe Alemanys und der linksgerichteten Freunde Jaumás. Aber wer wird ihm dann sein Honorar auszahlen? Er hat zwar nie, wie die alten Katalanen, nach der Befriedigung über das wohlgetane Werk, aber nach der über getane Arbeit gestrebt, und ein Rätsel ungelöst zu lassen, geht ihm genauso gegen den Strich wie eine handwerkliche Arbeit, die wegen einer fehlenden Schraube oder einer vergessenen Rolle Isolierband nicht fertiggestellt werden kann. Gefühlsmäßig motiviert ihn lediglich Rhombergs Sohn. Die Verpflichtung gegenüber Jaumá ist rein professioneller Art, die Solidarität mit dem unbekannten deutschen Jungen dagegen liegt ihm im Blut; ihr Ursprung liegt im Abgrund der kindlichen Angst, die Eltern zu verlieren, und in der Erinnerung an das Nachkriegselend der Kinder seines Viertels, denen Krieg, Gefängnis, Todesschwadronen oder Tuberkulose die Eltern geraubt hatten. »Für die Arbeiter ist alles eine Tragödie«, hat sein Vater immer gesagt. »Scheidung, Tod, Krankheit ... Die Reichen haben immer ein Polster am richtigen Ort, und wenn sie fallen, tun sie sich nicht weh.«

Vielleicht ist das Polster des kleinen deutschen Jungen ja dick genug für die zarten Knochen, aber bestimmt nicht für die verstümmelte Liebe zum bewunderten Vater. Wieder einmal beklagt er seine schlechte Gefühlserziehung, die auf dem Streben nach dem Absoluten beruht. In Japan starb ein Hund aus Trauer um seinen Herrn, der nicht mehr nach Hause kam, hat er unter einem Agenturfoto im Schaukasten der *Vanguardia* in der Calle Pelayo gelesen. Ein Mann erwürgte seinen Nebenbuhler, der ihm die Frau wegnehmen wollte, heißt es in einer Rhapsodie von *Radio Barcelona*. Ein Mädchen stirbt aus Trauer, weil es ein Brüderchen bekommen hat, das einmal alles erben soll – das hat er einmal gesehen und gehört, rezitiert von einer tragischen Kuh auf der Bühne des Mozart-Saals. Vielleicht wächst der deutsche Junge ohne die erdrückende Autorität eines kastrierenden Vaters zum starken, selbstsicheren Mann heran. Oder auch nicht. Es kann ihm auch ergehen wie dem armen Tyrone Power in *Der Sohn des Zorns*, der von seinem Onkel und Vormund George Sanders auf sadistische Weise tyrannisiert wird. Die Stimme von Dieters Schwager hat ihm überhaupt nicht gefallen. Preußisch, würde er sagen. Aber der Junge wird erwachsen werden, in die Südsee emigrieren, nach Perlen tauchen, andere anstellen, die für ihn nach Perlen tauchen, sich an dem Mehrwert bereichern, nach Berlin zurückkehren und seinen Onkel demütigen. Oder er wird ein von Heimweh zerfressener Erwachsener, ein geborener Verlierer, der sich glücklos in starke Mädchen verliebt und sich eines Tages umbringt mit einem Trank aus allen Schallplatten seiner Lieblingssängerin, die er in Schwefelsäure aufgelöst hat.

»Es sollten keine Kinder zur Welt kommen. Soviel wir auch für sie tun, wir werden die Sünde nie wieder gutmachen können, daß wir sie in die Welt gesetzt haben«, hatte sein Vater immer gesagt, vor allem, nachdem ihn der Alptraum vom nuklearen Weltuntergang Tag und Nacht verfolgte. Sobald auf den Tiefdruckseiten von *La Vanguardia* oder *Diario de Barcelona* ein Atompilz zu sehen war, wies Don Evaristo Carvalho mit anklagendem Finger darauf und begann, seinem einzigen Zuhörer einen malthusianischen Vortrag zu halten und dem Jungen das Bewußtsein zu vermitteln, daß er seine Existenz einem tragischen Irrtum verdankte, den der Vater ihm zuliebe bereute.

»Wenn die Menschheit sich darauf einigen könnte, keine Kinder mehr in die Welt zu setzen, wäre die Erde in fünfzig Jahren menschenleer und ihren unschuldigsten Kräften zurückgegeben: den Tieren, dem Wasser und der Sonne.«

Bis zu seinem Tod bekam Don Evaristo beim Anblick des Sohnes Gewissensbisse und versuchte, mit allen möglichen Detergenzien sein Gehirn vom Instinkt der Vaterschaft zu säubern. Von dem Balkon aus, wo er immer stand, sah er die Autos und die Generationen vorüberziehen. Die Autos waren für ihn der Inbegriff menschlichen Wahnsinns in ihrem Streben, den absurden Lauf vom Nichts zum Tod noch zu beschleunigen; in den Kindern, die aus den Bäuchen der Mädchen des Viertels stürzten, sah er Opfer, die alles verlieren und fast nichts gewinnen würden.

»Stell dir vor, die aus der Sieben hat schon wieder ein Kind bekommen! O Gott, was für eine Dummheit, noch mehr Opfer in die Welt zu setzen!«

Carvalho hätte ihn immer noch gerne gefragt, ob er genauso denken würde, wenn er den Bürgerkrieg nicht verloren hätte.

Er hat Pedro Parra zum Abendessen eingeladen, in sein Haus oben in Vallvidrera, und noch Zeit gefunden, in der Boquería das Richtige zur konstruktiven Stärkung der vitalen Energie eines Obersten zu kaufen, der dem Sturm auf das Winterpalais noch nicht abgeschworen hat. Es gibt Porreesuppe und frischen gedämpften Steinbutt, und Parra zeigt sich denn auch höchst zufrieden über das Menü, das ihn in seinem präventiven Kampf gegen Cholesterol und Harnsäure nicht zurückwirft.

»Du lebst nicht schlecht hier oben. Das ist also deine Absteige?«

»Meine Absteige ist überall dort, wo ich bin – im Norden, Süden, Osten oder Westen.«

»Ihr Junggesellen könnt den Stall dauernd offenstehen lassen!«

Parra ißt zügig und konzentriert, als gelte es, einen Auftrag auszuführen, nimmt nur ein Glas von dem kalten Perelada Pescador und schaut begeistert zu, wie Carvalho Joghurt, Orangensaft und etwas geriebene Orangenschale verquirlt, und obwohl er unwillkürlich den Mund verzieht, als er entdeckt, daß auch Triple Sec und Cointreau dazugehören, beruhigt ihn Carvalhos Versprechen, nur ganz wenig zu nehmen. Kaffee lehnt er ab. Statt dessen zieht Parra eine kleine Papiertüte aus der Tasche.

»Tut mir leid, wenn ich die Zeremonie unterbrechen muß, aber kannst du mir das schnell aufbrühen? Ich mach's auch gerne selber.«

»Was ist denn das?«

»Eine Kräutermischung, die die Katalanen *puniol i boldo* nennen. Es gibt nichts besseres für Magen und Leber.«

Aus derselben Tasche zieht er ein silbernes Schächtelchen, dem er zwei Saccharintabletten entnimmt und neben seinen Teller legt. Während Parra an seinem Tee schluckt, schenkt sich Carvalho eine große Tasse Kaffee und zwei Gläser Tresterschnaps ein. In Parras Augen und der nachfolgenden Bemerkung sucht er vergeblich den Humor, als dieser meint:

»Wenn es soweit ist, bist du nicht in Form. Und ich habe auf dich gezählt.«

»Immer noch die Revolution?«

»Der alte Plan. Ich mußte ihn natürlich den geänderten Umständen anpassen.«

Vor zwanzig Jahren hat Parra präzise berechnet, wie viele Aktivisten man braucht, um die vier größten Städte des Landes in die Hand zu bekommen.

»Wir müssen nur abwarten, bis der Staatsapparat die ersten Risse zeigt. Dann heißt es zuschlagen.«

Enttäuscht über den zunehmenden Opportunismus der Linken, hat Parra seinen Plan auf unbestimmte Zeit verschoben, auf den Tag, an dem die Arbeiterschaft endlich ihre historische Klarsicht wiederfinden und aufhören würde, sich selbst zu bemitleiden und um die Gunst der Bourgeoisie zu buhlen.

»Hier, dein Stammbaum. Aber ich sag dir gleich, solche Graphiken geben nicht viel her. Reine Show. Tamames mit seiner Monopolstudie hat sie in Mode gebracht. Aber für mich ist das keine Betriebswirtschaft, sondern angewandte Kunst.«

»Im Moment interessiert mich mehr die angewandte Kunst als die Betriebswirtschaft.«

»Also dann: hier, unter 1. siehst du die Gesellschaften, die direkt von der Petnay abhängig sind, weil die Petnay ein Aktienpaket besitzt. Unter 2. die indirekt abhängigen Unternehmen, in deren Führungsgremien die Petnay einen ihrer Leute aus dem Aufsichtsrat der direkt abhängigen Unternehmen sitzen hat. Unter 3. stehen dann die indirekt abhängigen Firmen, die sozusagen durch Familienbande an die Petnay gekettet sind: Einheirat von Söhnen, Vätern, Schwiegervätern von Petnay-Managern. Die Liste ist nicht vollständig, denn ein Wirtschaftsdienst kann nicht täglich die Regenbogenpresse studieren und darüber informiert bleiben, welche guten Partien gerade am Markt sind. Und unter 4. sind die Firmen aufgelistet, die von der Petnay oder einer ihrer Tochtergesellschaften abhängig sind, weil sie von dort den Großteil ihrer Aufträge oder ihr Material kriegen.«

»Das ist kein Stammbaum, das ist ein Dschungel.«

»Du kannst dich wirklich nicht beklagen. Wir haben das Ding in Rekordzeit gemacht. Die Typen, die das alles so schön gemalt haben, sogar mit Buntstiften, wollen fünftausend Peseten haben. Willst du mir jetzt endlich sagen, wozu du das alles brauchst? Geht es um Jaumás Tod oder um den von Rhomberg? Ich kann schließlich Zeitung lesen.«

»Möglich.«

Carvalho überfliegt die Namen auf der Liste. Zuweilen hat er das Gefühl, die Titel- und die Klatschseite seiner Zeitung zu lesen, dieselben Namen. Politiker in Amt und Würden, vierte oder fünfte Sieger internationaler Regatten, Stargäste bei Partys der High Society in Fuengirola, Torremolinos, Puerto Banús oder S'Agaró und führende Köpfe der alten und neuen *Cámara de Comercio y Navegación*.

»Ich seh mir's nachher noch mal in Ruhe an.«

»Ich will mich ja nicht einmischen, aber für mich sieht das alles nach einer Abrechnung im ganz großen Stil aus. Jaumá war schließlich kein kleines Würstchen. Hier, ein Ausschnitt aus der *Times*, lies mal. Eine Liste der künftigen Führungspersönlichkeiten Spaniens. Jaumá steht ziemlich weit oben. Ihm wurde eine internationale Karriere vorausgesagt.«

»Bei den Politikern stimmt die Liste fast gar nicht.«

»Der Artikel stammt noch aus der Francozeit und überschätzt die Rolle der neuen Führungskader des alten Regimes. Aber hier, die Liste der Wirtschaftsführer ist nicht so daneben. Ich weiß nicht, ob dir die Namen was sagen. Aber du kannst mir glauben, die Burschen hier sitzen heute alle in Schlüsselstellungen. Die politischen Köpfe sind andere, aber in Industrie und Finanzwelt ist alles beim alten! Ein typisches Phänomen politischer Krisen. Die Unternehmer drängen selbst an die Schalthebel der politischen Macht. Solange die Faschisten an der Macht waren, fühlte sich das Großkapital sicher und blieb der Politik fern. In dem Moment aber, wo der Staat schwach wird, schicken die Unternehmer ihre eigenen Leute vor. Das passiert auch in traditionellen formalen Demokratien, zum Beispiel Italien. Solange dort die *Democracia Cristiana* stark genug war, um die Kastanien aus dem Feuer zu holen, solange blieben Leute wie die Agnellis in ihren Clubs und Vorstandsbüros. Jetzt mischen sie sich ein. Der älteste Sohn beteiligt sich an Verschwörungen, der jüngste stellt sich als Abgeordneter zur Wahl und versucht, in der DC Karriere zu machen.«

»Auf welches Pferd setzen denn die spanischen Großunternehmer heute?«

»Auf alle. Ich glaube nicht, daß das spanische Kapital heute gespalten ist in einen Block, den sogenannten ›Bunker‹, der nostalgisch der Francozeit nachweint, und einen progressiven, der den kontrollierten Wandel befürwortet. Ich glaube, sie sind mittlerweile alle für den kontrollierten Wandel, halten aber eine Hand auf der Pistolentasche, für alle Fälle. Die werfen den Neofranquisten ein paar Scheine hin, spenden für die Christdemokraten, und den Rest teilen sich Ultrarechte und Bürgerwehren.«

»Ein paar Scheine? Fünf Millionen. Zweihundert Millionen.«

Parra springt auf und wandert im Zimmer auf und ab, Carvalho kommt der klischeehafte Vergleich mit einem gefangenen Tier in den Sinn, das zum wirklichen Bild des Exhäftlings wird, wie er Runden um sein Bett dreht und nach Wegen in imaginären Gegenden sucht.

»Mach's halblang! So großzügig sind die Unternehmer nun auch wieder nicht. Um zweihundert Millionen locker machen zu können, muß eine Firma schon sehr groß sein oder todsichere Asse im Ärmel haben.«

»Zweihundert Millionen. 1976.«

»Wovon redest du überhaupt?«

»Mit diesem Geld kann man sich doch eine schöne politische Hausmacht aufbauen, man könnte sogar ein Söldnerheer ausrüsten, sogar Entscheidungen auf höchster politischer Ebene kaufen.«

»Ja. Zweihundert Millionen Peseten sind nicht schlecht. Aber nur für den Anfang.«

Um vier Uhr morgens schläft Carvalho endlich ein. Die Blätter, die der Oberst mitgebracht hat, gleiten friedlich und nutzlos neben dem Bett zu Boden. Er träumt von einer seltsamen erotischen Begegnung mit Fuensanta, die vor einem Teller mit dikken Bohnen und Blutwurst beginnt, in einer Bar, die etwas größer ist als *La Chunga*.

»Sind die echt?« fragt Carvalho und zeigt auf die Brüste der Frau.

»Drück sie doch mal.«

Sie sind weich, groß und warm.

»Wenn uns mein Sohn erwischt, kannst du was erleben.«

Sie suchen ein Versteck, draußen vor der Bar, zwischen Rohrleitungen aus Eternit im Mondlicht, finden aber keins, das der Frau gepaßt hätte.

»Nein, nein, hier sieht man uns doch vom Haus aus.«

»Von welchem Haus aus?«

In der Ferne sieht man Umrisse von Dachterrassen oder Zinnen und die dunkle Silhouette eines Wächters mit geschultertem Gewehr.

»Siehst du. Da kommt mein Sohn.«

»Aber du hast doch eine Tochter!«

»Nein. Nein. Einen Sohn.«

Carvalho bringt nicht die Kraft auf, ihr den Rock vollends über die Hüften zu schieben, obwohl er im Mondlicht schon das Versprechen eines weißen Hinterns erblickt, dessen weicher Eingang zwischen kalten, fleischigen Halbkugeln angeschwollen ist.

Er erwacht mit einem Penis auf Halbmast und sexuellem

Drang in den Hoden und überlegt sich auf dem Weg ins Bad, ob er erst urinieren oder masturbieren soll, aber nachdem er gepißt hat, sind auch die anderweitigen Unterleibsbedürfnisse verschwunden. Nicht aber die Phantasien im Kopf, wo immer noch Bilder der nackten Fuensanta und ihrer Tochter abwechseln. Er räumt das dreckige Geschirr vom Tisch und breitet die Schaubilder Parras vor sich aus. Der Name Gausachs taucht in fünf Firmen auf, die engen Kontakt zur Petnay haben, Fontanillas sitzt im Aufsichtsrat von zwei Firmen, die indirekt von dem Konzern abhängig sind, und die Aracata, S. A., Milchprodukte, taucht auf, weil sie ihre Rohstoffe großenteils von der Petnay bezieht.

»Chef, die Señora Jaumá sucht Sie seit zwei Tagen. Sie sollen sich sofort mit ihr in Verbindung setzen. Soll ich ihr die Nummer von Vallvidrera geben?«

»Untersteh dich! Wenn sie wieder anruft, sag ihr, ich sei im Ausland.«

»Ich habe ihr sowieso schon gesagt, daß Sie auf Reisen sind, für alle Fälle.«

Die sieben Minuten, die er für den Weg von Vallvidrera hinunter ins Gewirr der städtischen Straßen braucht, kommen ihm länger vor als sonst. Dann rennt er die Stufen aus abgetretenem rosa Marmor hinauf, die zu Alemanys Wohnung führen, den langsam ruckelnden Aufzug hätte er heute nicht ertragen. Señora Alemany empfängt ihn weinend unter der Tür.

»Er stirbt uns. Er stirbt uns.«

Es sieht tatsächlich so aus, als sei Alemany schon entschlossen, seine letzte Reise anzutreten; das gelbliche Gesicht ist von Flecken entstellt und in den Kissenbezügen kaum noch auszumachen. Als seine Frau ihn ruft, wendet er den Kopf etwas zur Seite, in ihre Richtung. In seinen Augen liegt die Härte eines schwergetroffenen Adlers, der das Geheimnis des eigenen Todes vorausahnt.

»Alemany, ich muß Ihnen noch ein paar Fragen über Señor Jaumá stellen.«

»Den Vater?«

»Nein, den Sohn.«

Alemany dreht die Augen zur Decke, als wisse er jetzt schon, daß ein Gespräch sinnlos sei, ist jedoch Carvalho zugewandt und signalisiert die Bereitschaft, so gut wie möglich zuzuhören.

»Es geht um das Geld, das in der Bilanz der Petnay fehlt.«

»Darüber spreche ich nur mit Señor Jaumá.«

»Aber der ist tot, erinnern Sie sich denn nicht, Alemany? Er wurde umgebracht, genau wegen dieser Bilanz.«

»Ich habe schon so viele Leute sterben sehen. So viele.«

»Alemany, wo ist das Geld hingekommen? Wie wurde es verbucht, auf welches Konto?«

»Man hat mir alles weggenommen. Meine Bücher. Meine Sammlung.«

Er schließt die Augen und scheint zu weinen.

»Er stirbt uns. Er stirbt uns.«

»Was hat man Ihnen weggenommen. Wovon reden Sie?«

»Er bringt alles durcheinander. Gestern hat mich die Señora Jaumá angerufen und hat mir ein sehr nobles Angebot gemacht. Einer ihrer Bekannten wollte das Archiv meines Mannes kaufen. Er hat ja noch nach der alten Methode gearbeitet; er hatte die Jahrgänge der wichtigsten Bilanzen hier, an denen er mitgearbeitet hat, und dieser Herr wollte die Unterlagen für die Bibliothek einer Schule für Unternehmer kaufen, wie er sagte.«

»Und Sie haben sie verkauft?«

»Ja. Gestern. Zwei Herren kamen vorbei und haben alles angeschaut. Sie wollten die Sachen gleich mitnehmen. Die Summe, die sie mir dafür anboten, war wirklich beachtlich, und ich habe mich dann mit meinem Mann beraten. Sie wollten mir auch ein Angebot für den Briefwechsel meines Mannes machen, er hat sich mit Macià, Companys und Pi i Sunyer geschrieben, und außerdem ging es um seine Sammlung von Plakaten der *Generalitat*.«

»Von wem kam das Angebot?«

»Der eine nannte sich Raspall, an den Namen des anderen erinnere ich mich nicht mehr.«

»Und man hat Ihnen das Geld sofort bezahlt?«

»Ja.«

»Wieviel?«

»Nun, ziemlich viel. Es tat mir leid, das alles herzugeben, aber dann, was hätte ich damit anfangen sollen. Und mir bleibt ja nur eine lächerlich kleine Pension und die Wohnung hier, ein paar wertlose Aktien noch, das ist alles, und unsere Kinder hätten mit den Unterlagen auch nichts anfangen können.«

»Wer hat den Scheck unterschrieben?«

»Der, der sich Raspall nannte. Mein Ältester hat ihn heute morgen zur Bank gebracht.«

»Und Alemany weiß davon.«

»Natürlich. Ich habe ihn doch gefragt. Erst meinte er nein. Dann ja. Jetzt jammert er dauernd und schimpft auf mich ein, dann wieder sagt er, es wäre schon recht gewesen so, auf die Weise hätte ich wenigstens ein paar Peseten nach seinem Tod.«

Alemany schläft, oder tut wenigstens so. Carvalho spricht mit lauter Stimme, um ihn zu wecken.

»Alemany. Hören Sie mich? Wer hat das Geld der Petnay beiseite geschafft?«

Aber der Alte ist nicht zu wecken; unbeweglich liegt er da, wie aus Marmor gemeißelt. Er reagiert nicht auf Carvalhos Rufe, nur seine Kinder drängen sich ins Zimmer. Erst freundlich und dann ärgerlich bitten sie Carvalho, den Vater in Ruhe sterben zu lassen.

»Ich habe so viele Menschen sterben sehen, so viele«, hat der alte Buchhalter gemeint. Und er weiß, daß er bald einer der vielen sein wird. Es hat keinen Sinn, die Augen noch einmal zu öffnen. Für nichts und für niemand. Carvalho hört noch die Schritte der Alemanys, die ihn aus der Wohnung drängen, aber als er draußen im Treppenhaus steht, meint er plötzlich hinter sich andere Schritte zu hören – Schritte, die ihm während der ganzen Untersuchung gefolgt sind, ja, die ihn zeitweise sogar überholt haben, sobald sie die Logik seiner nächsten Züge durchschaut hatten.

Bevor er in Vic aufgetaucht ist, hat man die Bar gekauft und jetzt auch noch Alemanys Unterlagen. Wahrscheinlich ohne es zu wissen, hat Concha Hijar mit dem Mörder ihres Mannes zusammengearbeitet. Es ist sinnlos, zu ihr zu gehen und den Namen zu fordern, mit nichts in der Hand als einem Verdacht, der auf einem logischen Diskurs beruht.

Wut und Angst kämpfen in ihm, als er durchs Portal der Petnay geht. Die Sekretärin von Gausachs springt gerade noch rechtzeitig aus dem Weg, er hätte sie sonst umgerannt. Gausachs selbst unterdrückt nur mühsam ein überraschtes »Heeh«, macht Anstalten, sich aus seinem Sessel hochzuhieven, schickt sich dann aber in das Unvermeidliche. Und das Unvermeidliche ist dieser Carvalho, der mitten in seinem Büro steht, beschimpft von seiner Sekretärin, die ihren Redeschwall nur unterbricht, um sich bei Gausachs für die Störung zu entschuldigen.

»Man merkt, daß Sie Ihren Beruf in amerikanischen Filmen erlernt haben.«

»Ich mußte mich eigentlich noch nie mit solchen Halunken herumschlagen, wie Sie einer sind.«

Gausachs schließt die Augen und wedelt mit einer Hand durch die Luft. Die Sekretärin zieht sich, gut abgerichtet, zurück und schließt die Tür hinter sich. Carvalho läßt sich in den Sessel fallen, der am weitesten von Gausachs entfernt steht, läßt beide Beine über eine Lehne baumeln und wartet in dieser flegelhaften Haltung, bis sich Gausachs aus seiner Sprachlosigkeit erholt.

»Aber ich bitte Sie. Das ist ja unerhört!«

»Befleißigen Sie sich doch wenigstens eines korrekten Spanisch, Professorchen. Unerhört kommt von ›noch nie gehört‹, und bis jetzt habe ich noch nicht einmal guten Tag gesagt.«

Gausachs schießt um seinen Schreibtisch herum und baut sich vor dem Detektiv auf. Er fährt sich mit der Hand durch das blonde Haar, streicht dann mit derselben Hand eine imaginäre Falte auf seiner Weste glatt und läßt sie schließlich in der Hosentasche verschwinden. Er lächelt jetzt.

»Was wollen Sie? Ihren Scheck? Mir von den Unterschlagungen erzählen, die ein kleiner Hinterhofbuchhalter aufgedeckt hat?«

»Über den Scheck reden wir noch. Was den Buchhalter angeht – so miserabel kann er nicht gewesen sein, wenn ihm jemand sein Archiv für eine sechsstellige Summe abgekauft hat.«

»Vielleicht, weil er mit gotischer Schrift schrieb? Und was die angeblichen Unterschlagungen angeht, da können Sie sich abregen. Die Londoner Zentrale hat mir eine stimmige Erklärung gegeben. Das mit den zweihundert Millionen müssen Sie jedenfalls in *Ali Baba und die vierzig Räuber* gelesen haben. Es ist eine ganz normale Sache, daß die Bilanzen eines so großen Unternehmens nie ganz aufgehen. Da sind Repräsentationskosten, Ausgaben für Pressearbeit und so weiter, die in keiner Bilanz auftauchen. Das weiß man in London, und es sind Bevollmächtigte der Zentrale in den abhängigen Unternehmen, die über diese Gelder verfügen. Wenn Jaumá von seinem hohen Roß herabgestiegen und einverstanden gewesen wäre, daß die Bilanzen in London gemacht werden, hätte er nie mehr Grund zur Beunruhigung gehabt.«

»Er hätte also nicht mitgekriegt, daß da etwas oberfaul ist.«

»Machen Sie sich doch nicht lächerlich. Oberfaul! Herrgott noch mal. Wie oft muß ich Ihnen die Sache denn noch vorkauen?«

Gausachs gibt sich jetzt überrascht, ungeduldig, leicht angeekelt.

»Jemand hat einem kleinen Dorfzuhälter so viel Geld geboten, daß er sich den Mord an Jaumá selbst ans Bein gebunden hat.«

»Können Sie mir das bitte ins Spanische übersetzen?«

»Sie wissen genau, was los ist. Jemand hat sich einen Mörder gekauft, und derselbe mysteriöse Jemand hat sich das Gedächtnis des alten Alemany gekauft und damit die Spuren des Mannes verwischt, der über die verschwundenen zweihundert Millionen verfügt.«

»Und die Jesuiten vergiften das Trinkwasser. Das sind doch alles Phantastereien.«

»Man hat Tonnen von Bromid ins Trinkwasser gekippt, damit wir alle schön schlafen, und Sie sind entweder ein Zyniker oder ein Trottel, vielleicht haben Sie aber auch bloß die Sorte Nase, die einen davor bewahrt, die Scheiße zu riechen, die einem bis zum Hals steht.«

»Ich bitte Sie inständig um einen Gefallen! Akzeptieren Sie das Präsent der Petnay, und lassen Sie uns in Ruhe! Es ist das beste für Sie, für mich und für Concha. Hören Sie endlich auf, den James Bond zu spielen.«

Er sieht aus, als hätte er in seinem Pullover und dem ewig gleichen verknitterten Hemd geschlafen. Núñez öffnet die Tür mit einem Schrubber in der Hand. Mitten im Raum, der Schlafzimmer, Eßzimmer und – wie die Bücher in den Regalen und die Papierberge auf dem einzigen Tisch zeigen – auch Arbeitsplatz ist, scheint ein Eimer mit schmutzigem Wasser über sein eigenes trauriges Los nachzudenken. Núñez wringt den nassen Lappen aus, stellt den Schrubber neben den Eimer, holt aus einem der Regale eine Flasche mit Kölnisch Wasser und massiert sich ein paar Tropfen in die Hände und wedelt damit umher, damit der Alkohol verdampft.

»Meine Freundin ist zur Arbeit gegangen, und ich mache die Wohnung sauber.«

Einen Moment stehen sie beide im Zimmer herum, ohne ein Wort zu sagen, und mustern sich gegenseitig.

»Concha will sich zurückziehen. Sie sucht Sie. Ich hab's nicht geschafft.«

Mit müder Stimme trägt Carvalho seine Version der letzten Ereignisse vor.

»Das Geld, das verschwunden ist, ist für eine illegale Aktion gedacht. Bei einer normalen Unterschlagung hätte die Petnay anders reagiert. Das Geld wurde mit dem stillschweigenden Einverständnis der Petnay selbst beiseite geschafft. Jaumá schöpfte Verdacht, er fühlte sich isoliert, eingekreist, und wandte sich an jemanden, zu dem er volles Vertrauen hatte.

Und danach an die Zentrale der Petnay, von deren Erklärungen er sich zunächst beruhigen ließ. Aber dieses Jahr war entweder die Summe zu groß, oder er hat etwas herausgefunden, das ihn zusätzlich beunruhigte. Jaumás Ermordung ist ein dickes Ei, und es muß einen entsprechend gewichtigen Grund dafür gegeben haben, das heißt, er war zu einer Bedrohung für sein Unternehmen geworden. Was folgte, liegt auf der Hand. Man hat ihn ermordet und anschließend allen politischen und wirtschaftlichen Einfluß geltend gemacht, um die Sache zu vertuschen.

Ich frage mich allerdings, warum sich Jaumá so weit vorgewagt hat. Er wußte doch, mit wem er es zu tun hatte. Er hat entweder versucht, sich eine Scheibe von dem einträglichen Nebengeschäft abzuschneiden, indem er die Petnay erpreßte, oder er hat sich bei einem Menschen, dem er vertraute, verplappert. Die erste Version ist vom Auftakt über die Durchführung bis zum Schlußakt einleuchtend. Die zweite kompliziert die Dinge: Jaumá geht hin und erzählt diesem Mann, was er herausgefunden hat, vielleicht ist er aber auch gleich zu dem Schuldigen gegangen und hat ihn gestellt. Beides setzt voraus, daß er zu dem anderen ein gewisses Vertrauensverhältnis hatte. Er hätte sich keinem völlig Fremden anvertraut, und er hätte auch keinen völlig Fremden persönlich beschuldigt. Jedenfalls, diese Person verrät ihn, er wird ermordet. Der Mann, der das veranlaßt hat, muß einer von euch sein, einer der vielversprechenden Jungs auf dem Foto, eins der Mädchen beim Spiel, die Königin werden wollen, Sie wissen schon, was ich meine. Ich tippe auf Fontanillas oder Argemí. Beide stecken mit der Petnay unter einer Decke. Fontanillas hockt im Aufsichtsrat mehrerer Tochtergesellschaften, und Argemí ist über Zulieferungen von dem großen Kraken abhängig. Aber ich will nicht von vornherein ausschließen, daß auch einer von euch, einer der lebenslänglichen Roten, in Frage kommt. Rhomberg hat man umgebracht, weil er zuviel wußte und man Angst hatte, er würde es mir erzählen. Eine Riesenkiste. Eigentlich eine Nummer zu groß für mich. Mann, was könnte ich Geld rausholen aus der Sache! Die

Witwe würde mich fürstlich entlohnen, weil sie Angst hat, daß ich mit meinen Nachforschungen die großzügige Pension der Petnay gefährden könnte. Und die Petnay selbst will mich auch kaufen. Ich habe noch nie soviel Geld in so kurzer Zeit verdient, und das beunruhigt mich. Was soll ich tun? Wir leben jetzt angeblich in einer Demokratie, na ja, so was Ähnliches – soll ich die Sache an die Öffentlichkeit bringen? Ich versammle morgen ein paar Journalisten und klage die Petnay an. Riesenaufruhr. Eine Untersuchung. Und das Ergebnis: Ein drittklassiger Privatdetektiv wollte auch mal in die Schlagzeilen kommen, indem er einen Skandal anzettelte.«

»Da bleibt dann wohl nicht mehr viel?«

»Eine Möglichkeit gäbe es. Ihr, die Linken unter den Freunden von Jaumá, macht es zum Politikum.«

»Ich wohl kaum. Ich habe nichts zu sagen. Ich kann meiner Partei das Leben nicht noch schwerer machen, in einer so schwierigen Phase wie gerade jetzt. Wie würde sich denn die Sache nach außen hin ausnehmen: die Kommunisten setzen sich für einen Perversen ein, der die Schlüpfer seiner Nutten in der Tasche rumträgt. Mehr käme doch nicht raus dabei. Wir sind gerade nach langen Jahren aus dem Untergrund, dem Schweigen, der Verfolgung aufgetaucht. Und da sollen wir gleich mit so was an die Öffentlichkeit?«

»Und die anderen? Vilaseca, Biedma?«

»Vilaseca können Sie vergessen. Eine Randfigur. Und Biedma? Der würde mitmachen, aber das würde alles nur noch schlimmer machen. Sie wären ein schönes Gespann: Der rote Revoluzzer und der Schnüffler aus dem Nuttenviertel attackieren den multinationalen Goliath.«

»Also? Was soll ich tun? Abkassieren und nach Hause gehen?«

»Ihr Problem.«

»Was würden Sie machen?«

»Ich an Ihrer Stelle würde nicht abkassieren, sondern abwarten. Vielleicht sind die Umstände einmal günstiger, das Kräfteverhältnis besser. Die Petnay steht vielleicht mal mit dem Rükken zur Wand, und dann können Sie angreifen. Zu einem späteren Zeitpunkt würde ich Ihnen helfen.«

»Vielleicht schleichen sich aber auch eines schönen Tages zwei oder drei Meuchelmörder nach Feierabend, wenn die letzten Freiberufler aus dem Haus gegangen sind, in mein Büro. Und wenn Biscuter vom Einkaufen zurückkommt, findet er seinen hochverehrten Chef tot im Sessel. In den Zeitungen würden dann ein paar Zeilen über den Tod eines zweifelhaften Detektivs stehen, der sich zu sehr mit der Unterwelt eingelassen hat – einer, der als Linker im Knast saß und später beim CIA mitmischte. Liiert mit einem eher Luxus liebenden als Luxus bietenden Callgirl. Vielleicht lauern sie mir aber auch in meinem Haus in Vallvidrera auf und zünden mir das Dach über dem Kopf an. Unfall. Ich zünde jeden Abend mein Kaminfeuer an, auch im Sommer. Ich kann dann besser nachdenken. Sie haben mich in die Sache reingezogen. Jetzt strengen Sie sich an! Helfen Sie mir wieder raus!«

»Ich kann Ihnen nur anbieten, mit Ihnen den Heldentod zu sterben. Falls Sie das wünschen, werde ich im Büro nicht von Ihrer Seite weichen und Sie jeden Abend nach Hause begleiten. Ich habe auch großes Verständnis für eine individuelle Moral, aber sie muß in mir selbst beginnen und enden. Ich bin bereit!«

»Mir liegt nichts daran, in Begleitung zu sterben.«

»Das habe ich befürchtet.«

»Das schlimme ist, daß ich die Sache wohl zu Ende bringen muß.«

»Sie wollen also an der Decke ziehen?«

»Ich werde den Mörder finden – und dann von der Witwe mein Honorar verlangen. Ich muß an meine Rente denken.«

»Das tue ich nicht. Ich übersetze gerade so viel, daß ich genug zu rauchen habe, ohne Lungenkrebs zu kriegen. Zur Zeit arbeite ich an der *Kritik des Gothaer Programms* von Marx.«

»Verehren Sie mir ein Exemplar, wenn Sie's fertig haben. Mit solchen Büchern zünde ich immer mein Kaminfeuer an. Je hochgeistiger, desto besser, desto verdienter. Ganz sicher haben sie mindestens einen Menschen übers Ohr gehauen.«

»Sind Sie etwa auch einer von denen, denen das Messer in der Tasche aufgeht, wenn sie das Wort Kultur hören?«

»Nicht das Messer, das Feuerzeug. Kultur, das ist Kochen, mit oder ohne Sauce, leben wie ein Sterblicher oder wie ein Unsterblicher, die eigene Frau ausleihen oder sich die von anderen schnappen, das heißt, französische oder englische Kultur, spanische oder amerikanische Kultur, Eskimo-Kultur oder italienische Kultur. Das, was Sie Kultur nennen, ist dagegen verbal oder librettistische Orthopädie.«

»Da habe ich so lange Deutsch zu lernen versucht, und jetzt soll das alles Quatsch sein?«

»Hat Ihnen die Sprache irgendeinen Genuß verschafft, ich meine zum Beispiel sexuellen Genuß?«

»Meinen Sie die gesprochene Sprache oder den Sprechmuskel, die Zunge?«

»Zunächst mal die gesprochene Sprache.«

»Ich kann mich nicht beklagen. Obwohl ich im puritanischen Osten von Deutschland war, kriegte ich jede Woche eine andere ins Bett. Na ja, das ist vielleicht etwas übertrieben, aber nur etwas. Unter der Oberfläche dieser strengen Marxisten vibrierte die Romantik ihres kollektiven Volkscharakters. Eine hat mir sogar ein Löckchen von ihrem Schamhaar verehrt, zum ewigen Gedenken!«

»Haben Sie es noch?«

»Nein, ich hab's dort gelassen. Stellen Sie sich den Aufstand an der Grenze vor, wenn einer das gefunden hätte!«

»Ihr Kommunisten seid die letzten Puritaner dieser Welt!«

»Eines Tages wird man unseren wahren Wert erkennen!«

Es ist gar nicht so einfach, die Witwe Jaumá aus ihrem Territorium zu locken, aus jener Wohnung voller Halbwaisen, in der man sogar die Fensterscheiben einmal die Woche zu stärken und zu bügeln scheint. Aber die Situation droht Carvalho zu entgleiten. Deshalb bestellt er die Witwe an den Hafen, ignoriert ihre Fragen und Vorwürfe und nötigt sie, die Konversation auf einem der kleinen Hafendampfer fortzuführen, die das dreckigste Wasser dieser Welt durchpflügen und zum Wellenbrecher hinüberfahren. Schließlich lädt er sie zu allem Überfluß in einem der typischen Massenrestaurants am Fuß des Leuchtturms zu einem Teller Miesmuscheln *à la marinera* ein.

»Was glauben Sie eigentlich, wer Sie sind? Sie werden von mir bezahlt, nicht umgekehrt. Ich lasse mich von Ihnen nicht wie ein Hündchen behandeln!«

Carvalho verschlingt die Muscheln und benutzt die Schale dann als Löffel, um sich das pikante *sofrito* in den Mund zu schaufeln.

»Scheußlich. Die Muscheln schmecken nach Petroleum, das *sofrito* ist zu wenig eingekocht und enthält zu viele Gewürznelken. Der Koch ist bestimmt aus Murcia. Das Essen ist dort mit Nelken gespickt wie Christus am Kreuz mit Nägeln. Meine Großmutter stammt aus Murcia, und sie machte eine Fischsuppe, ganz einfach, aber ausgezeichnet! Mit Schwertfischsteaks, grünem Paprika, Zwiebeln, Tomaten und Nelken.«

»Ich hab langsam die Nase voll von Ihren Clownerien!«

»Gut, sprechen wir über Ernsteres. Über Geld. Ich verlange dreißig Prozent der Summe, die man Ihnen bezahlt hat, damit Sie mit dem Mörder Ihres Mannes zusammenarbeiten.«

»Wenn Sie so weitermachen, bekommen Sie noch eine Ohrfeige.«

»Halten Sie den Obristen im Zaum, den Sie in sich tragen! Sie arbeiten den Mördern Ihres Mannes in die Hände. Der Gipfel war, wie Sie die Frau des armen Alemany rumkriegten, daß sie die Informationen des Buchhalters verkaufte. Sie können dem Gangster, der sie kaufte, sagen, daß ich zu diesem Thema eine Pressekonferenz geben werde.«

»Das einzige, was mich interessiert, ist die Sicherheit und der Seelenfrieden meiner Kinder. Der Fall ist geklärt. Der Mörder ist verhaftet, und Sie sind entschieden zu weit gegangen. Ich hatte und habe nichts gegen eine finanzielle Regelung. Wenn es das ist, dann können Sie den Fall abgeben. Wieviel bekommen Sie?«

»Man hat Ihnen mit dem Verlust der Pension gedroht.«

»Mich bedroht niemand.«

»Dann hat man Ihnen versprochen, die Pension zu erhöhen.«

»Mich kauft auch niemand.«

»Ihr Mann wurde von derselben Person ermordet, die Sie jetzt veranlassen will, Gras über die Sache wachsen zu lassen.«

»Sie sind ganz einfach verrückt! Wie einer von den Leuten, die einmal den Napoleon gespielt haben und dann glauben, sie seien Napoleon.«

»Richten Sie ihm die Warnung aus! Ich werde ihn finden und seinen Namen in die Schlagzeilen bringen.«

»Da, nehmen Sie! Ich will nichts mehr mit Ihnen zu tun haben, und ich will auf keinen Fall die Verantwortung für Ihre weiteren Schritte tragen.«

Neben dem Häuflein leerer Muschelschalen liegt plötzlich ein sorgfältig gefalteter Scheck. Carvalho säubert seine Finger und faltet das Papier dann feierlich auseinander.

»250 000 Peseten. Nicht schlecht.«

»Das ist sicher mehr, als Sie sonst in einem Jahr verdienen.«

»Mein Vater bekam eine Rente von achttausend Peseten pro Monat, und das, nachdem er fünfundsechzig oder siebzig Jahre lang gearbeitet hatte – er hat als Fünfjähriger schon Kühe gehütet. Wenn ich an der Uni geblieben wäre, als Professor für Literatursoziologie, dann würde ich heute 30 000 im Monat verdienen. Fünfzehn Gehälter zu 30 000, 450 000 Peseten im Jahr. Sehen Sie? Sie haben sich verrechnet. Aber trotzdem nicht schlecht.«

»Señora, werden Sie belästigt?«

Schon wieder der langhaarige Polizist. Diesmal mit einem Kollegen, der als peruanischer Agrarreformer verkleidet ist.

»Gratuliere, Señora Jaumá, Sie werden besser bewacht als der amerikanische Präsident.«

»Hören Sie auf herumzualbern! Unsere Geduld ist am Ende.«

»Er hat mich nicht belästigt. Ich bin freiwillig hierhergekommen und wollte gerade gehen.«

»Vergessen Sie nicht, Ihrem Herrn und Meister auszurichten, daß ich ihm auf der Spur bin. Ich kriege ihn.«

»Sie kriegen niemanden. Und keine Mätzchen, sonst nehmen wir Sie mit!«

Von Concha Hijar ist nur noch das Klappern der Absätze zu hören. Die beiden Polizisten zögern einen Moment, legen dann aber die Unterarme auf die Bar und fixieren Carvalho. Der Detektiv steht auf und starrt hinaus auf das Unwohlsein des bleigrauen Meeres. Es nieselt, und das Meer scheint empört über die schüchternen Tropfen, mit denen es der Himmel belästigt. Er atmet mehrmals tief durch, um die Angst loszuwerden, die ihm übelriechend vom Magen her aufstößt. Daran ändert auch der tröstliche Scheck nichts, den er in der Brusttasche trägt. Die Angst vor dem Sterben wird dadurch nicht wettgemacht, aber die Summe läßt immerhin das Konto anschwellen, auf dem er Pesete für Pesete zurücklegt, um später einmal ein gutes saugfähiges Polster unter sich zu haben, wenn er als Tattergreis ins Bett pinkelt.

»Ich glaube, Señor Carvalho, Sie haben wieder Pipi gemacht.«

Oder: »Hast du dich wieder vollgepißt, altes Schwein!«

Zwischen diesen beiden Kommentaren liegen die Ersparnisse seines ganzen Lebens, feierlich aufgebahrt unter dem grauen Umschlag seines Sparbuchs.

»Bloß keine Bank, Pepe, bloß nicht! Banken gehen kaputt, und dein Geld ist weg. Die Sparkasse ist sicherer!«

»Aber Papa, die zahlen weniger Zinsen!«

»Dafür sind sie sicher.«

Vielleicht würde er auch ein Grundstück kaufen, um es weiterzuverkaufen, wenn er sich zur Ruhe setzte. Allerdings würde es dann, wenn die Demokratie weiterhin florierte, mit Grundstücksspekulationen schwieriger sein. Und wenn bis dahin der

Sozialismus kam? Dann gäbe es gute und saubere Altersheime. Er bekäme einen Plastikschlauch an seinen Pimmel; die Pisse würde, wenn er im Schlaf urinierte, in einem großen Reservoir landen und gereinigt werden, um als absolut sauberes Trinkwasser wieder dem allgemeinen Konsum zugeführt zu werden. *Geriatrisches Zentrum Antonio Gutiérrez Díaz.* Seine Überreste würden in der *Einäscherungsstätte Pere Portabella* verbrannt und der feine Aschenstaub dann im *Hain der Ewigen Materie Friedrich Engels* ausgestreut werden. Beschissen wäre, wenn er jetzt umgebracht würde, bei dem Chaos, das in der Stadt herrschte. Es gab nicht einmal genügend Grabstätten, und Charos und Biscuters Tränen wären sein letztes Geleit. Was würde aus Biscuter werden? Er mußte unbedingt mit ihm reden. Das Beste wäre für ihn, sich Arbeit in einem Restaurant zu suchen; er würde einen guten Koch abgeben. Aber jeder würde sich vor dem glatzköpfigen, häßlichen, zurückgebliebenen Biscuter ekeln oder ihn bemitleiden, und der Rassismus urteilt nicht nur nach der Hautfarbe, sondern auch nach Körperbau, Nasengröße, Haarwuchs und Blick. Er würde testamentarisch dafür sorgen, daß im Fall seines plötzlichen Todes Charo und Biscuter seine Ersparnisse und sein Haus in Vallvidrera bekämen. Den Weinkeller würde er Bromuro vermachen, damit er sich mit guten Weinen die Leber ruinieren konnte.

Die Drohung, die er Concha Hijar mit auf den Weg gegeben hat, wird in ein paar Stunden ihre Wirkung tun. Carvalho beschließt, der Reaktion, die er erwartet, bewaffnet gegenüberzutreten. Als er das Tuten des Dampfschiffes hört, verläßt er das Restaurant und geht an Bord, die beiden Polizisten im Schlepptau. Sie setzen sich so, daß sie ihn im Auge behalten können, wechseln die ganze Fahrt über kein Wort und mustern die Leute in ihrer Umgebung, als würden sie sie gerade in aktive und potentielle Täter einteilen.

Auf der anderen Hafenseite angekommen, eilt Carvalho zur Zweigstelle seiner Sparkasse, um den Scheck einzulösen.

»Ich habe leider mein Sparbuch nicht dabei. Kann ich es auf

den Namen von zwei weiteren Leuten umschreiben lassen? Sie kommen dann später vorbei und geben ihre Unterschrift ab.«

»Füllen Sie bitte das Formular hier aus.«

Er soll den vollen Namen von Biscuter und Charo angeben. Wie heißen die beiden, verdammt noch mal. Er hat keine Ahnung. Und ein Sparbuch, das auf den Namen von José Carvalho Larios, Charo und Biscuter ausgestellt ist, hätte sicher zu einer Krisensitzung des Sparkassenvorstandes geführt. Scheiße! Er geht hinüber ins Büro, um die Namen zu besorgen – und seine Pistole. Biscuter hockt auf einem Stuhl, pult dicke Bohnen aus der Schale und schaut mit einem Auge prüfend auf, als sich Carvalho in den Drehstuhl fallen läßt und den Mechanismus seiner Pistole, Marke Star, überprüft.

»Haben Sie immer eine Knarre dabei?«

»In diesem Land muß man bewaffnet sein.«

Sie hatten das Jackett ausgezogen, während sie zu den Höhen über dem Tal des Todes hinaufstiegen. Jaumá bemerkte, er halte nicht viel von Landschaft, aber das hier sei beeindruckend, das müsse er zugeben. Carvalho war zum drittenmal auf dieser Hochebene mit der roten Erde, wo man die Agonie der weißen und violetten Wellen des abendlichen Zabriski Point direkt vor Augen hatte. Berge, wo man sich umbringen konnte, unterwegs zu einem Ort ohne Wiederkehr, einem Ort des totalen Vergessens; man selbst das einzige lebende Partikelchen in einer unbewohnten Welt, ein Partikelchen ohne Furcht vor der Besetzung des Territoriums von Körper und Seele. Gelbe, schwarze, blaue, grüne und rote Rinnen unten in dem windigen Tal, in das die ersten Schatten vorstießen.

»Wenn wir uns nicht beeilen, können wir von Zabriski Point aus keine Fotos mehr machen und kommen zu spät nach Las Vegas.«

»Ich muß unbedingt die Show von Ann Margret sehen. Ihr erster Auftritt seit ihrem Unfall und der Gesichtsoperation.«

Dieter wollte fotografieren und Jaumá einen seiner erotischen Träume aus der Nähe sehen. Sie flogen zu den Boraxhügeln von Zabriski Point, und Rhomberg hatte noch Zeit, Carvalho zu fotografieren, der so tat, als wandere er in den schon dunkelvioletten Sonnenuntergang.

»Für Sie ist der Ausflug vorbei. Sie sind ja nur gekommen, um diese Talkpuderberge wieder mal zu sehen.«

»Ja.«

»Keinen Appetit auf Las Vegas?«

»Das juckt mich nicht. Was mich wirklich gereizt hat, war das hier.«

Dieter blieb am Steuer; er wollte sich nicht ablösen lassen. Entweder hatte er Angst vor Jaumás zugegebener Unsicherheit in Wagen mit Automatik, oder er hatte keine Lust, den passiven Beifahrer zu spielen. Es wurde dunkel über der Wüste, aber noch konnte man das typische dürre Gestrüpp sehen, das der Wind vor sich hertrieb, die ausgebleichten und verlassenen Holzhäuser und, in einiger Entfernung von der Straße, die Umrisse eines Indianerreservats, das sich Jaumá nicht ansehen wollte.

»Ich will Ann Margret sehen und dann spielen. Morgen sehen wir uns Geschäfte an und schauen mal, was so gekauft wird. Dieter und ich sind auch zum Arbeiten hierhergekommen, und in Las Vegas beginnt das Leben nach Sonnenuntergang. Was haben Sie morgen vor?«

»Ich fahre zurück nach San Francisco.«

»Gleich wieder zurück?«

»Das Tal des Todes hat's mir angetan.«

»Ich kannte es bis jetzt nur vom Flugzeug aus und aus dem Disney-Film *Die Wüste lebt.*«

»Wenn Sie mal ein paar Tage hierbleiben, mieten Sie sich ein Sportflugzeug und fliegen Sie durch die Canyons, am besten durch den Colorado! In einem der Seitencanyons gibt es einen Wald von Erdsäulen in Phallusform, die durch Verwitterung entstanden sind. Das wird Sie anmachen!«

Jaumá versprach, sich die Sache anzusehen, und sei es auch nur, um das mit den Phallusformen nachzuprüfen.

»Ich werde vor ihnen auf die Knie fallen und sie bitten, meinen genauso groß und ewig zu machen wie sie selbst!«

Plötzlich tauchte Las Vegas auf, wie eine glitzernde Fata Morgana mitten in der Wüste. Dieter gab Gas. In Jaumás sephardischen Augen verband sich das Glitzern des Lichtermeeres mit dem inneren Licht eines vergnügungssüchtigen Tieres. Es war, als träten sie unter eine vielfarbige, elektrische Sonne, deren einziger Zweck war, Glücksversprechungen zu machen. Las Vegas versetzte sie wieder einmal in Erstaunen, obwohl die drei oft hierherkamen – Carvalho, weil er in einem CIA-Zentrum in der Nähe der Stadt Kurse für Ausbilder gab, und Dieter und Jaumá, weil es eine märchenhafte Welt von Beziehungen und Resultaten der Industriezweige war, die sie manipulierten. Jaumá hatte Plätze im *Sands* vorbestellt, und jeder bekam einen Bungalow am Rand der Wüste zugewiesen, mit heroischen, üppigen Gärten, durch die die Gepäckträger des Hotels ihre Gepäckwagen steuerten.

»Ziehen Sie sich schnell um, Carvalho! Die Show ist im *Caesar*, und vorher möchte ich zu Abend essen!«

Gemischte Räucherplatte und Moselwein, zum Dessert Litschis, frisch aus Thailand. Ein perfekt temperierter Calvados von feinstem Aroma. Die Blicke gefesselt von leichtgekleideten Damen und den üblichen Herrn in den üblichen grünkarierten Anzügen, mit gelben Schuhen, roten Hemden und massiv goldenen Gehängen anstelle einer Krawatte. Die Bedienungen trugen das Kostüm einer sterbenden Kleopatra, direkt nach dem Schlangenbiß in die Halsschlagader – falls Kleopatra je diese kurzen Röcke trug und die römischen Invasoren mit dem Anblick ihres Hinterteils beglückte.

»Tragen Sie immer noch die Knarre im Schulterhalfter?«

»Ist schon wie ein zusätzliches Körperteil.«

Sergio Mendes eröffnete Ann Margrets Show mit seinem brasilianischen Orchester. Professionelle Perfektion für ein Publikum von Reichen, Abenteurern und Jungvermählten. Alles war in Gala, aber die Maßanzüge aus London und die Kostüme aus

Paris oder den entsprechenden Filialen in New York oder Los Angeles waren dem gewollt saloppen Geschmack der Amerikaner angepaßt. Die häufigste Methode der Anpassung war, sie einfach auf Körpern zu tragen, die sich gewohnheitsmäßig wie Cowboys oder Farmerfrauen bewegten, Pioniere bei der Eroberung des Westens, des Ostens, des Nordens, des Südens, des Pazifiks, des Atlantiks, des Mittelmeeres oder des Polarmeeres. Ann Margret trat auf mit perfekter Figur, das boshafte Puppengesicht frisch restauriert. Sie beherrschte ihre Kindchenstimme gut und tanzte »einfach enorm«, wie Jaumá ein ums andere Mal wiederholte. Sie brachte die Massen auf Touren, als sie bekanntgab, an einem Tisch des endlosen, im *Egyptian Style* dekorierten Saales sitze Elvis Presley höchstpersönlich. Der nicht mehr junge Rockstar erhob sich, kostümiert als er selbst vor zehn oder fünfzehn Jahren, um sich für die begeisterten Zurufe der etwa Vierzigjährigen zu bedanken, die vor zehn oder fünfzehn Jahren während oder nach dem Rock'n'Roll-Konzert ihren ersten Orgasmus gehabt hatten. Alle erhoben sich und hielten Ausschau nach der Insel, auf der der legendäre Star seine in jugendliche Kleidung eingeschnürte Fettleibigkeit zur Schau stellte. Er grüßte und trat mit seinen Leibwächtern den Rückzug an. Sie stießen erbarmungslos die Damen beiseite, die ein Autogramm ergattern oder den früheren Vorstadtkönig einmal berühren wollten. Nach seinem Abgang wurden die Köpfe wieder klar, die Beleuchtung ging wieder aus, und die Show wurde fortgesetzt. Jaumá wollte zur Bühne gehen und Margrets Gesichtsoperation aus nächster Nähe begutachten. Er kam aufgeregt wieder.

»Sie sieht perfekt aus! Einfach perfekt!«

Schon vor dem allgemeinen Aufbruch strebten sie zum Ausgang, um noch einen Platz an den Spieltischen zu bekommen. Die einarmigen Banditen wirkten wie Roboter in elektronischer Gala, während der grüne Samt von Hunderten von Tischen dem Ganzen den Anstrich altmodischen Lasters verlieh, multipliziert vom Teufel des Wohlstands. Dieter ging zu den Reihen der einarmigen Banditen, Jaumá setzte sich an einen Baccaratisch, und

Carvalho inspizierte den Nachbau einer ägyptischen Barke, auf dem ein Römerorchester des ersten vorchristlichen Jahrhunderts spielte. Aber die massigen Polizisten vor und hinter dem Gitter der Kasse stammten aus diesem Jahrhundert und trugen die unvermeidlichen Autoritätsfarben Grau, Khaki, Beige und Braun. In diesem Fall handelte es sich um bräunlich gekleidete Polizisten mit riesigen Revolvern in weißen Lederholstern auf den Hinterbacken. Carvalho opferte den einarmigen Banditen fünf halbe Dollars und machte sich dann auf lange Langeweile gefaßt, als er sah, mit welcher Faszination Jaumá das Spiel verfolgte und sein Geld verlor. Dieter machte die ganzen einarmigen Banditen durch, methodisch wie ein deutscher Mechaniker, der ihre Funktion kontrollierte. Carvalho liebäugelte ein wenig mit einer kleinen üppigen Jüdin, deren ganzer Clan ironisch das Geschehen am Spieltisch beobachtete. Als sich der Clan kurz entfernte, nutzte Carvalho die Gelegenheit und fragte sie, ob sie nicht ihr Glück im Spiel versuchen wollte.

»Meine Religion verbietet mir das Spielen«, sagte sie mit einem feuchtglänzenden Lippenpaar, aber Carvalho hatte den Eindruck, die Stimme komme aus den beiden festen Kugeln, die aus dem Ausschnitt ihres rosa Tüllkleides hervorlugten. Der ganze Clan logierte im *Holiday Inn*, und Carvalho schlug ihr vor, ihn zu begleiten und sich das *Sands* anzusehen.

»Es ist das Hotel von Sinatra.«

Die Dunkelhaarige sah verstohlen nach, was ihr Clan trieb. Ein Mann mit schwarzem Kraushaar und großen, schweren Gesichtszügen beobachtete sie aus dem Zentrum der Gruppe heraus.

»Ich kann nicht. Wir wollten gerade gehen.«

»Sind Sie aus San Francisco?«

»Nein, aus Owosso. Auf der Landkarte werden Sie es kaum finden. Wir sind zur goldenen Hochzeit meiner Schwiegereltern hierhergekommen.«

»Wirklich schade, daß Sie nicht ins *Sands* mitkommen können. Von meinem Zimmerfenster aus sieht man die Sahara.«

Sie kehrte mit strahlender Miene zu ihrem Stamm zurück und hakte sich bei dem harten Mann ein, als habe sie eben die Wüste Sinai durchquert. Dieter hatte noch zweihundertdreizehn einarmige Banditen vor sich. Jaumá merkte nicht einmal, wie Carvalho versuchte, von der anderen Seite des Tisches her seine Aufmerksamkeit zu erregen. Irgendwann hob er den Kopf, und ihre Blicke trafen sich. Seine Augen waren verschleiert; ein Spieler in Ekstase. Er schien Carvalho nicht zu erkennen und starrte sofort wieder auf die Hände des Croupiers. Ohne rechte Überzeugung hob Carvalho den Arm. An der Tür schaute er sich noch ein letztes Mal um und sah Jaumá, das Kinn auf die Hände gelegt, die den Rand des Spieltisches umklammerten.

Biscuter ist mit dem Schälen der Bohnen fertig und sucht für Carvalho die weichsten und zartesten aus, um sie ihm anzubieten. Carvalho kaut sie genüßlich und ein kräftiger, angenehm bitterer Geschmack breitet sich in seinem Mund aus. In diesem Augenblick läutet das Telefon. Er gebietet dem ungeduldigen Biscuter Einhalt und läßt es ein paarmal läuten, bevor er vorsichtig und voller Mißtrauen zum Hörer greift, als hätte er es mit einer tickenden Zeitbombe zu tun.

»Bist du dran, Carvalho?«

»Und du, wer bist du?«

»Hör mal gut zu! Wir sind hier bei deiner reizenden Verlobten, und ich muß sagen, sie gefällt uns bestens. Wir wollen uns aber trotzdem mit dir unterhalten. Wir warten hier auf dich. Aber komm allein, und ohne Spielzeug in den Taschen! Und laß uns nicht zu lange warten, sonst vergnügen wir uns in der Zwischenzeit mit dem Mädchen, und wir sind da sehr anspruchsvoll ...«

Carvalho legt die Pistole zurück in die Schublade und steckt ein Springmesser in die Tasche.

»Ruf in einer Stunde bei Charo an, und wenn dir was komisch vorkommt, ruf die beiden hier an: Núñez und Biedma. Ihnen kannst du alles sagen, egal, was passiert sein sollte.«

»Ich komm mit, Chef.«

»Du bleibst hier und sperrst von innen ab.«

»Die Polizei soll ich nicht rufen, ich meine, wenn …?«

»Nur wenn dir jemand die Bohnen klaut.«

Er kommt ausgepumpt vor Charos Haus an und versucht, während er mit dem Aufzug hochfährt, seinen Atem unter Kontrolle zu bekommen. Als er den Schlüssel im Schloß umdreht, hat er wieder das Gefühl, wie ein Mann zu wirken, der jede Situation in den Griff kriegen kann. Eine Handbreit von der Tür entfernt wartet der Kerl, der ihn angerufen hat. Exboxer, denkt Carvalho. Er hat eine zerschlagene Nase im Gesicht, die durch das breite, schwachsinnige Grinsen noch kleiner wirkt.

»Na, das nenne ich Pünktlichkeit. Nimm mal die Ärmchen hoch!«

Am anderen Ende des Ganges wartet ein zweiter, ein kleiner, eher schmächtiger Typ, die Hosen an den Knien ausgebeult und die wattierten Schultern seines Jacketts fast bis zu den Ohren hochgezogen. Von hinten klopfen sie ihn unter den Achselhöhlen ab und durchsuchen seine Taschen.

»Das Messer hier, wozu schleppst du das rum? Zum Nägel putzen?«

Er spürt den heißen Atem des Boxers im Nacken und marschiert an dem Kleinen vorbei ins Wohnzimmer. Charo sitzt mit nackten Brüsten da, hat aber ihren Rock noch an. Zwei finstere Typen halten sie an den Armen gepackt. Sobald sie Carvalho in der Tür sieht, beginnt sie zu schluchzen. Carvalho verlagert sein Gewicht auf einen Fuß, um herumzuschnellen, aber genau in diesem Moment trifft ihn ein Tritt ins Standbein. Er verliert das Gleichgewicht und stürzt rücklings zu Boden. Der Boxer tritt ihn in die Hoden, während der Kleine sich auf die Rippen konzentriert. Er setzt sich auf und versucht, mit den Händen den Unterleib zu decken, muß aber Tritte gegen Arme und Brust hinnehmen und spürt, wie ihm jemand von hinten einen Schal um den Hals wirft und versucht, ihn wieder auf den Rücken zu ziehen. Er rollt sich seitlich, legt die Beine zusammen und stößt mit aller Kraft nach dem Burschen, der ihm am nächsten steht. Der Boxer taumelt und greift nach der Sofalehne, um nicht zu fallen. Schon ist Carvalho auf den Beinen und schlägt auf den Kleinen ein. Der Zwerg weicht zurück und läßt plötzlich das Messer aufblitzen, das er Carvalho abgenommen hat. Charo quiekt auf, und als er sich zu ihr umdreht, sieht er, daß einer der Bewacher an ihrer Brust zerrt, als wollte er sie zerquetschen. Er springt auf das Mädchen zu, kollidiert jedoch mit der Körpermasse des Exboxers, der sich wieder gefangen hat. Der erste Schlag trifft ihn in die Leber, der zweite vor die Brust, der dritte an die Schläfe. Halb von Sinnen rammt Carvalho beide Hände gleichzeitig ins Gesicht des Boxers und wirft sich, Kopf voran, genau gegen dessen Mundpartie. Sein Schwung läßt den Boxer stolpern und auf den Kleinen fallen. Eine Pranke zerquetscht ihm die Nase und versucht ihm den Kopf abzureißen, die andere schlägt, zur Faust geballt, wie ein großer Stein in seine Rippen. Aber Carvalho hat die Daumen auf den Augen des Boxers und drückt zu, bis dieser so wild aufschreit, daß ihm die anderen drei zu Hilfe kommen und Carvalho schnaufend mit Fußtritten bearbeiten.

»Hau ab, Charo. Lauf!«

Aber Charo hockt da wie gelähmt, heulend, Speichel tropft ihr aus dem Mund, sie ringt, die Hände im Schoß. Carvalho schlägt jetzt nur noch ungezielt um sich, immun gegen den Hagel von Schlägen und Tritten, der auf ihn einprasselt. Sie zerren ihn an der Jacke über den Fußboden, hinüber zum Heizkörper. Zwei hocken sich auf seinen Rücken, zwei andere verdrehen ihm den Arm, er fühlt die Kälte einer Handschelle um das Gelenk schnappen. Noch ein paar Schläge, dann lassen sie ihn liegen. Er will hoch und merkt, daß die andere Handschelle am Heizungsrohr befestigt ist. Ein unbezähmbarer ästhetischer Instinkt zwingt ihn, sich aufzurichten und der Reihe nach die Gesichter der vier Totschläger zu mustern, die vor ihm stehen. Dabei kann er nur mühsam das Schluchzen unterdrücken, das im Bauch heranwächst, als er Charo da sitzen sieht, halbtot vor Angst, auf der Brust blutunterlaufene Male. Er zerrt an der Kette der Handschellen, um zu prüfen, ob sie sich vielleicht öffnen lassen. Nichts. Es gibt keine Möglichkeit mehr. Er läßt den Kopf hängen, lehnt sich mit dem Hintern gegen den Heizkörper und versucht sich zu sammeln. Sein ganzer Körper schmerzt, und als er sich mit der Zunge über die Oberlippe fährt, hat er den Geschmack von Blut im Mund. Auch die anderen sind dabei, sich abzutasten, und dem Exboxer brennen die tränenden Augen.

»Du hast mir wie eine Schwuchtel das Gesicht zerkratzt. Aber jetzt kriegst du was zu sehen.«

Der Exboxer geht auf Charo zu und prügelt sie mit zwei Ohrfeigen vom Sofa auf den Boden. Dann zerrt er sie an den kurz geschnittenen Haaren vom Boden hoch und mißhandelt mit der einen Hand ihre Brüste, während er mit der andern ihre Schreie erstickt.

»Wenn du weiter so rumschreist, schneid ich deinem Deckhengst die Eier ab. Da, schneid sie ihm ab!«

Der Kleine kommt mit dem Messer in der Hand auf Carvalho zu. Charo hört auf zu schreien und wimmert nur noch leise vor sich hin.

»Schau sie dir gut an, du schwule Sau! Du hast Glück, daß wir sie uns nicht zu viert vorknöpfen. Aber wir stehen auf Jungfrauen, und die hier ist durchgevögelt wie ein altes Huhn. Aber wir könnten ihr die Titten mit Zigaretten versengen. Was meinst du, wir sind doch alle Raucher hier? Oder wir fahren ihr mit einem Zuckerstück übers Gesicht. Dauert 'ne Weile, bis es verheilt, macht aber schöne Narben.«

Er holt ein Stück Zucker aus der Tasche und pult es langsam, nicht ohne Nervosität, aus dem Papier. Als der weißglitzernde Zucker freiliegt, fährt er damit plötzlich auf das Gesicht des Mädchens zu. Das Mädchen springt in panischem Entsetzen zurück. Carvalho weint mit zusammengebissenen Zähnen in sich hinein.

»Ich könnte dir wirklich eine schöne Zeichnung verpassen. Aber ich lasse es für heute. Es hängt von deiner Schwuchtel ab, ob wir wiederkommen und dich so zurichten, daß du nicht mal mehr als Marktfrau arbeiten kannst! Und dann gibt's da ja auch noch Vitriol. Für hartnäckige Fälle. Aber dein Schwuli scheint ja schon ganz einsichtig zu werden. Der kommt schon zur Vernunft. Gehn wir!«

Die drei anderen gehen im Gänsemarsch zur Tür und machen dann kehrt, um den letzten Akt des Spektakels zu beobachten. Der Boxer baut sich breitbeinig vor Carvalho auf.

»Schau dir an, was du mit meinen Augen gemacht hast, du schwule Sau. Warum versuchst du's denn nicht noch mal?«

Eins, zwei, drei, die Fußtritte treten Carvalho fast aus den Handschellen. Er geht in die Knie und verhindert mit dem freien Arm, daß ihm der Kniestoß die Zähne ruiniert. Der andere scheint seine Wut gestillt zu haben. Er hält Carvalho einen Umschlag vor die Nase und wirft ihn dann auf den Tisch.

»Lies das! Aber schön aufmerksam. Und halt dich dran. Sonst war das, was du heute mitgemacht hast, nur ein kleiner Vorgeschmack.«

Er schließt die Handschellen auf und bewegt sich rückwärts auf die drei anderen zu. Dann verschwindet die Meute im Gang. Man hört nur noch das leise Wimmern von Charo. Sie vermeiden es, sich anzusehen. – Carvalho immer noch auf den Knien, Charo in einem Sessel kauernd, mit den Händen im Schoß, die Wangen gerötet und tränenüberströmt, die Brüste voller blauer Flecken, ihr Körper scheint geschrumpft unter dem Gewicht der Erniedrigung.

Carvalho kommt sich vor wie ein Überlebender des Weltuntergangs, als er bei Biscuter anruft und ihn bittet, so schnell wie möglich vorbeizukommen – mit einer großen Flasche Massageöl, die im Bad steht. Er hat immer noch kein Wort mit Charo gewechselt, die in ihrem Sessel vor sich hin wimmert. Als Carvalho ihr sanft eine Hand auf den Kopf legt, geht das Wimmern in ein laut klagendes Jammern über, das die letzten Reserven ihres Körpers zu verbrauchen scheint. Carvalho streicht ihr über die geröteten Wangen und begutachtet die Blutergüsse auf den Brüsten. Dann geht er ins Bad und hält den Kopf unter einen kalten Wasserstrahl, wobei er nur mit Mühe einen Schmerzensschrei unterdrücken kann. Er hält ein Handtuch unters Wasser, geht ins Wohnzimmer zurück, macht damit eine Art Wickel um Charos Gesicht und umarmt dann den so bandagierten Kopf. Durch den Stoff spürt er die lebendige Wärme des Mädchens. Als er ihr das Handtuch wieder abnimmt, sind die Schwellungen im Gesicht etwas zurückgegangen, die Spuren der Schläge treten deutlich hervor. Er legt ihr das feuchte Tuch vorsichtig auf die malträtierten Brüste und faltet ihr die Arme darüber, damit es an seinem Platz bleibt. Energisch bewegt er seine Arme und tastet mit den Händen seine Rippen ab. Dann versucht er mit schmerzverzerrtem Gesicht eine Kniebeuge. Es ist nichts gebrochen, und das heitert ihn soweit auf, daß er sich wundern kann, wo er die Kraft dazu hernimmt.

Charo hat sich das Handtuch jetzt wie einen Schal um die Schultern gelegt und streicht sich das wirre Haar zurecht. Es muß ihr irgendwo ziemlich weh tun, denn sie betastet vorsichtig ihren Kopf und unterdrückt dabei mit schmerzverzogener Miene einen Aufschrei. Aus dem Kühlschrank holt Carvalho einen Krug Wasser und leert ihn zur Hälfte, ohne abzusetzen. Dann füllt er ein Glas mit dem eiskalten Wasser, sucht in der kleinen Hausapotheke nach Aspirin und läßt Charo zwei Tabletten schlucken.

»Ist das alles?«

Er deutet auf ihr Gesicht und die Brüste, und sie nickt. Mit einem schnellen Blick mustert sie die Spuren der Schläge auf Carvalhos Körper und schließt die Augen. Carvalho erinnert sich, daß er sich bis jetzt noch nicht im Spiegel begutachtet hat und geht hinüber ins Bad. Sein anderes Ich konnte einem richtig Angst einjagen. Die Oberlippe ist eine Masse geschwollenen rohen Fleisches. In der rechten Wange klaffen zwei Schnitte, Blutgerinnsel und Blutergüsse im ganzen Gesicht, vom Haaransatz führt eine dünne, halbgeronnene Blutbahn über die Schläfen. Er hebt das Hemd und blickt auf eine dunkelviolette Landschaft. Dann läßt er die Hosen runter. Seine Hoden sind zu schwarzen Tennisbällen angeschwollen. Er zieht sich die Hosen ganz aus, läßt kaltes Wasser ins Bidet einlaufen und hängt seine empfindlichsten Teile in das kühle Naß. An der Tür klopft jemand. Er ruft Charo zu, sie solle nicht aufmachen, schiebt sich ein kleines Handtuch wie eine Windel zwischen die Beine und zieht die Hose darüber. Dann geht er in die Küche, greift sich die große Schere, die dort an einem Haken hängt, und nähert sich der Tür. Durch den Spion sieht Biscuters Gesicht aus wie ein monströses, gelbliches Ei.

»Au weia, Chef. Verdammte Scheiße!«

Biscuter hüpft nervös um Carvalho herum und mustert seine Verletzungen. Der Detektiv nimmt ihm die Flasche mit dem Öl ab, geht ins Wohnzimmer und zieht Charo das Handtuch von den Schultern. Biscuter läuft rot an und dreht sich weg.

Carvalho schüttet etwas von dem Öl auf seine Hände und massiert es vorsichtig in die Brüste des Mädchens ein. Dann ersetzt er das feuchte Handtuch durch ein trockenes und geht ins Bad, um sich selbst einzuölen. Als er zurückkommt und sich Charo gegenüber in den zweiten Sessel fallenläßt, fühlt er sich besser. Auch Charo sieht etwas entspannter drein und hat sich einen Morgenmantel aus Seide übergeworfen. Biscuter blickt von einem zum anderen, will etwas sagen, weiß aber offensichtlich nicht was.

»Häng einen Zettel an die Tür, wegen Urlaub geschlossen, und komm mit mir nach Vallvidrera! Du auch, Biscuter.«

»Wenn Sie mich brauchen, gern, Chef. Aber eigentlich würde ich lieber im Büro bleiben, Gewehr bei Fuß. Die sollen nur ihren Rüssel hereinstecken!«

»Vorbildlich, Musketier! Aber ich brauch dich da oben. Hol das Auto aus dem Parkhaus und fahre es unten vor die Tür. Ich hab keine Lust, mich mit diesem Gesicht zur Schau zu stellen.«

»Ich hab die Bohnen auf dem Feuer. Was soll ich denn mit denen machen?«

»Nimm den Topf mit nach Vallvidrera. Dort kannst du weiterkochen.«

»Zu Befehl, Chef.«

Biscuter verläßt den Raum mit einem lauten Brummbrummbrumm auf den Lippen, und Charo bricht in schallendes Gelächter aus. Carvalho schnappt sich den Umschlag, der auf dem Tisch liegt, und schiebt ihn in die Gesäßtasche. Er ist hin und her gerissen. Soll er ihn aufmachen oder nicht? Charo beobachtet ihn, und sofort steht wieder die Angst in ihren Augen. Sie schauen sich für einen winzigen Moment lang direkt an, zum erstenmal, seit die Männer Charos Appartement verlassen haben. Tausend Fragen und Angst vor den Antworten. Carvalho geht auf die kleine Terrasse hinaus, auf der Charo ihre käufliche Haut bräunt, auf dem Dach eines modernen Gebäudes in einer Lücke des alten, heruntergekommenen Viertels, und äugt nach unten, um Biscuters Ankunft nicht zu verpassen. Charo packt unterdessen ein paar Kleinigkeiten in eine Tasche. Dann dreht sie die Sicherung heraus, schiebt sich eine Sonnenbrille über die Augen und geht mit Carvalho die Treppe hinunter, wo Biscuter auf sie wartet und wie ein Chauffeur aus einem Film die Türen öffnet. Er muß zu den Ramblas, diese bis zum Paralelo hinunterfahren, in die Calle Urgel einbiegen und dann durch die Oberstadt hinauf zu den Flanken des Tibidabo.

Auf den Ramblas hat der Kampf bereits begonnen. Die Polizei jagt die Demonstranten mit herabgelassenem Visier in die Seitengassen. Manche verfolgen sie verbissener als andere, nach einer Logik, die nur dem unsympathischen Aussehen des fliehenden Rückens gehorcht. Ein flüchtender Demonstrant prallt gegen die Schnauze von Carvalhos im Stau steckenden Auto, stolpert und wird von einem schwarzen, langen Gummiknüppel eingeholt, der wie ein Blitz auf seinen Rücken niedersaust, pfeifend, als beklagte sich die Luft, daß sie von dem wütenden Kautschuk durchschnitten wird. Carvalho sieht, daß der zugehörige Polizist hinter dem Plexiglasvisier die Augen geschlossen hat und fest die Zähne zusammenbeißt. Das Hupen macht den

Polizisten rasend. Er beginnt auf die Autos einzudreschen, und stößt den Knüppel auch in nicht ganz geschlossene Fenster. Kollegen unterstützen ihn und knüppeln ebenfalls blind auf die Autos ein. Als sich dann der Stau auflöst und die Autos wegfahren, prasseln Knüppelhiebe auf Kofferräume wie auf Hintern fliehender Tiere. Biscuter fährt mit eingezogenem Kopf, die Nasenspitze steckt beinahe zwischen den Lenkradspeichen. Charo schließt immer wieder die Augen und umklammert Carvalho.

»Laß uns weggehen, Pepiño. Weit weg von diesem Scheißland. Bitte!«

Sie weint die ganze Fahrt über, und Carvalho hält sie im Arm, bis sie vor seinem Haus ankommen. Biscuter folgt ihnen die Treppe hinauf, in der einen Hand Charos Tasche, in der anderen einen großen, mit Schnüren buchstäblich eingepackten Porzellantopf mit Bohnen. Im Haus läßt sich Charo auf die Couch fallen, während Carvalho das rituelle Kaminfeuer anzündet, diesmal mit der *Anatomie des Realismus* von Alfonso Sastre. Biscuter steht schon in der Küche, entfernt das Schnurleibchen und hält die Nase in den befreiten Topf, um herauszufinden, wie es den geschmorten Bohnen geht.

»Ich hab Minze dran getan, Chef. Ein Beutelchen aus der Apotheke. Ist zwar getrocknet, aber man schmeckt das Aroma trotzdem.«

Er pfeift in der Küche.

»Das nenne ich gut eingerichtet! Ja, wenn ich sowas im Büro hätte!«

Der Essensgeruch, der aus der Küche kommt, läßt ihnen allen das Wasser im Mund zusammenlaufen. Sogar Charo schnüffelt mit neuer Lebenslust die Düfte, versichert zwar, daß sie keinen Hunger habe, schimpft, daß Biscuter und Carvalho wie Tiere seien, die den ganzen Tag nur ans Essen denken, jammert, daß Bohnen dick machen und sie keine Lust habe, ihre Tage dick wie ein Walfisch zu beschließen, geht dann aber doch hinüber in die Küche, hebt den Deckel vom Topf und bringt Biscuter an den Rand einer Ohnmacht, als sie meint:

»Jetzt kochst du wirklich schon so gut wie Pepiño.«

Carvalho holt den Umschlag aus der Schublade und stellt ihn auf den Kaminsims. Aber dann fällt ihm ein, daß der Anblick des Kuverts Charo wieder in Panik versetzen wird, und legt es in eine der Schubladen des Wohnzimmerschrankes. Dann deckt er den Tisch.

Das Zimmer ist vom Kampfergestank des Massageöls erfüllt. Der Rest des Hauses duftet nach geschmorten Bohnen. Auf der nackten Brust Charos bilden die blaugrünen Flecke kapriziöse Blumen des Bösen. Carvalho bewegt sich vorsichtig, um sie nicht zu wecken. Er rückt das schmutzige Geschirr zur Seite, setzt sich in die Ecke des Sofas, die der schnarchende Biscuter freiläßt, und schreibt einen Brief, sorgfältig die Worte abwägend. Der Umschlag, den er von den Totschlägern erhalten hat, nimmt den Brief auf, als er fertig ist. Er zieht seine Jacke an, steckt den Brief in die eine Tasche und die Notiz, die er in dem Umschlag gefunden hat, in die andere. Dann rüttelt er Biscuter wach.

»Ich geh weg und werde erst spät zurückkommen. Charo darf auf keinen Fall das Haus verlassen, hörst du!«

»Ich steh gleich auf, Chef, das Haus muß ohnehin mal gründlich aufgeräumt werden.«

»Laß das Haus in Ruhe! Kümmere dich um Charo. Laß sie nicht vor die Tür.«

Carvalho klopft prüfend auf die Pistole in der Tasche, und als Biscuters gerötete Augen diese Geste sehen, ist er schlagartig hellwach.

»Diesmal gehen Sie nicht allein!«

»Diesmal habe ich einen Schutzbrief dabei.«

Die Sonne ist gerade aufgegangen, und in der frischen Morgenluft haben es die Pinien, die Blüten am Straßenrand und die feuchte Erde leicht, sich mit ihrem Geruch durchzusetzen. Er fährt über eine verlassene Straße hinunter in die Stadt, die ebenso verlassen daliegt. Die Eingeborenen schlafen in ihren Höhlen oder gurgeln gerade im Badezimmer. Fügsam passen sich die Ampeln seiner Eile an. Als er vor dem Haus ankommt, in dem Núñez wohnt, öffnet der Hausmeister gerade die Tür. Carvalho schlüpft hinein, wirft den Umschlag in Núñez' Briefkasten und ist wieder weg, bevor der Alte Fragen stellen kann. Im Auto legt er die Notiz, die ihm die Schlägertypen gaben, neben sich auf den Beifahrersitz, so daß er die dort angegebene Wegbeschreibung im Auge behalten kann.

»Ich würde mich freuen, wenn Sie mir auf meinem Landgut in Palausator (Gerona) einen Besuch abstatten würden. Wir sollten uns einmal in Ruhe unterhalten. Ich erwarte Sie am Samstag mittag zum Essen. Sie können in La Bisbal und Pals nach meinem Haus fragen, ich lege Ihnen aber auf alle Fälle eine kleine Skizze bei, damit Sie es ohne Schwierigkeiten finden.«

Unterschrieben mit Argemí.

Es scheint, als hätte man die Autobahn eigens für ihn allein gebaut. Die Einsamkeit und die kühle Morgenfrische treiben ihn vorwärts, Kilometer um Kilometer. Als er den Río Tordera überquert, denkt er einen kurzen Moment an Dieter Rhomberg, der für Ruhm und Ehre des weltweiten Gleichgewichts gefallen ist. An der Ausfahrt Gerona Nord wechselt er auf die Landstraße nach Palamós. Langsam erwacht das Leben in den Dörfern. Traktoren tuckern auf die Felder zu, ein Kleinlastwagen sammelt seine tägliche Fuhre überfahrener Hunde ein, Schulkinder traben im Gänsemarsch von den verstreut liegenden Bauernhöfen zur Dorfschule. »Ein Kleinlastwagen sammelt seine tägliche Fuhre von überfahrenen Kindern ein, und die Hunde traben im Gänsemarsch zur Dorfschule«, sagt Carvalho laut und singt dann mehr laut als schön die Baritonromanze aus *La del soto del parral*:

Tu eres la mujer que yo más quiero
a quien sólo di mi corazón.[38]

Dann macht er sich an *Fiel espada triunfadora* aus *El huésped del sevillano* und würgt schließlich seine Stimme ab, als er sich an die *Jota* aus dem *Trust de los tenorios* wagt:

Te quiero
como se quiere a una madre,
como se quiere a una novia,
como se quiere el dineeeroooo.
Te quierooo.[39]

In La Bisbal erfährt er, daß ein vernünftiges Frühstück nur im *La Marqueta* zu haben sei. In dem kleinen Restaurant, dessen wenige Tische mit Plastiktuch überzogen sind, ist die Frau des Hauses in der Küche schon eifrig tätig. Ihr Mann, ein vierschrötiger Kerl, trägt Carvalho eine ganze Litanei an Köstlichkeiten vor, die sie vorrätig haben: Hähnchen mit Kaisergranat, Meerspinne mit Schnecken, Schweinsfüße, gebratenes Ziegenlamm, gefüllte Kalamares, gebratene Schnecken mit Vinaigrette oder Aïoli, Truthahn mit Pilzen, Kalbsschmorbraten, Bohnen mit eingemachter *butifarra*, Hausmacher Wurstplatte, Schweinelende, Koteletts, Steaks, *suquet de rascasa*[40]. Der Mann rezitiert und ist sich der umwerfenden Wirkung seiner Liste gewiß. Der Detektiv entscheidet sich für Meerspinne mit Schnecken.

»Es sind mehr Schnecken als Meerspinnen. Die Meerspinne gibt nur das Aroma.«

»Das dachte ich mir. Danach möchte ich die Bohnen mit eingemachter *butifarra*. Und bringen Sie mir ein Tellerchen Aïoli!«

Dazu gibt es Brotscheiben, die nach frischem Weizen duften, und einen schweren, fast schwarzen Rotwein von der Sorte, die einem im Winter rote Ohren macht.

»Wo haben Sie denn den Wein her?«

»Den machen wir selber. Ich habe drüben, auf der anderen Seite des Flusses, einen Weinkeller.«

»Könnte ich mir ein paar Flaschen mitnehmen?«

»Ich weiß nicht, wann ich dazu komme. Ich kann im Moment nicht weg. In einer halben Stunde ist die Kneipe voll.«

»Rufen Sie doch einfach bei Señor Argemí an, in Palausator! Fragen Sie nach Pepe Carvalho. Dann können Sie mir ja sagen, ob es sich lohnt, auf dem Rückweg vorbeizukommen. So dreißig oder vierzig Flaschen würde ich gerne mitnehmen.«

Der Wirt lädt ihn zu einem Blätterteiggebäck mit Pinienkernen ein, das er *rus* nennt, und stellt eine Riesenflasche *garnacha*[41] vor ihn hin, aus der er sich dreimal bedient.

Carvalho legt dem Wirt noch einmal ans Herz, zwischen halb eins und eins anzurufen, und verläßt *La Marqueta* mit dem wiedergewonnenen Gefühl, daß die Welt so schlecht nun auch wieder nicht ist. Dann schlendert er durch La Bisbal, bis er auf ein Keramikgeschäft stößt, in dem er ein Wandbild aus Kacheln bestellt. Es zeigt die Windrose mit den örtlichen Winden: Gargal, Tramontana, Garbí ... Man möge ihn unbedingt zwischen halb eins und eins bei Argemí anrufen, vielleicht brauche er nämlich zwei solche Bilder.

Ein paar Meter weiter schlüpft er in den Laden eines Antiquitätenhändlers und wählt einen alten Türbogen aus geschnitztem Eichenholz aus.

»Es ist ein Geschenk. Aber ich habe im Moment die Adresse nicht da, an die es geschickt werden soll. Könnten Sie mich vielleicht bei Argemí anrufen, in Palausator ...«

»Aber gerne. Sie werden sehen, das ganze Haus der Argemís ist voll mit meinen Möbeln.«

»Rufen Sie mich so um eins an. Vielleicht ein paar Minuten früher. Dann habe ich die Adresse.«

»Sie können sich auf mich verlassen.«

In einer Fischhandlung ordert er eine etwa zwei Kilo schwere *rascasa*, ein Kilo kleine Sepias und ein Kilo kleine Suppenfische. Ob man ihm die Sachen einstweilen ins Kühlfach stellen könnte? Gerne. Ob man ihn wohl so um eins bei den Argemís anrufen würde, um ihn an den Kauf zu erinnern?

»Ich bin so vergeßlich, daß ich es fertigbringe, ohne die Fische nach Barcelona zurückzufahren.«

»Na, das wär was!«

Wie Hänsel streut er Brösel auf dem Weg zum Hexenhaus. Er geht zurück zum Auto und fährt in Richtung Palausator, hält aber in Peratallada an, um sich eingehend nach dem Landsitz Argemís zu erkundigen. Er nennt verschiedenen Personen seinen Namen und fragt sie nach Argemís Ruf und den Qualitäten seines Anwesens. Er kann direkt hinfahren, auf der Straße zu den Reisfeldern von Pals oder über Sant Julià de Boada. Carvalho probiert beide Strecken aus.

Er erklimmt das oberste Stockwerk eines verlassenen Pfarrhauses, um einen Überblick über das Gut zu bekommen, und sieht auf einem sanft abfallenden grünen Hügel thronend, das solide gebaute Herrenhaus. Das eifrige Kommen und Gehen rund ums Haus und der Rauch, der von einem großen Grillplatz aufsteigt, weisen darauf hin, daß das Essen wohl im Freien eingenommen werden wird. Über die Wege zu Argemís Privatwald knattert ein kleines Geländemotorrad. Jetzt ist für Carvalho der Moment gekommen.

An dem großen Tor wartet ein alter andalusischer Waldhüter auf ihn. Er konsultiert kurz das Telefon, das in einer der beiden Torsäulen verborgen ist, und öffnet dann die schweren schmiedeeisernen Flügel. Vor Carvalho liegt eine leicht zum Herrenhaus hin ansteigende, endlos weite Rasenfläche, ein Luxusrasen, der sicherlich in wenigen Jahren eine Dichte erreicht hatte, für die normale Rasenflächen dreißig Jahre brauchen. Als wäre seine Ankunft ein Signal gewesen, steigen aus dem Rasen plötzlich Hunderte kleiner Wasserfontänen auf, ein Teppich von Glanz und Kühle, und vernebeln mit ihrem Gischt den Horizont. Die Anlage bewässerte über einen halben Hektar Wiese in einem hydraulischen Eifer, dem man die ästhetischen Qualitäten nicht absprechen konnte. Ein Diener in Livree versucht zwei Afghanen im Zaum zu halten, die wütend gegen Carvalhos Proletenkarosse anbellen, und dann wird der Weg, der sich bislang zwischen den Rasenbänken durchgeschlängelt hat, zu einer kiesbedeckten Esplanade, eingefaßt von großen Magnolien, Akazien, Oleandern und Lorbeerbäumen. Die massiven Steinmauern des Herrenhauses sind abwechselnd mit Glyzinien, Bougainvillea und wildem Wein überwuchert. Die streng romanischen Fenster, die sorgfältig aus dem grünen Bewuchs ausgeschnitten sind, entstammen bestimmt einer romanischen Pyrenäenkirche, die von Gott und dem Pfarrer verlassen und Fledermäusen und Antiquitätenhändlern überlassen wurde. Die Mauerbögen, die den Grillplatz abschirmen, bilden einen romanischen Kreuzgang. Zwischen großen behauenen Steinblökken und dem massiven Eisen der Grillstätte sind zwei Frauen und ein Mann gerade damit beschäftigt, die Glut für ein zweifelsohne ebenso exzellentes wie üppiges Barbecue vorzubereiten. Unter einem aus neuerer Zeit stammenden Steinbogen erwartet ihn Argemí in einem kurzen seidenen Schlafrock, eine lange Havanna zwischen den Fingern. Er hat sich strategisch in der Mitte des Portals plaziert, so daß der Schlußstein mit der eingemeißelten Jahreszahl über seinem sorgfältig gepflegten, graumelierten Haar einen Baldachin bildet.

»Carvalho, wie ich mich freue, Sie zu sehen!«

»Hallo, Papi!«

Der Schrei kommt von einer Amazone, die auf der Motocross-Maschine vor dem Eingangsportal vorbeischießt wie eine Erscheinung. Alles, was Carvalho sieht, sind ein langer geschmeidiger Körper in hautengem Leder, blondes Haar und ein Zahnpastalächeln.

»Meine Tochter. Wir nennen sie Solitud, zu Ehren der großen Schriftstellerin Víctor Català[42].«

»Und sie ist ein Wesen aus Fleisch und Blut?«

»Das will ich meinen.«

»Wäre es nicht möglich, daß da ein Werbefritze seine Finger im Spiel hatte? Sie erinnert mich an eine Werbung in San Francisco, damals, als ich Jaumá kennenlernte. Eine unverkennbar amerikanische Blondine wandte sich von einem Werbeplakat herab an den Passanten und sagte: ›Everybody needs milk‹, das heißt ›Jedermann braucht Milch‹.«

Argemí lacht und bittet Carvalho mit einer Verbeugung, voranzugehen. Die einen halben Quadratkilometer große Eingangshalle, in die er ihn führt, bietet einen guten Querschnitt durch die besten Antiquitätenläden des Landes. Von dort aus gelangen sie in einen gigantischen Raum unter einem katalanischen Bogengewölbe, das ebenfalls aus einem Wettbewerb unter den größten und besterhaltenen zu stammen scheint. Er ist durch Perserteppiche in drei Zonen eingeteilt. Eine ist fürs Fernsehen gedacht, eine andere zum Lesen und die dritte zum Plaudern. Hier lassen sie sich in fleischfressenden Sofas nieder, die ihre Körper mit dem schmatzenden Geräusch von Treibsand aufnehmen.

»Wenn solche Häuser erzählen könnten! Dies war einmal der Landsitz der reichsten Familie der Region. Im ersten Karlistenkrieg gingen sie bankrott. Der älteste Sohn emigrierte nach Kuba, wurde dort reich, kehrte heim, kaufte das Haus zurück und richtete es wohnlich ein. Nach dem Bürgerkrieg verlor die Familie wieder ihr gesamtes Vermögen. Da kaufte mein Schwiegervater das Haus, und er war es auch, der mit den Umbauten begann. Das wundervolle Resultat sehen Sie selbst. Den Rest übernahm ich selbst. Zehn Jahre Arbeit! Mein Traum, ein Teil meines Lebens. Ich wollte ein Anwesen schaffen, das meiner Bildung und meiner Lust entspricht, das Leben zu genießen. Ich werde Ihnen später den Weinkeller zeigen, den überdachten Pool, die Minigolf-Anlage an der Ostseite. Das Anwesen ist eingezäunt, und weiter hinten in meinem Korkeichenwald können Sie ausgesetzte Hirsche und Eichhörnchen beobachten, meine Lieblingstiere. Wissen Sie, was mir dort am besten gefällt? Die Pilze, die im August herauskommen. Wir Katalanen nennen sie *flotes de suro*. Ich weiß nicht, wie sie auf spanisch heißen. Die Spanier verstehen nichts von Pilzen. Sie bleiben doch sicher zum Essen?«

»Kommt darauf an, was es gibt.«

»Fleisch vom Grill. Das Fleisch stammt aus der Gegend. Man redet immer so viel über die guten Mastkälber von Gerona, aber glauben Sie mir, das Beste aus Gerona sind die Lämmer, die *butifarras*, der frische Speck und die Kaninchen, die ich mit demselben Futter aufziehen lasse, wie sie es im Wald fressen.«

»Sie essen Tiere aller Art, Señor Argemí. Kälber, Kaninchen, Schweine, Lämmer, Deutsche, und wenn's sein muß, sogar die eigenen Freunde.«

»Sie wollen also zum Thema kommen. Vermutlich spüren Sie noch die Schläge. Glauben Sie mir, ich hatte wirklich Angst, daß meine Abgesandten zu weit gehen würden! Aber Ihr Gesicht sieht eigentlich recht passabel aus.«

Der teure Diener steckt vorsichtig den Kopf durch den Türspalt und fragt nach Carvalho.

»Ein Señor Savalls möchte Sie sprechen, aus La Bisbal.«

Carvalho erhält von Argemí mit großzügiger Geste die Genehmigung, das Telefon zu benutzen, nennt dem Besitzer des *La Marqueta* beiläufig den Ort, an dem er sich befindet, und verspricht, um vier Uhr die Flaschen abzuholen.

»Muß ja dringend sein, die Sache mit den Flaschen«, meint Argemí mit spöttisch hochgezogenen Brauen und leichtem Lächeln, das die Gesichtsmuskeln zu Gebirgen auftürmt.

»Also. Gestern, das war nur eine kleine Warnung. Sie sind zu weit gegangen. Mir ist klar, daß Ihre Drohung gegenüber Concha ein Akt der Verzweiflung war, aber ich wollte erst gar keine Mißverständnisse aufkommen lassen.«

»Als ich Concha drohte, war ich mir noch nicht sicher, gegen wen es ging: Gegen Sie oder Fontanillas.«

»Das spricht nicht gerade für Ihr fachliches Können, Señor Carvalho. Fontanillas ist ein kleiner Abgeordneter *in spe*, ohne allzu großen Ehrgeiz und ohne allzu große Qualitäten. Sie hätten sofort auf mich kommen müssen. Und wenn Sie dieses Haus wieder verlassen, wissen Sie, daß Ihnen der Tod droht.«

Der Diener taucht wieder auf.

»Jetzt ist die Töpferei *Terra i Foc* dran, auch aus La Bisbal.«

Carvalho wiederholt ungefähr die Formel, die er schon beim ersten Gespräch benutzt hat. Argemí versinkt noch ein paar Zentimeter tiefer in dem Sofa und beobachtet den Detektiv mit Augen, die boshafte Funken sprühen.

»Ihre Lebensversicherung kommt sie ganz schön teuer.«

»Oh, das ist noch nicht alles.«

»Ich amüsiere mich jetzt schon köstlich! Aber zurück zu unserem Thema. Sie wissen, daß mittlerweile alles bestens geregelt ist. Jaumás Mörder ist gefunden. Rhomberg ging im Strudel seiner Lebenskrise verloren. Die Behörden halten Sie für einen Schmarotzer. Da bleibt nichts mehr zu tun für Sie. Ich nehme an, Sie sind kein Moralist. Nein, nicht wahr? Gut, dann sollen Sie das kriegen, woran Sie interessiert sind: die Wahrheit, oder das bißchen davon, das Sie noch nicht kennen. Und damit die Genugtuung, daß Sie sich nicht getäuscht haben.

Vorab: Ich habe Jaumá nicht mit diesen behaarten Händen umgebracht, die Gott mir mit auf die Welt gegeben hat. Das hätte ich nicht übers Herz gebracht, ich schwör's Ihnen. Ich mochte ihn wirklich. Deshalb kümmere ich mich auch um das Fortkommen seiner Familie. Ich habe zum Beispiel gerade einen Käufer für seine Yacht aufgetrieben. Und das ist im Moment nicht einfach, wo alle Angst davor haben, daß die Demokraten als erstes die Luxusgüter besteuern werden. Was natürlich nur gerecht wäre, um ehrlich zu sein. Der Angelpunkt eines integrationsfähigen demokratischen Systems ist eine Steuerreform.

Also, ich habe Jaumá nicht umgebracht, aber ich ließ ihn umbringen. Jaumá war ein ausgezeichneter Manager, doch ihm fehlte ganz einfach die Einsicht in die großen Zusammenhänge, die universelle Bedeutung der Petnay. Ich bin der politische Kopf der Petnay in Spanien, und eine ganze Reihe von Entscheidungen ging durch meine Hände. Mein industrielles Engagement ist meine Tarnung. Aber meine Funktionen sind viel komplexer.

So sorgt sich die Petnay natürlich um die politische Zukunft

Spaniens. Und das nicht nur aus eigennützigen Gründen, weil sie hier in Spanien einiges zu verlieren hätte, nein, es geht um mehr, um das, was ein Chaos in Spanien weltweit bedeuten könnte, politisch wie wirtschaftlich. Da ist es nur logisch, daß die Petnay versucht, Einfluß auf die spanische Politik zu nehmen, und das vor allem durch Unterstützung fortschrittlich-konservativer Kräfte. Aber die Wege des Herrn sind unergründlich. Die Petnay ist der Meinung, daß nur eine starke demokratische Rechte revolutionäre Auswüchse verhindern kann. Dafür ist eine konstante Bedrohung der Ordnung notwendig. Sie verstehen genau, was ich meine. Die Petnay optiert für den demokratischen Weg, finanziert aber die Gewalt der Rechtsextremisten, damit die Angst den Weinberg hütet. Seien wir doch ehrlich, Carvalho! Franco hat uns eine gründliche Lektion erteilt. Auf der Basis nackter Gewalt ist ein Land produktiv. Die Demokratie kann nicht auf dieser Basis florieren, aber sie braucht ein gewisses Maß an schmutzigem Paraterror, der die Leute den ausgewogenen, integeren Kräften in die Arme treibt. Wir haben bescheiden angefangen, in dieser Richtung zu investieren. Aber nach Francos Tod kam man mit Bescheidenheit nicht mehr weiter, und so entdeckten Jaumá und sein pittoresker Buchhalter in der Bilanz ein Loch von zweihundert Millionen. Die Petnay brachte einen Wust von Erklärungen vor, was Jaumá nur noch mißtrauischer machte. Er blieb an der Sache dran und fand schnell heraus, daß die Gelder über meine Firma mit unbekanntem Ziel aus dem Unternehmen herausgeschleust worden waren.

Mann, kam der hier an! Er warf mir Betrug vor, weil er glaubte, ich hätte mich mit einem hohen Petnay-Manager zusammengetan, um das Geld privat auf die Seite zu bringen. Ich mußte ihm wenigstens in groben Zügen erklären, worum es ging. Und da passierte etwas, was ich nicht voraussehen konnte: Jaumá folgte dem Ruf seiner politischen Herkunft. Als zu Anfang des Jahres die rechten Ultras mit ihrer Attentatswelle loslegten und in Madrid junge Leute und Gewerkschafter in die Luft jagten, da ging es los. Jaumá wurde richtig krank. Und ich bekam das natürlich mit. Eines Tages ließ er mich kommen und stellte mir ein Ultimatum: Die Petnay müsse ihre Machenschaften, wie er es nannte, öffentlich bekennen.

Ich redete mit Engelszungen. Malte ihm aus, was ihn erwartete. Der soziale Abstieg, der wirtschaftliche Ruin, politische Konsequenzen von unabsehbarer Tragweite, die niemandem nützen würden. Den Zentrumspolitikern paßt die rechtsextreme Gewalt gut ins Konzept, weil sie sie als das kleinere Übel erscheinen läßt, sogar für große Teile der Linken. Der Linken liefern die Rechtsextremen ein Alibi: Sie können die Zentrumsparteien nicht stürzen, weil das Machtvakuum sonst von den barbarischen Faschisten ausgenützt würde. Und die Ultrarechten gedeihen in dieser Situation wie die Fliegen. Ab und zu ein Toter, eine Prügelei, so halten sie die Linken in Schach und tun damit der reformistischen Regierung einen unschätzbaren Gefallen. Glauben Sie mir, daß ich mich nicht ohne ernstliche innere Konflikte, Zweifel und persönliche Widersprüche für diese Machenschaften hergebe. Aber selbst von einem progressiven Standpunkt aus ist mein Tun gerechtfertigt. Jaumá stellte sich dennoch stur. Ich beriet mich mit der Petnay, und uns blieb nichts anderes übrig, als Jaumá zu ermorden. Sie haben dann Ärger gemacht, eigentlich Sie, Concha mit ihrem altjüngferlichen Puritanismus, und Núñez, der nie etwas Gescheites zu tun hat. Sie alle tragen die Schuld an Rhombergs Tod und daran, daß die Petnay eine Menge Geld investieren mußte. Sie können sich nicht vorstellen, wieviel man hinlegen muß, damit ein Kerl freiwillig einen Mord gesteht, den er nicht begangen hat, um sich anschließend drei, vier Jahre hinter Gitter setzen zu lassen. So etwas ist teuer. Alemanys Unterlagen waren dagegen vergleichsweise preiswert. Und Sie, Carvalho, Sie kommen uns am billigsten. Sie kriegen wir fast gratis!«

Jetzt ist die Fischhandlung am Telefon. Carvalho gesteht sich ein, daß Argemí allen Grund hat zu lachen.

»Was kommt denn da noch alles auf uns zu?«

»Nun, zum Beispiel eine umfassende Darstellung der Ereignisse, die zu Jaumás Tod führten, verwahrt bei einem guten Freund.«

»Ist ja herrlich. Wie aus einem Roman. Und Sie glauben wirklich, das würde uns Kopfzerbrechen machen? Aber Sie, Carvalho, kriegen wir, wie gesagt, fast gratis. Das ›fast‹ ist das Mittagessen, zu dem ich Sie mit dem allergrößten Vergnügen einlade. Ich habe mir übrigens eine zusätzliche Überraschung für Sie ausgedacht, etwas wirklich Exklusives.«

Er nimmt ein Glöckchen zur Hand und ruft damit den übertrieben livrierten Diener.

»Das hier habe ich in Wien gekauft. Franz Joseph soll es benutzt haben, wenn ihm nach Sissi zumute war. Klingeling, und sie kam an wie ein Schoßhündchen. Bringen Sie mir bitte die Flasche, über die wir gesprochen haben.«

»Und Rhomberg. Wie starb er?«

Argemí wartet, bis sich der Diener zurückgezogen hat.

»Es ist sinnlos, wenn Sie versuchen, meine Angestellten zu provozieren. Ich bezahle sie so gut, daß sie für mich töten würden. Rhomberg? Er ist tot, natürlich. Wir haben aus dem Fall Jaumá gelernt und beschlossen, diesmal keine Spuren zu hinterlassen. Ich kenne keine Details, aber ich habe mir sagen lassen, daß die Leute, die derlei Aufträge durchführen, nicht gerade mit Samthandschuhen arbeiten. Aber wie gesagt, Einzelheiten kenne ich nicht. Das läuft über mehrere Mittler. Wie zum Beispiel diesen Raspall. Machen Sie sich nicht die Mühe, ihn zu finden. Er hat die Bar von der Schwiegermutter des Viehdiebs gekauft und will dort eine Diskothek aufmachen. Er hat auch Alemanys Unterlagen erworben, um sie dem betriebswirtschaftlichen Seminar der ESADE zur Verfügung zu stellen. Ein paar Seiten fehlen natürlich. Ansonsten paßt alles.«

Der Diener balanciert das Silbertablett so gekonnt, daß man den Eindruck hat, es wäre ein Körperteil von ihm. Auf dem Tablett stehen eine angestaubte Weinflasche und zwei weite, geschwungene Gläser.

»Na? Ein Nuit de Saint Georges, Jahrgang 66! Ich habe vor

genau einem Jahr zehn Kisten aus Frankreich mitgebracht und mich genau daran gehalten, was mir der Winzer geraten hat: ›Warten Sie ein Jahr, bevor Sie eine Flasche aufmachen!‹ Wir beide haben es uns verdient, die erste davon zu trinken.«

Kaum hat der Diener die Flasche geöffnet, schnappt Argemí nach dem Korken und hält ihn sich mit geschlossenen Augen unter die Nase.

»Riechen Sie! Riechen Sie. Ein unvergleichlicher Wein.«

Dann wirft er ihn Carvalho zu, der ihn in der Luft auffängt.

»Sagen Sie selbst, exzellent, wie?«

Der Wein füllt die Gläser mit einem köstlichen Rot, wie das allererste Rot der Welt, dann reicht der Diener eins davon Argemí, das andere Carvalho. Er neigt knapp den Kopf und verschwindet.

»Trinken Sie, Carvalho! Ein erhebender Augenblick.«

Die beiden messen ihre Blicke. Und das sarkastische Lächeln Argemís verschwindet erst aus seinem Gesicht, als Carvalho den Inhalt seines Glases auf den Teppich gießt. Dann steht der Detektiv auf, ohne zu verbergen, daß ihm dabei jeder Muskel schmerzt. Er dreht Argemí den Rücken zu, geht zur Tür und hält nicht den Bruchteil einer Sekunde inne, als er hinter sich Argemís Stimme hört.

»Das war Jaumá wirklich nicht wert. 1966 war ein ausgezeichnetes Burgunderjahr!«

Carvalho steigt in seinen Wagen. Er wartet, bis das Motorrad vorbeidonnert, um noch einmal einen Blick auf den jungen, schlanken Körper zu werfen, der Milch braucht, wie alle Welt. Dann gibt er Gas, passiert das Tor, das der Alte pflichteifrig öffnet, und folgt wie eine Maschine dem Weg, der ihn hinunter zur Landstraße bringt.

Jede Zelle seines Gehirns scheint sich auf einen Satz zu konzentrieren, sein Kopf hallt wider von den Worten »Die Einsamkeit des Managers«, und auf dem Weg nach Hause summt er die vier Worte vor sich hin, nach einer Melodie, die er nie zuvor gehört hat und die niemand je hören wird.

Anmerkungen

1 »Joan, hör auf herumzutrödeln und trink deine Milch!«
2 »Oriol, eines Tages reißt mir der Geduldsfaden, und ich scheuer dir eine!«
3 »Schluß mit dem Theater! Milch aus der Schale, und damit basta!«
4 »Joan, du kommst zu spät zur Schule.« Der Großvater: »Joan, hör auf herumzutrödeln ...«
5 Großmutter
6 spanischer biscúter = Kleinstwagen oder Moped
7 spanischer Tresterschnaps
8 typisch katalanisches Stockfischgericht
9 andalusisches Saiteninstrument
10 Studentenkapelle in mittelalterlicher Tracht
11 Schweinskopf und Schweinefüßchen
12 Fleisch von Schweinskopf und -füßchen mit Tomaten, Auberginen und Paprika
13 Bewegung zur Erneuerung des katalanischen Chansons Ende der sechziger Jahre
14 kommunistische Gewerkschaft
15 spanische Würstchen
16 Francos Geheimpolizei
17 Wir sind es, die die Gefängnisgitter für unsere Brüder aufbrechen
18 spanische Papikrawurst
19 katalanische Art Blutwurst, wörtl. »Bischofsblutwurst«
20 Spanisches Kontingent, das im Zweiten Weltkrieg auf deutscher Seite gegen die Sowjetunion kämpfte
21 Der Wein von Asunción/ist nicht weiß und nicht rot/und hat keine Farbe
22 Hauptstadt der Faschisten im Bürgerkrieg 1936–39
23 Reissuppe mit Nudeln und Kichererbsen, dazu gemischter Fleischtopf
24 Grüne Augen, grün wie Basilikum/grün wie grünes Korn,/die grüne, grüne Zitrone
25 Bergregion in den Prov. Castellón und Teruel
26 Wenn die Nacht anbricht und Dunkelheit verbreitet,

Ist kaum ein Tier, das nicht die Lider schließt,
Doch jeder Kranke wächst in seinem Schmerz.

27 Herz

28 katalanische Nationalistenpartei

29 Gedenkstätte für die im Bürgerkrieg gefallenen Franquisten

30 »Oriol, hör auf mit der Politik, du regst dich wieder auf!« »Zum Teufel mit dir!«

31 (sprich ›scharnego‹) katalan. Schimpfwort für die Spanier

32 *Unión de Centro Democrático*, Regierungspartei in der Zeit des demokratischen Übergangs unter Adolfo Suárez

33 dünne Salami, katalanische Spezialität

34 katalanische Bratwurst

35 katalanische Süßigkeit

36 Schlachtplatte à la Llerona

37 Quark mit Honig und Nüssen

38 Du bist die Frau, die ich am meisten liebe/der allein ich mein Herz hingab.

39 Ich liebe dich/wie man eine Mutter liebt/wie man eine Braut liebt/wie man das Geld liebt/Ich liebe dich

40 katal. Art Bouillabaisse, *rascasa* ist ein Speisefisch

41 süße rote Gewürztraube und der daraus hergestellte Dessertwein

42 katalanische Schriftstellerin, bürgerlicher Name Catalina Albert y Paradis, 1869–1966, Autorin des Romans *Solitud*.